신부님
우리들의
신부님

돈 까밀로 시리즈

신부님 우리들의 신부님

1

G. 과레스키 연작소설
이승수 옮김

서교출판사

차례

COOPERATIVA SOCIALISTA

돈 까밀로와 뻬뽀네의 재미난 이야기가 만들어지게 된 배경 및 토막

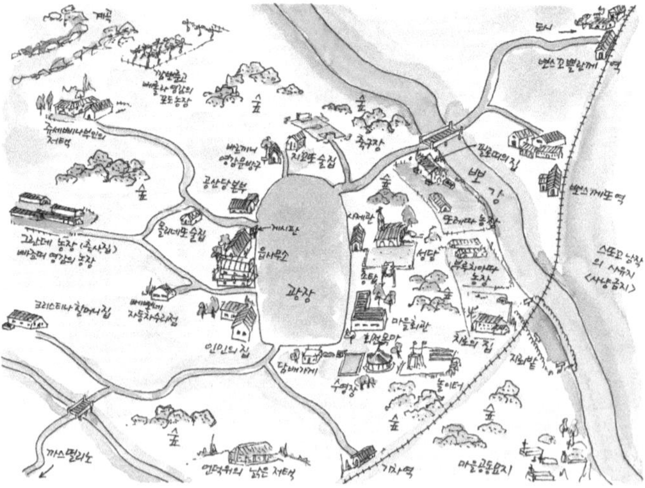

젊은 시절 나는 신문기자였다. 그래서 기삿거리를 찾아 하루 종일 자전거를 타고 마을 구석구석을 찾아다녔다. 그러던 어느 날 한 여자애를 만났다. 그 애를 알고 나서부터 '내가 만약 멕시코의 황제가 된다면?', '내가 만약 사라진다면?' 그녀가 어떻게 나올까 공상하며 하루를 보내곤 했다. 그러고 나서 마감 때가 되면 얼렁뚱땅 꾸며낸 기사로 지면을 채웠다. 그런데 뜻밖에도 이 지어낸 이야기가 사람들이 좋아해 인기가 무척 높아졌다. 진짜 기사보다 훨씬 그럴 듯했고 재미있었기 때문이다.

내 머릿속에 들어 있는 낱말은 기껏해야 200개 정도밖에 되지 않았다. 그 짧은 어휘 실력으로 자전거에 치인 노인네 이야기나 감자 껍질을 벗기다 손가락을 벤 농촌 아낙네의 이야기를 써내곤 했다. 그러므로 이 책은 문학 작품입네 하고 품격을 자랑할 만큼 거창한 게 아니다. 이 책에서 난, 그저 신문 기자로서 기사를 쓰고 있을 뿐이다.

헌데 겨우 두 달 뒤에, 지어낸 얘기가 현실에서 그대로 재현되는 걸 나는 여러 번 목격했다. 하지만 그다지 놀랄 일도 아니다. 추리를 펼치면 되니까…. 시간이나 계절, 유행이나 심리 상태를 생각하고, 상황이 이러저러하니까 이 환경에선 틀림없이 이런 일이 벌어질 수 있겠다고 짐작한 뒤 결론을 내리기만 하면 되는 문제다.

이야기가 펼쳐지는 무대는 뽀 강 평야의 한 유역이다. 여기서 짚고 넘어가야 할 점은 내게 있어 뽀 강은 피아첸차(이탈리아 중북부, 에밀리아 로마냐 지방)에서 시작한다는 사실이다. 물론 피아첸차 위쪽에도 뽀 강은 유유히 흐른다. 피아첸차에서 밀라노로 이어지는 에밀리아 도로 역시 마찬가지다. 내게 있어 에밀리아 도로는 피아첸차에서 리미니로 이어지는 길일 뿐이다.

강과 길은 서로 견줄 수 없다. 길은 역사에 속하고 강은 지리에 속하니까. 그런데 왜 이런 비교를 하는 걸까? 역사는 사람이 만드는 것이 아니다. 지리적 환경에 순순히 따를 수밖에 없듯 사람들은 역사에 순종하게 된다. 결국 역사는 지리적 환경의 영향 안에 있다.

사람들은 산에 긴 터널을 파고 강줄기를 돌려놓으면서 지리적 환경을 바꾸려고 애를 쓴다. 그렇게 해서 역사적인 새 길을 냈다고 자랑하지만 바뀐 건 아무것도 없다. 왜냐하면 어느 날, 모든 것이 깡그리 사라져버릴 것이기 때문이다. 노아의 그것과 같은 홍수가 일어나서 다리들이, 무너지고 둑들이 무너지고, 도랑들이 모두 메워져버릴 것이다. 홍수는 사람들이 사는 집들과 관청들과 오두막들도 한꺼번에 쓸어가고, 수마가 훑고 간 폐허에는 잡초와 흙더미만 무성하게 될 것이다. 그래서 모든 것이 처음으로 다시 되돌아가게 된다. 살아남은 사람들은 돌팔매질로 짐승들과 싸워야 하고 역사는 처음부터 다시 시작될 것이다. 우리가 지금까지 겪어온 것과 하나도 다를 게 없는, 똑같은 역사가 말이다.

그러다가 3천 년쯤 뒤, 사람들은 40미터쯤 되는 지층 속에 묻혀 있던 수도꼭지와 피아트 운전대 하나를 찾아내고 "보라, 진귀한 유물을 발굴했다!"며 떠들어 댈지도 모른다. 그리고 사람들은 부지런히 움직이며 먼 옛날 선조들이 저질렀던 어리석은 행동을 똑같이 따라할 것이다. 왜냐하면 우리 인간은 진보의 형벌을 받은 불행한 피조물이니까. 그 진보라는 것은 필시 최첨단 화학 공식들을 내세워, 늙으신 하느님을 몰아낼 게 뻔하다. 그렇게 되면 늙으신 하느님은 마침내 발끈하고 화가 나서 왼손 새끼손가락 마지막 마디를 십 분의 일쯤 튀겨볼 거다. 그러면 세상은 펑하고 날아갈 테지.

아무튼 뽀 강은 피아첸차에서 시작하고, 이 소설의 배경인 작은 세상도 피아첸차에서 시작한다. 그렇다. 작은 세상은 뽀 강과 아페닌 산맥 사이에 펼쳐진 평야, 그 한 자락에 자리 잡고 있다. 뻬뽀네와 스미르초 같은 수많은 사람들이 그 작은 세상을 터전으로 살아간다. 이런 고장은 나그네로 하여금 잠시 걸음을 멈추고 옥수수와 삼밭에 푹 싸인 농가를 하염없이 바라보게 한다. 그러면 벌써 재미있는 이야깃거리가 생각난다. 정말 재미있는 얘기가 말이다.

자 그럼, 이제 작은 세상 이야기를 시작해 볼까나….

－G. 과레스키

지금부터 돈 까밀로와 뻬뽀네, 그리고 예수님의

재미난 이야기가 펼쳐집니다.

DON CAMILLO- MONDO PICCOLO

BY GIOVANNINO GUARESCHI

하느님마저 겁을 집어먹으셨던 이야기

우리 고향은 바싸 지방의 두메산골인 보스카치오다. 나는 그 마을에서 아버지와 어머니 그리고 열한 명의 동생들과 함께 살았다. 장남인 내가 열두 살이었을 때 막내 레오는 겨우 두 살이었다. 어머니는 아침마다 빵 바구니와 함께 사과나 달콤한 밤을 담은 자루를 내게 건네주었고, 아버지는 우리를 앞마당에 한 줄로 세우고 큰 소리로 주 기도문을 외우게 했다. 우리는 하느님을 찬미하며 밭으로 나갔다가 해 질 녘에 그분과 함께 집으로 돌아왔다.

우리 농장은 하루 종일 뛰어가도 끝이 안 보일 정도로 넓었다. 아버지는 우리가 새싹이 돋은 밀밭을 짓밟아버리거나, 한 줄로 심어놓은 포도나무 줄기를 뽑아버린다 해도 화를 내는 분이 아니었다. 하지만 우리는 늘 울타리를 벗어나 자잘한 사고를 치고 다녔다. 두 살배기 레오도 예외는 아니었다. 레오는 작고 붉은 입술과 속눈썹이 긴 커다란 눈을 가졌으며, 이마 위로 곱슬머리가 흘러내렸다. 막내둥이 레오는 사정거리 안에 들어온 오리나 닭, 병아리를 놓치는 법이 없었다.

아침마다 우리가 밭으로 가고 나면 곧 동네 아주머니들이 바구니 하나 가득 죽은 오리나 암탉, 병아리들을 들고 우리 집으로 찾아왔다. 어머니는 그때마다 고개를 가로저으며 죽은 닭과 오리를 산 것으로 바꾸어 주었다.

우리 집에는 키우는 닭이 많아, 닭들이 늘 우리 밭을 헤집고 다닐 정도였다. 하지만 막상 솥에 넣고 삶아 먹는 건 남의 닭과 오리였다. 그러니까 우리 가족은 항상 남의 닭과 오리를 사먹는 꼴이었다.

이럴 때면 아버지는 잔뜩 이맛살을 찌푸리고 긴 콧수염을 비비 꼬면서 코를 벌름거렸다. 도대체 말썽꾸러기 열두 놈 가운데 누구 짓인지 알아내기 위해서였다.

어떤 아주머니가 막둥이 레오 짓이라고 하면 아버지는 두세 번 같은 얘기를 되풀이하게 했다. 레오가 어떻게 돌을 던졌는지, 돌멩이가 얼마나 컸는지, 오리를 한 번에 맞혔는지 따위를 꼬치꼬치 캐물었다.

한 번은 이런 일도 있었다. 나는 동생 열 명과 함께 덤불 뒤에 숨어 있었다. 그때 잔디가 듬성듬성한 풀밭 한가운데로 오리 한 마리가 뒤뚱거리며 지나가자 레오가 오리에게 달려들었다. 하지만 난 스무 걸음쯤 떨어진 커다란 떡갈나무 그늘에서 아버지가 파이프 담배를 물고 계신 모습을 보았다. 그런 줄도 모르고 레오는 오리를 단숨에 해치워버렸다. 아버지는 주머니에 손을 찌르고 조용히 자리를 떴다.

우리는 죽었다가 살아난 기분이었다.

"미처 눈치채지 못하신 거야!"

나는 동생들에게 속삭였다. 하지만 그때는 까맣게 모르고 있었다. 레오가 오리를 어떻게 죽이는지 보려고 아버지가 아침 내내 도둑고양이처럼 우리 뒤를 몰래 따라다녔다는 사실을 말이다.

내 고향 보스카치오는 사람들이 건강하고 오래 살기로 이름 높은 장수마을이다. 공기가 워낙 맑고 깨끗하기 때문이다. 그러므로 보스카치오에서 두 살배기 아이가 병을 앓는다는 것은 좀처럼 드문 일이다.

그런데 레오가 된통 앓아누웠다. 어느 날 저녁, 우리가 막 집으로 돌아갈 채비를 하는데 레오가 갑자기 땅바닥에 드러누워 울기 시작했다. 레오는 훌쩍이다가 잠이 들었다. 레오가 눈을 뜨려하지 않자 나는 막내를 팔에 안았다.

레오의 몸은 열로 펄펄 끓었다. 우리는 커다란 두려움에 사로잡혔다. 해는 뉘엿뉘엿 넘어가고 하늘은 검붉은 노을에 물들어 길게 땅거미를 드리우고 있었다. 우리는 레오를 풀밭 한가운데 내려놓고는 무슨 끔찍하고 알 수 없는 괴물이 우리를 따라오는 양 마구 소리를 지르며 울면서 내달렸다.

"레오가 잠들었는데 열이 펄펄 끓어요! 이마가 불덩이예요!"

아버지 앞에 이르자 나는 훌쩍이며 말했다. 지금도 뚜렷이 기억하는데 아버지는 벽에서 2연발 총을 꺼내 총알을 채운 다음 겨드랑이에 끼고 아무 말 없이 우리를 따라나섰다. 나는 아버지 옆에 바싹 붙어 걸었다. 이젠 무섭지 않았다. 아버지는 80미터나 떨어진 곳에 있는 토끼도 거뜬히 맞히는 명사수였으니까.

레오는 컴컴한 풀밭에 버려진 채 홀로 누워있었다. 곱슬머리를 이마에 늘어뜨리고 길고 하얀 옷을 입고 누워 있는 모습이 마치 날개를 다쳐 토끼풀밭에 떨어진 아기천사 같았다.

우리 고향 보스카치오에서 죽음은 상상조차 할 수 없는 일이었다. 그래서 레오의 목숨이 위태롭다는 사실이 마을 사람들에게 알려지자 모두 심한 공포에 사로잡혔다. 사람들은 집 안에서조차 목소리를 낮춰 말할 정도였다.

저녁 무렵 낯선 얼굴의 이방인들이 마을을 지나치기만 해도 사람들은 창문을 열지 못했다. 시커먼 옷차림으로 달빛이 환히 비추는 마을을 돌아다니는 게 마치 저승사자처럼 느껴져 겁이 났기 때문이다.

아버지는 마차를 보내 도시의 유명한 의사 세 명을 데리고 왔다. 의사들은 모두 레오를 진찰하고 등에 귀를 대어본 다음 아무 말 없이 아버지를 쳐다보았다.

레오는 여전히 잠에서 깨어나지 못했고 열은 좀처럼 내리지 않았다. 막내의 얼굴은 침대 시트보다 더 하얗게 변했다. 어머니는 우리 형제에 둘러싸여 눈물을 흘렸고 음식도 입에 대지 않았다. 아버지는 가만히 앉아 있지 못하고 연신 콧수염을 비비 꼬면서 말없이 서성거렸다.

레오가 앓아누운 지 사흘째 되는 날, 함께 왔던 의사들이 어두운 표정으로 아버지에게 말했다.

"이 아이를 구할 수 있는 분은 오직 자비로우신 하느님뿐입니다."

지금도 생생하게 생각난다. 아침나절이었다. 아버지가 고개를 끄덕이며 신호를 보내자 우리는 아버지를 따라 앞마당으로 나갔다. 아버지는 휘파람을 불어 일꾼들을 불러모았다. 남자, 여자, 아이를 합해서 50명이 넘었다.

아버지는 키가 크고 말랐지만 힘이 셌다. 콧수염을 길게 기르고 커다란 모자를 썼으며, 맵시 있는 짧은 조끼와 몸에 꼭 달라붙는 바지를 입고, 긴 장화를 신었다. 젊은 시절 아버지는 미국을 여행한 적이 있어서 그런지 미국식 옷을 즐겨 입었다. 다리를 벌리고 떡 버티고 서면 두려움마저 느끼게 했다. 그날도 아버지는 집안 식구가 모두 모이자 다리를 벌리고 우뚝 서서 말했다.

"자비로우신 하느님만이 레오를 구할 수 있단다. 모두 무릎을 꿇어라. 레오를 살려 달라고 하느님께 기도해야겠다."

모두 무릎을 꿇었다. 큰 소리로 하느님께 기도하기 시작했다. 여자들이 먼저 선창을 하면 우리 어린애들과 남자 어른들은 '아멘' 하고 빌었다.

아버지는 팔짱을 끼고 저녁 7시까지 그 자리에 조각상처럼 서 있었다. 사람들은 모두 아버지를 따랐고 레오를 좋아했기 때문에 기도를 멈추지 않았다.

저녁 7시, 해가 뉘엿뉘엿 질 때쯤 아주머니 한 사람이 안에서 아버지를 데리러 나왔다. 나도 아버지를 따라갔다. 의사 세 사람은 창백한 얼굴로 레오의 침대에 둘러앉아 있었다.

"상태가 더 나빠졌습니다. 오늘 밤을 넘기지 못할 겁니다."

나이가 제일 많은 의사가 말했다. 아버지는 아무 말도 하지 않았다. 나는 아버지의 손이 내 손을 꼭 쥐는 걸 느꼈다. 아버지는 내 손을 잡은 채 밖으로 나갔다. 아버지는 총을 집어 총알을 채우더니 어깨에 둘러멨다. 그리고 커다란 꾸러미를 내게 건네주었다.

"가자."

아버지의 목소리는 작았지만 어딘지 모르게 위엄이 서려 있었다. 우리는 들판을 가로질러 걸었다. 해는 저 멀리 숲 속으로 모습을 감춘 뒤였다. 우리는 읍내로 들어갔다. 멀리 성당이 보였다. 아버지와 나는 성당 담벼락을 타고 넘어가 사제관을 두드렸다. 신부님 혼자 집 안에 있었다. 그는 등잔불을 켜놓고 막

저녁 식사를 하던 참이었다. 아버지는 모자를 벗지도 않고 안으로 들어갔다.

"신부님, 레오가 아픕니다."

아버지가 침통한 표정을 지으며 말했다.

"자비로우신 하느님만이 그 애를 구할 수 있다고 합니다. 오늘 장장 열두 시간 동안 쉰 명에 달하는 우리 식구들이 열심히 하느님께 기도를 올렸습니다. 하지만 레오의 상태가 점점 더 나빠지고 있습니다. 오늘 밤을 넘기지 못한답니다."

신부님은 눈을 동그랗게 뜨고 아버지를 바라보았다.

"신부님, 하느님께 말씀을 잘 드려주시오. 지금 상황을 말입니다. 만약 레오가 낫지 않는다면 모든 것을 깡그리 날려버릴 거라고 전해 주십시오. 저 꾸러미에는 다이너마이트가 5킬로그램이나 들어 있소. 성당의 벽돌 하나 제대로 남아나지 않을 겁니다. 자, 갑시다!"

신부님은 한마디 말이 없었다. 엄숙한 표정으로 아버지를 데리고 성당 안으로 들어가 제단 앞에 무릎을 꿇고 두 손을 모았다. 아버지는 총을 손에 든 채 두 다리를 쩍 벌리고 섰다. 그 모습이 바윗덩어리 같았다. 제단 위에서 타고 있는 촛불 하나만 빼고 모두가 어둠에 잠겨 있었다. 자정이 되자 아버지가 나를 불렀다.

"레오의 상태가 어떤지 빨리 가서 보고 오너라."

나는 들판을 쏜살같이 날아가 숨을 헉헉대며 집에 도착했다.

그리고 갈 때보다 더 빨리 달려 성당으로 돌아왔다. 아버지는 여전히 다리를 척 벌리고 손에 총을 든 채 그 자리에 서 있었다.

신부님은 제단 앞에서 무릎을 꿇은 채 쉬지 않고 기도를 올리고 있었다.

나는 헐떡이며 소리쳤다.

"아버지, 레오가 나아졌어요! 위기를 넘겼다고 의사 선생님이 그랬어요! 기적이래요! 모두들 웃으며 기뻐하고 있어요!"

나는 숨을 몰아쉬며 소리쳤다. 신부님이 일어섰다. 얼굴이 온통 땀으로 흠뻑 젖어 있었다.

"잘 됐구나."

아버지는 무뚝뚝하게 말했다. 그리고 신부님이 입을 벌리고 물끄러미 바라보는 사이 호주머니에서 1천 리라짜리 지폐를 한 장 꺼내 헌금함에 넣었다.

"제게 주신 기쁨의 보답입니다. 편히 주무십시오."

아버지는 이 일을 절대로 입 밖에 꺼내지 않았다. 하지만 우리마을에서는 지금까지도 이 일을 두고 하느님마저 겁을 집어먹었다고 말하는 무엄한 사람들이 꽤 있다.

약속을 지킨 소녀와 소년의 이야기

한 소녀가 있었다. 소녀는 파브리콘으로 가는 신작로를 따라 서 있는 세 번째 전봇대에서 매일 저녁 나를 기다리고 있었다.

나는 그때 열네 살이었다. 어느 날 오후 자전거를 타고 파브리콘에서 이어진 신작로를 달려오다가 자두나무 가지가 늘어진 담 곁에서 잠시 멈추었다. 바구니를 들고 걸어오는 아리따운 소녀가 눈에 띄었기 때문이다. 이것이 내가 소녀를 맨 처음 만나게 된 계기였다. 소녀는 나보다 나이도 많고 키도 훨씬 커 보였다.

"나 목마 좀 태워줘. 자두 좀 따게."

나는 처음 본 그녀에게 반말투로 거침없이 말했다. 나는 입이 험해서 무슨 예의를 차리고 하는 따위는 질색이었다.

소녀는 바구니를 내려놓았다. 나는 소녀의 어깨에 올라타고 윗도리에 자두를 잔뜩 집어넣었다.

"앞치마를 펴서 이것 좀 받아."

내 말에 소녀는 고개를 가로저었다.

"자두를 좋아하지 않아?"

"좋아해. 하지만 난 언제든, 마음만 먹으면 따 먹을 수 있으니까. 저 나무는 내 거야. 난 이 집에 살거든."

나는 아직 어려서 짧은 반바지를 입고 있었다. 그러나 벽돌공의 조수 노릇을 하고 있던 터라 우쭐해서 천하에 무서울 것이 없었다.

그 소녀는 나보다 훨씬 컸고 몸매가 마치 처녀 같았다.

"날 놀리는 거야?"

나는 그녀를 노려보며 소리쳤다.

"묵사발을 만들어놓을까 보다. 이 꺽다리 계집애."

소녀는 한마디도 하지 않았다.

이틀 후에 신작로에서 다시 그 소녀를 만났다.

"어이, 꺽다리!"

나는 소녀를 부르고서 욕을 하며 놀려댔다. 지금은 그런 욕을 하지 않지만, 당시만 해도 나는 공사판 십장보다 욕을 더 잘했다.

그 후에도 소녀를 두 번 더 만났지만 역시 그 애는 아무 말도 하지 않았다. 나는 참다못해 어느 날 저녁 자전거에서 뛰어내려 그 소녀를 가로막았다.

"왜 그렇게 말도 없이 날 그런 눈으로 바라보는 거야, 엉?

나는 모자챙을 한쪽으로 삐딱하게 꺾으며 물었다.

소녀는 두 눈을 크게 떴다. 그 눈은 내가 여태껏 한 번도 보지 못한 호수처럼 맑은 눈이었다.

"난 널 바라보지 않았는데."

소녀는 겁에 질린 목소리로 대답했다. 나는 자전거에 다시 올라탔다.

"앞으로 조심해, 이 꺽다리야! 난 남이 놀리는 건 질색이란 말이야."

한 주일쯤 지난 뒤에 나는 다시 그 소녀를 보았다. 어떤 청년과 나란히 걸어가고 있었다. 순간 화가 치밀어 견딜 수가 없었다. 나는 자전거 페달을 미친 듯이 밟으며 내달리기 시작했다. 그 청년의 2미터쯤 뒤에서 자전거를 멈춘 다음 뒤쪽에서 어깨를 힘껏 갈겼다. 사내는 포댓자루처럼 털썩 쓰러져 버렸다.

내가 자전거를 타고 다시 가려 할 때 그는 내게 온갖 욕을 퍼부었다. 나는 다시 자전거에서 내렸다. 그런 욕을 듣고도 모른 척 달아날 내가 아니었다. 그러자 청년은 나에게 미친 듯이 달려들었다. 스무 살쯤 돼 보이는 데다 덩치까지 작은 나를 한주먹에 해치울 수 있을 거로 생각했던 모양이다. 하지만 나는 천하에 두려울 게 없는 벽돌공의 조수였지 않은가?

그가 막 나를 치려는 순간 나는 돌을 던져 녀석의 얼굴 한복판에 정통으로 명중시켰다.

우리 아버지는 기계 다루는 솜씨가 비상했다. 솜씨만큼이나 성질도 대단해서 내가 무슨 잘못을 저지르면 아버지는 스패너를 손에 들고 나를 잡으러 온 마을을 돌아다녀야 했다. 그런 아버지도 내가 돌을 집어 들었다 하면 집으로 돌아가 내가 잠들 때까지 기다렸다. 그래야 나를 잡을 수 있었으니까.

하물며 아버지도 그러셨는데, 그까짓 애송이쯤이야!

녀석의 얼굴에서 피가 흘렀다. 나는 그 틈을 타 자전거를 타고 줄행랑을 놓았다. 이틀 동안은 그 길로 가지 못하고 다른 길로 멀리 돌아서 다녔다. 셋째 날에야 다시 그 신작로로 갔다. 소녀를 보자마자 나는 자전거 페달을 빠르게 밟아 그 애를 따라잡은 뒤, 곧바로 안장에서 뛰어내렸다.

소녀 앞에 우뚝 선 나는 자전거에 달린 바구니에서 쇠망치를 꺼내 들고 말했다.

"경고하는데 앞으로 다른 놈하고 같이 다니는 걸 보면 둘 다 머리통을 부숴버릴 거야."

소녀는 겁에 질린, 호수처럼 맑은 눈으로 나를 쳐다보았다.

"왜 그런 말을 하니?"

나도 왜 그런 말을 하는지 몰랐다. 그러나 알고 모르고가 뭐 중요하겠는가.

"그러고 싶으니까 그러는 거지. 이제부터 너는 혼자 다니든지 나하고 같이 다니든지 해야 해."

소녀는 고개를 갸웃거렸다.

"난 열아홉 살이고 넌 겨우 열네 살밖에 안 되잖니?"

내가 미처 대답할 틈도 없이 소녀의 말이 이어졌다.

"열여덟 살만 됐어도 괜찮았을 텐데. 난 처녀고, 넌 아직 어린애야."

나는 그때 천하에 두려울 것이 없는 벽돌공의 조수였지만, 나이는 어쩔 수 없었다.

"그럼 내가 열여덟 살이 될 때까지 기다려!"

나는 오금을 박듯 마무리 지었다.

"암튼 딴 놈하고 어울리지 마. 정말 싫으니까."

당시 내가 그녀에 대해 가졌던 관심은 자두나무에 쏟은 관심과 별반 다를 게 없었다. 하지만 난 그녀가 너무 좋았다.

이후로도 나는 거의 4년 동안 일요일만 빼고 매일 저녁 그 소녀와 만났다. 소녀는 언제나 파브리콘 쪽 신작로 세 번째 전봇대에 기대어 서서 나를 기다렸다. 비가 오는 날에는 우산을 들고 서 있었다. 나는 한 번도 자전거를 멈추지 않았다.

"안녕." 하고 내가 지나가면서 말하면,

소녀도 똑같이 "안녕." 하고 대답했다.

열여덟 살 생일에 나는 자전거에서 내렸다.

"열여덟 살이 됐어."

나는 목에 힘을 주며 그 애에게 말했다.

"이제 나와 같이 걸어갈 수 있겠지? 또 바보 같은 소릴 지껄이면 머리를 쥐어박을 거야!"

그녀는 벌써 스물세 살로 성숙한 여인의 향기를 풍겼다. 눈은 여전히 호수처럼 맑았고 목소리도 예전같이 나지막했다.

"넌 열여덟 살이지만 난 스물세 살이야. 내가 너처럼 새파랗게 젊은 애랑 같이 다니는 걸 보면 마을 청년들이 돌을 던지며 나를 놀릴 거야."

나는 자전거를 땅바닥에 팽개쳐 버리고 납작한 돌멩이 하나를 집어 들고 말했다.

"저기 전봇대 꼭대기에 있는 하얀 애자 보이지?"

그녀가 고개를 끄덕였다.

나는 돌을 던져 애자를 명중시켰다. 깨진 애자 사이로 벌레처럼 생긴 철선이 덜렁거렸다.

"청년들이 돌을 던질 거라고? 흥, 그자들은 내 돌멩이 피하는 연습부터 해둬야 할걸."

내가 소리쳤다.

"난 그저…, 다 큰 처녀가 아직 투표권도 없는 어린애랑 돌아다닌다고 흉을 보니까 하는 말이야. 네가 군대만 갔다 왔어도…."

소녀가 서둘러 설명했다.

"이봐, 아가씨. 넌 날 멍청이로 아니? 내가 제대를 해도 우리의 나이 차는 줄지 않아. 난 스무 살이고 넌 스물다섯 살이 되지. 그럼 그때 가서 또 딴소리를 늘어놓을 참이니?"

소녀는 고개를 들고 그 맑은 눈으로 나를 쳐다보았다.

"아니야. 열여덟 살과 스물세 살은 곤란하지만 스무 살과 스물다섯 살은 괜찮은 거야. 나이를 먹을수록 차이가 없어지거든. 어른이 되면 스무 살이건 스물다섯 살이건 똑같은 거야."

곰곰이 생각해 보니 그 말이 맞는 것 같았다. 나는 거짓말을 하지 못하는 사람이었다.

"좋아. 그럼 내가 군인이 되면 다시 얘기하자."

나는 자전거에 올라탔다.

"하지만 그때 가서 딴소릴 하면 지구 끝까지라도 찾아가서 박살 내버릴 거야!"

이렇게 엄포를 놓은 다음 나는 자전거를 타고 집으로 돌아갔다.

매일 저녁 나는 세 번째 전봇대 아래 조용히 서 있는 그녀를 보았다. 내가 자전거에서 내리지 않고 '안녕' 하고 말하면 그녀도 '안녕' 하고 대답했다. 소집 영장을 받았을 때 나는 그녀에게 알렸다.

"나 내일 군대 가."

"그래, 잘 다녀와."

그녀가 대답했다.

이 자리에서 군대 얘기를 줄줄이 읊어댈 생각은 없다. 난 18

개월 동안 군대 밥을 먹었고 그중 석 달 동안은 막사 안에서만 지냈다. 나는 저녁마다 외출금지를 당하거나 비상근무 때문에 대기하고 있어야 했다.

18개월이 지나 제대하자마자 나는 집으로 돌아왔다.

저녁 늦게 돌아온 나는 사복으로 갈아입지도 않은 채 자전거를 타고 파브리콘 쪽으로 달려갔다. 만일 누가 그 길을 지나갔더라면 그 사람은 틀림없이 내 자전거에 치여 죽었을 것이다.

날은 점점 어두워져 갔다. 나는 쏜살같이 달리며 도대체 그녀를 어디서 만날 수 있을까 생각했다. 찾을 수 없을지도 모른다고 생각했다. 그러나 반대였다. 그녀는 정확하게 세 번째 전봇대 앞에서 기다리고 있었다.

그녀의 모습은 헤어졌을 때와 변함이 없었다. 호수처럼 맑은 두 눈은 여전히 아름다웠다. 나는 자전거에서 뛰어내리며 말했다.

"나 제대했어. 자 봐. 국방부에서 발행한 제대증이야."

"수고했어."

그녀가 나지막한 음성으로 말했다. 나는 너무도 흥분해서 목이 말랐다.

"예전의 그 자두, 몇 알 먹을 수 없을까?"

그러자 소녀가 한숨을 쉬었다.

"자두나무는 불타버렸어."

"불에 타?"

나는 깜짝 놀랐다.

"언제 불에 탔는데?"

"여섯 달 전, 어느 날 밤 헛간에서 불이 나 집과 함께 과수원의 나무들까지 모두 타버렸어. 두 시간 후에는 벽만 남았어. 저기 보이지?"

나는 길 안쪽을 들여다보았다. 시커멓게 그을린 벽이 붉게 노을 진 하늘을 등지고 서 있었다.

"그럼 너는?"

내가 물었다. 그녀의 입에서 긴 한숨이 흘러나왔다.

"나도 다른 것들처럼 다 타버렸어. 재만 남은 거야."

나는 전봇대에 기대어 서 있는 그녀를 뚫어지게 바라봤다. 나는 그녀의 이마에 손가락을 대며 물었다.

"내가 널 괴롭힌 건 아니니?"

"아니야…. 괴롭히지 않았어."

우리는 잠시 말없이 서 있었다. 하늘이 점점 어두워져 갔다.

내가 먼저 조심스럽게 입을 열었다.

"지금은 어떠니?"

그제야 그녀는 고개를 들고 나를 바라보았다.

"난 너를 기다렸어. 약속은 지켜야 한다는 걸 보여주려고 여태껏 널 기다리고 있었던 거야. 이제 가도 될까?"

나는 그때 스무 살이었고 필요하다면 75밀리 박격포라도 가져다줄 수 있을 만큼 혈기왕성했다. 소녀는 똑바로 서서 눈이 아파져 올 때까지 오랫동안 나를 응시했다.

소녀는 한숨을 쉬며 말했다.

"그럼 이제 가도 될까?"

"안 돼."

내가 대답했다.

"넌 내가 직장을 구할 때까지 기다려야 해. 우린 지금 다시 만났잖아. 이젠 절대 나와 헤어지지 않아도 돼, 알겠어?"

"응."

그녀가 대답했다. 소녀가 미소를 짓는 듯이 보였다. 하지만 나는 그런 바보짓을 잘 견뎌내지 못한다. 그래서 곧바로 자전거에 올라 페달을 밟았다.

그 후 12년 동안 우리는 저녁마다 만났다. 나는 그 앞을 지나면서 한 번도 내리지 않았다.

"안녕!"

"안녕!"

이해하시겠는가?

여자 얘기라면, 술집 여기저기에서 카드를 치거나 노래를 부를 때 나도 항상 그곳에 있었다는 것을 알려드리고 싶다.

소녀가 있었다.

파브리콘으로 가는 길을 따라 서 있는 세 번째 전봇대에서 매일 저녁 나를 기다리고 서 있던 한 소녀가….

새삼스레 이런 이야기를 하는 이유가 뭐냐고? 글쎄, 한마디로 대답하기 어려운 문제다. 어쩌면 시퍼런 강물 위로 심장을 두근거리게 하는 붉고 커다란 해가 저무는 뽀 강 유역 마을에는 상식으로 이해할 수 없는 일들이 일어난다는 사실을 여러분에게 알려주고 싶어서인지도 모르겠다.

아니면 짧은 연애 이야기에 한번 결정하면 결코 뒤로 물러설 줄 모르는 고집 센 뽀 강 사람들의 인생이 담겨 있기 때문인지도 모른다. 딱히 어떤 것이 정답이라고 말하고 싶지도 않다. 하지만 뽀 강 위로 불어오는 청량한 바람을 잠시라도 맞아본 적이 있는 사람이라면 금방 내 말을 이해하게 될 것이다.

뽀 강 유역에는 산 사람에게나 죽은 사람에게나 두루두루 좋은 특별한 바람이 분다. 그곳에서는 개까지도 영혼을 가지고 있다.

독자 여러분이 이 사실을 알아야 돈 까밀로나 뻬뽀네, 그 밖에 이 책에 등장하는 인물들을 더 잘 이해할 수 있을 것이다.

그래야 예수님이 말을 하고 사람들이 미워하지도 않으면서 서로 치고받는 것을 보아도 놀라지 않을 것이다. 또 마주 싸우는 원수끼리 종국에 가서 서로 의견의 일치를 보는 것을 보아도 놀라지 않으리라.

왜냐하면, 이 마을에는 공기를 깨끗하게 정화해 주는 넓고 확 트인 뽀 강의 숨결이 있기 때문이다.

고요하고 위엄 있게 흐르는 강물, 그 강둑 위로 저녁 무렵 죽은 사람이 자전거를 타고 쏜살같이 지나간다.

한밤중에 강둑 위를 홀로 거닐어보라. 그리고 걸음을 멈추고 둑 아래 작은 무덤 뒤에 무릎을 꿇고 앉아보라. 죽은 사람의 유령이 나타나 당신 옆에 앉는다고 해도 놀라지 말고 조용히 그와 대화해 보라.

바로 이것이 우리가 이 지상에서 잃어버린 이 마을을 둘러싸고 있는 특별한 공기이다. 그러면 정치라는 것이 이 고장에서 무슨 일을 일으켰는지도 쉽게 이해할 수 있을 것이다.

이 책의 핵심 주인공은 세 사람이다. 신부 돈 까밀로, 공산주의자 빼뽀네 그리고 불쑥 끼어들어 말을 하는 십자가의 예수님이다.

마지막으로 밝혀둘 것이 하나 더 있다. 혹시 이 이야기를 읽고 돈 까밀로라는 신부 때문에 마음이 상한 신부님이 있다면 굵은 양초로 내 머리통을 후려쳐도 좋다. 또 빼뽀네 때문에 기분이 잡친 공산주의자가 있다면 몽둥이로 내 등짝을 후려쳐도 좋다.

하지만 예수님이 하는 말 때문에 기분이 상한 사람이 있다면 그건 어쩔 수 없는 일이다. 이 책에 등장하는 예수님은 여러분의 예수님이 아니라 나의 예수님이기 때문이다. 즉, 내 양심의 소리인 것이다.

고해성사

돈 까밀로는 입이 매서운 사람이다. 마을의 늙은 지주와 젊은 여자들이 놀아난 추잡한 사건이 일어났을 때만 해도 그랬다. 돈 까밀로는 미사 도중 보통 때처럼 점잖고 의젓하게 강론을 시작했다. 그런데 소문의 주인공인 방탕한 지주 한 명이 맨 앞줄에 앉아 있는 게 눈에 띄자 열이 확 받쳤다. 그는 당장 강론을 중단하고, 예수님이 듣지 못하도록 제단 위의 십자가에 보자기를 뒤집어씌웠다. 그러고는 두 주먹을 허리에 갖다대고 특유의 웅변을 하기 시작했다. 커다란 덩치에서 나오는 목소리가 어찌나 크고 우렁찼던지 작은 성당의 지붕이 들썩일 정도였다.

선거철이 다가왔다. 돈 까밀로는 공산당 입후보자에 대해 반대한다는 입장을 분명하게 표명했다. 그 덕에 어느 날 저녁, 마을에 나갔다가 사제관으로 돌아오는 길에 습격을 받았다. 온몸을 외투로 감싼 괴한이 느닷없이 울타리 뒤에서 튀어나왔다. 돈 까밀로는 자전거를 타고 있어서 몸을 마음대로 움직일 수가 없었다. 게다가 손잡이에는 70여 개의 달걀이 든 보따리가 매달려 있었다. 괴한은 돈 까밀로가 옴짝달싹할 수 없는 그 상황을 이용해 무차별적으로 몽둥이세례를 퍼부었다. 그러고는 어둠 속으로 순식간에 사라졌다.

돈 까밀로는 누구에게도 이 사실을 말하지 않았다. 사제관에 도착하자마자 달걀을 무사히 내려놓고 곧바로 성당으로 달려갔다. 의심쩍은 일이 생길 때면 언제나 그랬듯이 예수님과 의논하기 위해서였다.

"어찌 이럴 수가 있단 말입니까?"

돈 까밀로가 열을 내며 예수님께 따졌다.

"몸을 씻고 등에다 기름을 살짝 바르려무나. 그리고 잊어버려라."

제단 위의 예수님이 조용히 말씀하셨다.

"우리를 모욕한 사람을 너는 용서해야 한다. 이것이 율법이니라."

"옳은 말씀입니다. 하지만 이번 일은 단순한 모욕이 아니라 몽둥이찜질이었습니다."

돈 까밀로가 대들 듯 말했다.

"그게 무슨 말이냐? 육신이 받은 모욕이 정신이 받은 모욕보다 더 치욕스럽단 말이더냐?"

"무슨 말씀인지 알겠습니다. 하지만 생각해 보십시오. 예수님의 사도인 저한테 몽둥이찜질을 한 건 예수님을 모욕한 거나 마찬가지 아닙니까? 저를 위해서가 아니라 예수님을 위해 이러는 겁니다."

"하느님의 사도 노릇은 내가 너보다 더하지 않았느냐? 그래도 나는 십자가에 나를 못 박은 자들을 모두 용서했느니라."

"예수님과 무슨 대화가 되겠습니까?"

돈 까밀로가 고개를 획 돌리며 말했다.

"예수님 말씀이 언제나 옳습죠! 예수님 뜻대로 따르겠습니다. 하지만 잊지 마십시오. 그자가 저의 침묵을 오해하고 또다시 공격해 온다면, 그 책임은 순전히 예수님께 있는 겁니다. 구약의 말씀을 인용해 보면…."

"돈 까밀로, 내 앞에서 구약을 들먹이는 거냐? 나머지 일에 관해선 내가 모든 책임을 지마."

예수님은 속삭이듯 계속 말씀하셨다.

"하지만 우리끼리 말인데…, 너도 매질을 당했으니 잘 알겠지만 말이다…. 우리 집에서는 정치 문제를 들먹거려서는 안 되느니라."

돈 까밀로는 얼굴도 모르는 그 범인을 용서해 주기로 했다.

하지만 목에 생선가시가 걸린 것처럼 무척 찝찝했다. 누가 자신을 때렸는지 궁금해 죽을 지경이었다.

두 달쯤 지난 어느 늦은 저녁이었다. 돈 까밀로는 고해실에 앉아 있었다. 그런데 고해실 창살 너머로 공산당 두목 뻬뽀네의 얼굴이 보이는 게 아닌가! 뻬뽀네가 고해성사를 보러 오다니 입이 쩍 벌어질 사건이었다. 돈 까밀로는 속으로 굉장히 기뻐하며 말했다.

"하느님의 은총이 그대와 함께하기를! 자네는 어느 누구보다도 하느님의 성스런 축복이 필요한 사람 아닌가? 고해성사를 본 지가 얼마나 됐나?"

"1908년 이후로 처음이오."

뻬뽀네가 시큰둥하게 대답했다.

"그럼 28년 동안 지은 죄를 생각해 보게. 자네 머릿속을 가득 채우고 있는 그 못된 공산당 사상과 함께 말일세. 너무 많아 한 번에 생각해내기가 어려울까?"

돈 까밀로가 능청스럽게 말했다.

"그렇소, 좀 많소이다."

뻬뽀네가 눈을 흘기며 대답했다.

"예를 들면?"

"두 달 전에 신부님을 몽둥이로 때렸소."

"심각한 일이군. 하느님의 사도를 때린 건 하느님을 모욕한 거나 다름없어."

돈 까밀로는 이를 앙다물며 말했다.

"회개하고 있소. 하지만 난 하느님의 사도가 아니라 정치 선동가인 신부님을 때린 거요. 인간적인 욕망에 빠진 순간이었소."

"흠! 그 일과 극악무도한 공산당에 가입한 것 말고 다른 죄는 짓지 않았는가?"

뻬뽀네는 생각하고 있던 죄를 모두 털어놓았다. 하지만 뭐, 대수롭지 않은 것들이었다. 돈 까밀로는 주기도문과 성모송을 스무 번 반복하라는 보속*을 주고 그의 죄를 사해 주었다. 뻬뽀네는 보속을 하기 위해 제단 앞에 무릎을 꿇었다. 돈 까밀로도 십자가상 아래로 가서 무릎을 꿇었다. 그리고 예수님을 쳐다보며 말했다.

"예수님, 용서하십시오. 아무래도 저놈을 한 대 때려줘야 속이 시원할 것 같습니다."

"꿈에도 그런 생각을 하지 마라. 나는 저자를 용서했다. 너도 용서해야 한다. 알고 보면 선량한 사람 아니더냐?"

"선량한 사람이라고요? 아이고 예수님, 공산당 놈들을 믿지 마십시오. 그놈들은 음흉하기 짝이 없습니다. 특히 저놈 얼굴 좀 보십시오. 꼭 도둑놈 얼굴같이 생기지 않았습니까?"

"내 보기엔 보통 사람의 얼굴과 똑같은 모습이구나. 돈 까밀

* 고해성사 뒤에 신부가 주는 일종의 벌.

로야, 그러고 보니 네 마음은 원한으로 가득 차 있구나!"

"예수님, 제가 지금까지 예수님을 잘 섬겨왔다면 제게 자비를 베풀어 주십시오. 적어도 저놈의 등짝을 큰 양초로 딱 한 번만 내리치게 허락해 주십시오. 예수님, 양초로도 안 될까요?"

"안 된다. 네 손은 축복을 내리라고 있는 거지, 사람을 때리라고 있는 게 아니니라."

돈 까밀로는 한숨을 지었다. 그는 머리 숙여 절하고 제단에서 물러났다. 성호경을 그으려고 제단 쪽으로 다시 돌아서니 뻬뽀네의 등짝이 보였다. 그는 무릎을 꿇고 한창 기도에 몰두해 있었다.

"정 그러시다면…."

돈 까밀로는 두 손을 모은 채 예수님을 바라보며 뜻 모를 미소를 지었다.

"손은 축복하라고 있는 것이지만 발은 아닙니다."

"그건 그렇구나."

제단 위에서 예수님이 말씀하셨다.

"하지만 돈 까밀로, 부탁이다. 딱 한 번만 차라."

예수님의 말이 끝나기 무섭게 돈 까밀로는 번개처럼 날아가 뻬뽀네의 등짝을 걷어찼다. 뻬뽀네는 제단 앞으로 발랑 나자빠졌다. 그런데 그는 마치 그럴 줄 알았다는 듯이 태연한 얼굴이었다. 더군다나 몸을 일으키며 빙그레 웃기까지 했다.

"10분째 이걸 기다리고 있었소. 나도 이제야 마음이 한결 후

련해졌소이다."

빼뽀네가 한숨을 쉬며 말했다.

"나도 그렇다."

돈 까밀로가 큰 소리로 대답했다. 그의 마음도 맑게 갠 하늘처럼 후련하고 시원했다. 예수님은 아무 말씀도 하지 않으셨다. 하지만 그분도 속으로는 흡족해 하셨을 것이다.

세례

한 남자와 두 여자가 느닷없이 성당 안으로 들어왔다. 한 여자는 공산당 두목 뻬뽀네의 아내였다. 사다리 꼭대기에서 성 요셉의 후광을 윤이 나게 닦고 있넌 돈 까밀로가 그들을 돌아보며 무슨 일이냐고 물었다.

"아기 세례를 받으러 왔어요."

남자가 대답했다. 그러자 한 여자가 강보에 싸인 아기를 보여주었다.

"누구 아기지?"

돈 까밀로가 사다리를 내려오며 물었다.

"제 아이예요."

빼뽀네의 아내가 대답했다.

"남편과의 사이에서 낳은 아이인가?"

돈 까밀로가 심드렁하게 물었다.

"당연하죠! 누구랑 아이를 만들었겠어요, 신부님하고 만들었을까요?"

빼뽀네의 아내가 성을 내며 꽥 소리를 질렀다.

"뭐 그렇게 성낼 것까진 없는데…. 나도 들은 바가 있어서 해본 소리요. 당신네들 공산당에서는 자유연애가 유행이라고 하던데?"

돈 까밀로는 세례 준비를 하기 위해 제의실로 가면서 한 번 더 비꼬아주었다. 제단 앞을 지나면서 돈 까밀로는 십자가상의 예수님께 눈을 찡긋하며 속으로 말했다.

"들으셨습니까? 저 무신론자들을 한 방 먹여준걸."

돈 까밀로는 혼자 낄낄거렸다.

"어리석은 소리 하지 말아라, 돈 까밀로."

예수님이 화난 목소리로 말씀하셨다.

"저들이 무신론자들이라면 아이의 세례를 위해 여기까지 왔겠느냐. 설령 빼뽀네의 아내가 따귀를 때렸다 해도 할 말이 없을 만한 짓을 한 거다."

"만약 그녀가 제 따귀를 때린다면, 저는 세 사람의 멱살을 한꺼번에 움켜잡고…."

"움켜잡고, 그다음엔?"

예수님이 엄한 목소리로 물으셨다.

"아닙니다. 그냥 해본 소리입니다."

"돈 까밀로야, 정신 차려라."

예수님이 경고하셨다.

돈 까밀로는 제의로 갈아입고 제단 앞으로 갔다.

"아기 이름을 뭐라고 할 건가?"

"레닌 리베로 안토니오."

뻬뽀네의 아내가 돈 까밀로를 똑바로 쳐다보며 말했다.

"그럼 러시아에 가서 세례를 받게."

돈 까밀로는 시뻘게진 얼굴로 솥뚜껑만큼 큰 손으로 세례반 뚜껑을 '탁' 소리 나게 닫아버렸다. 그러자 세 사람은 말없이 성당을 나갔다. 돈 까밀로는 제의실로 들어가려 했다. 그런데 예수님의 추상같은 목소리가 그의 발목을 붙잡았다.

"돈 까밀로, 너 아주 못된 짓을 저질렀구나! 빨리 가서 저 사람들을 불러다 세례를 주거라!"

"예수님, 세례는 절대 장난으로 주는 게 아닙니다. 세례는 성스런 겁니다. 세례는…."

"돈 까밀로! 감히 내게 세례가 뭔지 가르칠 셈이냐? 넌 커다란 죄를 지었다. 저 아이가 만약 지금 이 순간 목숨을 잃는다면 어떻게 할 것이냐? 아이가 천국에 들어가지 못하면 순전히 네 탓이다!"

"예수님, 과장이 너무 심하십니다!"

돈 까밀로가 억울하다는 듯이 대꾸했다.

"멀쩡한 아이가 왜 갑자기 죽겠습니까? 장미처럼 싱싱하고 살결이 뽀얗기만 하던데요."

"괜한 소리가 아니다. 갑자기 아이 머리에 기왓장이 떨어지거나 발작이 일어날 수도 있다. 넌 세례를 주었어야 했다."

"예수님, 잠깐 생각해 보십시오. 만일 저 애가 죽어서 지옥에 간다 해도 어쩔 수 없는 일입니다. 하지만 저 아이는 불한당의 자식이기 때문에 틀림없이 천국에까지 머리를 들이밀 겁니다. 그런데 어떻게 제가 레닌이라는 이름을 가진 자를 예수님이 계신 천국에 보낼 수 있겠습니까? 저는 천국의 명예를 생각해서 그런 겁니다."

"천국의 명예는 내가 알아서 생각하겠다."

예수님이 버럭 화를 내며 말씀하셨다.

"나한테 중요한 건 착한 사람인가 아닌가 하는 거다. 이름이 레닌이건 마르크스건 나한텐 중요하지 않다. 적어도 넌 그 사람들을 설득해 볼 수도 있었다. 아이에게 이상한 이름을 붙여주면 커서 놀림감이 될 수도 있다고 말이다."

"알겠습니다. 늘 제 잘못이군요. 수습해 보도록 하겠습니다."

그때 누군가 성당 안으로 들어왔다. 뻬뽀네가 혼자 아이를 안고 나타난 것이다. 그는 성당 안으로 들어오더니 문을 잠갔다.

"내 아들이 내가 원하는 이름으로 세례를 받지 못한다면 여기서 한 발자국도 움직이지 않겠소."

빼뽀네가 소리쳤다.

돈 까밀로가 웃음 띤 얼굴로 예수님에게 돌아서며 속삭였다.

"보십시오! 저런 놈이라니까요."

"저 사람의 처지가 되어 봐라. 저 사람이 사는 방식을 인정하지는 못하겠지만 이해할 수는 있을 거다."

돈 까밀로는 고개를 저었다.

빼뽀네는 강보에 싸인 아이를 의자에 내려놓았다. 그러고는 돈 까밀로를 정면으로 쳐다보며 소매를 걷어 올렸다.

"다시 한 번 말하겠소. 내가 원하는 대로 아들에게 세례를 주지 않는다면 여기서 한 발자국도 물러서지 않겠소. 단 한 발자국도."

"예수님."

돈 까밀로는 간청하듯 말했다.

"저는 당신을 믿습니다. 당신의 사제가 저 못된 공산당 두목의 명령에 굴복하는 게 옳다고 생각하신다면 뜻대로 하겠습니다. 하지만 내일 저들이 제게 송아지를 데려와서 세례를 달라고 강요해도 불평하지 마십시오. 아실 겁니다. 나쁜 선례를 만들어놓을 수 있다는걸…."

"이번 경우는 네가 저 사람을 이해시켜야 한다."

"저 인간이 제게 기회를 주지 않는다면요?"

"돈 까밀로, 한번 해보렴. 참아야 한다. 내가 했던 것처럼 말이야."

돈 까밀로는 몸을 휙 돌리며 말했다.

"좋아, 뻬뽀네. 아이에게 세례를 주겠네. 하지만 그 빌어먹을 이름으로는 안 돼!"

"왜 안 된다는 거요? 돈 까밀로!"

뻬뽀네가 눈을 부라리며 말했다.

"내가 산에서 싸우다가 등짝에 총알을 하나 맞은 뒤부터 얼마나 날렵해졌는지 가르쳐 드릴까? 비겁하게 뒤에서 걷어찰 생각일랑 하지 마! 그랬다가는 나도 의자로 후려쳐버릴 테니까!"

"안심하게, 뻬뽀네. 비겁하게 뒤에서 걷어차지는 않겠어. 그렇지만 손 좀 봐야겠는걸."

말이 떨어지기가 무섭게 돈 까밀로는 뻬뽀네의 귀밑에 주먹을 날렸다. 뻬뽀네는 갑자기 날아온 주먹을 맞고 뒤로 나자빠졌다. 하지만 그도 만만치 않았다. 벌떡 일어나 반격을 해왔다. 두 사람 모두 솥뚜껑처럼 생긴 큼지막한 주먹을 갖고 있었다. 휙휙 공기를 가르며 주먹이 날아다녔다. 20분 동안이나 성당 안에서 난투극이 벌어졌다.

그때 돈 까밀로의 등 뒤에서 응원하는 목소리가 들려왔다.

"힘내라! 돈 까밀로! 아래턱을 공격해라, 아래턱을!"

제단 위의 예수님이었다. 돈 까밀로는 예수님의 말대로 뻬뽀네의 아래턱을 힘껏 후려쳤다. 뻬뽀네는 보기 좋게 뒤로 나가떨어져 10분 가까이 널브러져 있었다. 잠시 후 뻬뽀네는 자리에서 일어나 턱을 문지르고 옷매무시를 가다듬었다. 웃옷을 입고 붉은 목도리를 두르고 나더니 아이를 안아 올렸다.

돈 까밀로는 어느새 제의로 갈아입고 세례반 앞에 장승처럼 서서 뻬뽀네를 기다렸다. 뻬뽀네가 천천히 다가왔다.

"이름을 뭐라고 할까?"

"까밀로 리베로 안토니오."

뻬뽀네가 퉁명스럽게 말했다.

돈 까밀로는 고개를 저었다.

"안 돼. 안토니오 대신 그냥 레닌을 집어넣자고. 그래서 '리베로 까밀로 레닌'이라고 부르세. 까밀로가 옆에 붙어 있으면 제아무리 레닌이라도 별수 없을 테니까."

돈 까밀로가 의기양양하게 말했다.

"아멘."

뻬뽀네는 턱을 문지르며 중얼거렸다.

세례식이 끝난 뒤 돈 까밀로가 제단 앞을 지나자 예수님이 웃으며 말씀하셨다.

"돈 까밀로, 인정한다. 정치적인 면에서 네가 나보다 한 수 위로구나. 하하하."

"주먹질도 마찬가지입니다."

돈 까밀로는 이마 위에 난 커다란 혹을 무심히 쓰다듬으며 오만하게 대답했다.

성명서

마을 문방구 주인인 바르키니 영감이 저녁 늦게 사제관을 찾아왔다. 그는 활자 두 상자와 1870년산 구형 인쇄기를 갖추고 있어 문방구 앞에 '인쇄소'라는 간판도 걸어놓고 있었다. 바르키니는 뭔가 중요한 일을 의논하는지 신부의 서재에 꽤 오랫동안 머물렀다. 그가 밖으로 나가자 돈 까밀로는 제단의 예수님에게 쏜살같이 달려갔다.

"중대한 소식입니다!"

돈 까밀로가 소리쳤다.

"내일 공산당 놈들이 성명서를 낸답니다. 바르키니가 교정쇄를 가져왔어요."

돈 까밀로는 갓 인쇄된 종이 한 장을 주머니에서 꺼내 큰 소리로 읽었다.

처음이자 마지막 경고

어저께 밤에 또다시 어떤 비겁한 자가 우리들의 벽뽀에 모욕찌긴 상소리를 써노코 갔다. 어둠을 틈타 선동적인 행동을 한 불한당은 손모가지를 조심하라. 그런 지슬 중단하지 않을 경우 후회하게 될 것이다. 나중에 가서 후해해도 소용 없다. 인내에도 한개가 있는 줄 알라!

—지부당 서기장 읍장 주세페 뻬뽀네 보타지

돈 까밀로는 배를 움켜쥐며 데굴데굴 굴렀다.

"어떻습니까? 걸작 아닙니까? 내일 이 성녕서를 보고 사람들이 웃어댈 걸 생각해 보십시오. 뻬뽀네가 성명서를 냈다, 배꼽을 잡고 웃을 일 아닙니까?"

예수님은 아무 말씀이 없으셨다. 돈 까밀로는 눈을 동그랗게 뜨고 예수님을 쳐다보았다.

"어떻게 썼는지 못 들으셨어요? 다시 읽어드릴까요?"

"들었다, 들었고말고."

예수님의 반응은 여전히 시큰둥했다.

"누구나 자기 방식대로 표현하는 거다. 초등학교 3학년까지 다닌 사람한테 세련된 문장을 요구하는 건 정당한 처사가 아니다."

"예수님!"

돈 까밀로는 어이없다는 표정으로 말했다.

"세련까지는 아니더라도 맞춤법은 맞아야 할 것 아닙니까?"

"돈 까밀로야, 논쟁에서 저지를 수 있는 가장 비열한 행동 중 하나는 상대방의 문법과 문장의 오류를 트집 잡는 것이다. 논쟁에서 중요한 것은 주제다. 너는 성명서의 위협적인 말투가 얼마나 볼썽사나운지에 대해 얘기했어야 했다."

돈 까밀로는 종이를 주머니에 집어넣었다. 그러고는 입을 댓자나 내민 채 투덜거렸다.

"맞습니다. 정말 비난받을 일은 성명서의 위협적인 말투입니다. 그런데 이런 종류의 글에서 무얼 기대하시는 겁니까? 저들은 싸움밖에 모르는걸요."

"말투는 과격해도 뻬뽀네가 속까지 극악무도해 보이지는 않더구나."

예수님의 말에 돈 까밀로는 고개를 흔들었다.

"좋은 포도주를 냄새나는 썩은 통에 넣는 격이죠. 사람은 환경의 지배를 받는 동물인데, 나쁜 무리와 어울리다 보면 결국 자신과 집안을 망치는 법 아닙니까?"

예수님은 그 말에 동의하지 않았다.

"다시 말하지만 빼뽀네의 경우 겉모습만 보지 말고 그 속내를 자세히 살펴봐야 한다. 빼뽀네의 행동이 타고난 놀부 심보탓인지 아니면 그를 선동한 자극 때문인지 헤아려봐야 한다는 얘기다. 네 생각에 빼뽀네가 누구와 힘겨루기를 하고 있는 것 같으냐?"

"제가 그걸 어떻게 알겠습니까?"

"어떤 종류의 모욕을 받았는지 알고 싶구나."

예수님이 계속 물고 늘어지셨다.

"빼뽀네 말은 누군가 어제저녁 그의 벽보에 모욕적인 글을 적었다는 거지? 어제저녁 담뱃가게에 갔을 때 혹시 그 벽보 앞을 지나가지 않았더냐? 잘 생각해 보아라."

"사실…, 지나갔습니다."

돈 까밀로는 솔직히 인정했다.

"그때. 잠깐 틈을 내서 그 벽보를 읽지 않았느냐?"

"사실 읽었다고 말할 수는 없죠. 한 번 슬쩍 쳐다봤을 뿐이니까요. 제가 뭐, 잘못한 거라도 있나요?"

"누가 잘못했다더냐? 우리들의 어린양들이 무얼 말하고 쓰고 생각하는지 응당 살피고 있어야 하겠지. 난 다만 네가 벽보에서 어떤 이상한 문구를 보았는지 알고 싶어 묻는 거다."

돈 까밀로는 고개를 가로저었다.

"제가 벽보를 보았을 때 이상한 문구는 눈에 띄지 않았습니다. 맹세할 수 있습니다, 그럼요!"

예수님은 잠시 생각에 잠기셨다.

"돈 까밀로, 그럼 돌아올 때 이상한 말이 쓰여 있는 걸 보지 못했느냐?"

돈 까밀로는 골똘히 생각했다.

"아, 그러고 성명서에 붉은 펜으로 낙서가 휘갈겨져 있는 걸 본 것도 같네요…. 실례하겠습니다. 사제관에 누가 온 듯해서요."

돈 까밀로는 황급히 절을 하고, 슬그머니 제단 앞에서 도망치려고 했다. 하지만 예수님의 목소리가 그를 붙잡았다. 돈 까밀로는 뒤로 천천히 돌아섰다. 그리고 시큰둥한 얼굴로 제단 앞에 다시 섰다.

"그래서?"

예수님이 준엄하게 물으셨다.

"네…, 사실은 제가 그랬습니다."

돈 까밀로가 더듬거리며 대답했다.

"성명서를 보니 어떤 말이 머릿속에서 튀어나오더군요…. '빼뽀네 바보' 라고 말입니다. 하지만 그 벽보를 읽으셨다면 예수님도 틀림없이…."

"돈 까밀로! 아직도 네가 한 짓을 모르고 있구나. 그러고도 신부라고 할 수 있겠느냐?"

"용서하십시오. 어리석은 짓을 했습니다. 뉘우치고 있습니다. 하지만 빼뽀네는 지금 또다시 협박 조의 성명서를 내려 합니다. 그러니 우린 비긴 셈이죠."

"비기긴 뭐가 비겨!"

예수님이 화를 내셨다.

"빼뽀네는 어제저녁 너한테 '바보' 라는 소리를 들었다. 내일은 마을 사람들 전체에게 그런 소리를 들을 거다. 사람들이 마을 여기저기서 쏟아져나와 인민의 우두머리, 빼뽀네의 실수를 비웃는 모습을 상상해 보아라. 빼뽀네가 무서워 오금도 못 펴던 사람들이 말이다. 이제 속이 시원하느냐?"

돈 까밀로는 다시 용기를 내어 말했다.

"알겠습니다. 하지만 넓게 생각해 정치적 의미로 보면…."

"난 정치 따위엔 관심이 없느니라!"

예수님이 말을 가로막으셨다.

"초등학교 3학년밖에 다니지 않았다는 사실을 빌미로 읍장을 조롱거리로 만든다는 건 비겁한 짓이다. 더구나 그 원인 제공자가 너라는 사실이 몹시 슬프구나."

"예수님…."

돈 까밀로가 한숨을 지으며 말했다.

"알겠습니다…. 어떻게 할까요?"

"바보라고 쓴 사람은 내가 아니다. 죄를 지은 사람이 속죄를 해야지. 네가 알아서 수습하거라."

돈 까밀로는 도망치듯 사제관으로 돌아와 방 안을 서성였다. 빼뽀네의 성명서 앞에서 낄낄거릴 사람들의 비웃음 소리가 귓가에 들리는 듯했다.

"멍청이들!"

돈 까밀로는 버럭 소리를 지르며 성모상 앞으로 나아갔다.

"성모님, 저 좀 도와주십시오."

"내 아들의 권한에 속한 일입니다. 내가 끼어들 문제가 아니예요."

성모 마리아가 나지막이 말씀하셨다.

"그래도 이렇게 부탁드립니다."

"생각해 보죠."

그때 갑자기 뻬뽀네가 사제관 문을 열고 불쑥 들어왔다.

"보시오, 신부님! 여기선 정치는 빼고 얘기합시다. 곤경에 빠진 한 인간이 신부한테 조언을 구하러 온 거니까요. 안심하고 얘기해도 되겠소?"

뻬뽀네가 진지한 표정으로 말했다.

"그게 바로 신부의 의무지. 말해 보게, 누구를 때려죽이기라도 했나?"

"난 사람을 죽이지는 않소. 다만 누가 아픈 데를 건드리면 번개같이 주먹을 날리기는 하지만 말이오."

"자네 아들 리베로 까밀로 레닌은 잘 있나?"

돈 까밀로는 시치미를 떼며 말머리를 돌렸다. 그러나 뻬뽀네는 세례 날 얻어맞은 일이 기억나는지 어깨를 으쓱했다.

"그 일이 아직 끝장난 건 아니요. 주먹에는 주먹밖에 없으니까. 하지만 이번 사건은 다른 문제요. 우리 마을에 악당이 한 놈 있소. 그놈이 죽으려고 환장을 했나 보오. 읍장인 내가 서명까지 해서 우리 게시판에 붙여놓은 성명서에 '빼뽀네 바보' 라고 써놓았단 말이오!"

"그게 전부인가? 난 또 무슨 큰일이 난 줄 알았지."

돈 까밀로가 시큰둥하게 말했다.

"12주 동안 계속해서 성당 게시판에 '돈 까밀로 바보' 라는 벽보가 붙어 있어도 그렇게 태연할 수 있을지 보고 싶소!"

돈 까밀로는 말도 안 되는 비유라고 딱 잘라 말했다. 성당 게시판과 공산당 지부당의 게시판은 근본적으로 다른 것이다. 성직자를 바보라고 하는 것과 공산당의 우두머리에게 바보라고 하는 것은 결코 비교될 수 없는 문제라고 여겼다.

"누구 짓인지 짐작 가는 사람이 있나?"

돈 까밀로가 물었다.

"모르겠소. 그나마 내가 모르는 게 다행 아니겠소.?"

빼뽀네가 대답했다.

"누구 짓인지 알았다면 그 악당 놈은 지금쯤 두 눈이 시퍼렇게 멍들어 있을 것이오. 벌써 열두 번이나 장난질을 쳤소. 분명 같은 놈의 짓이오. 이제 참는 것도 한계가 있다는 걸 놈한테 알려주고 싶소. 하지만 내가 들쑤시고 다녔다간 난리가 일어날 테니 가만히 참고 있는 거요. 그래서 성명서를 인쇄해 그놈과 그 패거리가 볼 수 있도록 골목마다 붙일 생각이오."

돈 까밀로는 묵묵히 듣고 있다가 심드렁한 목소리로 말했다.

"나는 인쇄소 주인이 아니야. 그게 나랑 무슨 상관인가? 인쇄업자한테나 가보게."

"벌써 갔다 왔소."

빼뽀네의 안색이 어두워졌다.

"하지만 또 바보 소리를 듣고 싶지는 않소. 그러니 바르키니가 성명서를 인쇄하기 전에 신부님이 교정 좀 봐주시오."

"하지만 바르키니도 무식쟁이는 아니지 않나. 뭔가 틀린 글자가 있으면 자네한테 말해 줄 걸세."

"톡 까놓고 얘기해 볼까요.?"

빼뽀네가 돈 까밀로에게 다가가며 말했다.

"그자는 신부님 수족 아니오? 뱃속까지 시커먼 반동분자란 말이오. 내가 '마음'을 '미음'이라고 쓴 걸 본다 해도 아무 말도 하지 않을 거요."

"하지만 자네 부하들도 있지 않은가."

"내가 부하들한테 고개를 숙이고 글을 고쳐달라고 해야겠소? 게다가 문제는 그놈들도 대부분 철자법을 제대로 모른다는 거요!"

"어디 좀 보세."

빼뽀네는 얼른 초안을 내밀었다.

"오자는 둘째 치고 말투가 너무 과격한 것 같은데."

"과격하다고요?"

빼뽀네의 표정이 다시 험악해지기 시작했다. 그는 이를 부드득 갈더니, 주먹을 위로 추어올리며 소리쳤다.

"그 악당은 씹어먹어도 시원찮을 놈이오. 그런 음흉한 선동가에겐 이 정도도 부족하다고요!"

돈 까밀로는 못 들은 척 펜을 집어 들고 교정을 보기 시작했다.

"자, 다 됐으니 이 부분을 펜으로 다시 쓰게."

빼뽀네는 종이가 시커멓도록 찍찍 줄을 긋고 다시 쓴 성명서를 씁쓰레한 얼굴로 바라보았다.

"이 비열한 바르키니 영감탱이, 한 군데도 틀린 데가 없다더니…. 얼마를 드려야 하겠소?"

"필요 없네. 그저 입이나 꾹 다물고 있게. 난 내가 공산당 선전에 한몫했다는 말을 듣고 싶지 않으니까."

"그럼 달걀 꾸러미라도 좀 보내드리겠소."

빼뽀네가 돌아가자 돈 까밀로는 잠자리에 들기 전에 예수님에게 인사를 드리러 갔다.

"저 인간을 제게 보내주셔서 감사합니다."

"내가 할 수 있는 최소한의 일이었다. 어떻게 되었느냐?"

예수님이 웃으며 말씀하셨다.

"석연찮긴 하지만 잘 끝났습니다. 빼뽀네는 제가 한 짓이라는 걸 전혀 눈치채지 못하던데요."

"천만에, 그는 다 알고 있었다. 열두 번 모두 네 짓이라는 걸 말이다. 저녁때, 두 번이나 네가 하는 짓을 직접 보기도 했으니까. 돈 까밀로, 조심하거라. 또다시 '뻬뽀네 바보' 라고 쓰려거든 먼저 일곱 번쯤 생각해 보아라!"

"예수님, 외출할 땐 항상 펜을 두고 다니겠습니다."

돈 까밀로는 진지하게 말했다.

"아멘."

예수님은 웃으면서 돈 까밀로를 바라보셨다.

복수전

돈 까밀로는 마을의 문젯거리를 들먹이다 흥분해, 강론대에서 공산당 욕을 신나게 해버리고 말았다. 통쾌한 일이었지만 일이 그걸로 끝난 것은 아니었다. 그는 다음 날 당장 선물을 받았다. 저녁때 종지기가 외출한 사이 돈 까밀로는 손수 종줄을 잡아당겨야 했다. 줄을 잡아당기는 순간 지옥에 온 것 같은 무시무시한 일이 벌어졌다. 어느 빌어먹을 인간이 종의 추에 화약을 달아놓았던 것이다. 다친 데는 없지만 폭발소리에 심장이 벌렁거렸다.

돈 까밀로는 이 일에 대해 아무 말도 하지 않았다. 그날 저녁 미사도 점잖게 치렀다. 성당 안은 사람들로 가득 찼다. 한 사람의 공산당원들도 빠짐없이 참석했다. 빼뽀네는 맨 앞줄에 앉아 있었는데 그 패거리들이 어찌나 시침을 뚝 떼고 앉아 있었던지 예수님이라도 분통을 터뜨릴 지경이었다. 하지만 돈 까밀로는 놀랄 만큼 태연히 행동했다. 미사가 싱겁게 끝나버리자 사람들은 실망해서 집으로 돌아갔다.

그는 성당 문을 닫자마자 망토를 걸쳐입었다. 외출하기 전, 제단 앞에 가서 인사를 하고 나올 작정이었다.

"돈 까밀로, 내려놓아라."

예수님이 말씀하셨다.

"무슨 말씀이신지요?"

"내려놔라!"

돈 까밀로는 망토 아래 감췄던 몽둥이를 제단 앞에 내려놓았다.

"나쁜 짓이다, 돈 까밀로."

"예수님, 참나무가 아니라 미루나무입니다. 무르고 잘 휘어서…."

돈 까밀로가 머리를 긁적이며 변명을 했다.

"가서 자거라, 더 이상 빼뽀네 생각은 하지 말고."

돈 까밀로는 열이 잔뜩 오른 채 씩씩대며 잠을 자러 갔다.

다음 날 저녁 늦게 빼뽀네의 아내가 성당에 나타났다.

돈 까밀로는 발밑에서 화약이라도 터진 듯 벌떡 일어섰다.

"신부님!"

그녀는 매우 흥분한 목소리로 돈 까밀로를 불렀다. 하지만 돈 까밀로는 말을 가로막으며 소리쳤다.

"어서 나가시오, 못된 무신론자 같으니라고!"

"신부님, 그런 말씀일랑 다음에 하세요. 큰일이 생겼다고요! 전에 뻬뽀네에게 총을 쐈던 자가 감옥에서 풀려나 카스텔리노에 나타났대요!"

돈 까밀로는 시가에 불을 붙였다.

"그 말을 왜 나한테 하는 거요? 내가 그자를 풀어 준 것도 아닌데 말이야. 게다가 그 일이 당신하고 무슨 상관이지?"

뻬뽀네의 아내는 여전히 흥분한 채 소리쳤다.

"왜 상관이 없겠어요. 부하들이 남편에게 그 사실을 알려주자, 남편은 미친 사람처럼 카스텔리노로 떠났는걸요. 총까지 갖고요!"

"아하, 그러니까 뻬뽀네가 집에 무기를 숨겨두고 있었단 말이지."

"신부님, 정치 얘기는 다음에 하세요! 뻬뽀네는 분명히 그자를 쏠 거란 말이에요. 지금 당장 도와주지 않으면 그 사람도 우리 집 아이들도 다 죽고 말 거예요!"

돈 까밀로는 심술궂게 웃었다.

"그러면 성당 종에 화약을 달아놓은 죗값을 치르게 되겠군. 그가 감옥으로 잡혀가 죽는 꼴을 보게 될지도 모르겠는걸. 어서 성당에서 나가주시오."

3분 뒤 돈 까밀로는 신부복의 옷자락을 무릎까지 걷어 올린 다음, 성당지기의 아들에게 빌린 경주용 자전거를 타고 카스텔리노를 향해 전속력으로 달려갔다.

달빛이 밝게 비추고 있었다. 카스텔리노에 도착하기 4킬로미터 전쯤에서 돈 까밀로는 어떤 사내가 포소네 다리 난간에 앉아 있는 걸 발견했다. 그는 속도를 늦추었다. 다리를 10여 미터 앞두고 자전거를 멈춘 돈 까밀로는 호주머니 속에 넣어둔 스패너를 움켜잡았다.

"여보시오, 혹시 덩치 큰 사내가 자전거를 타고 카스텔리노 쪽으로 달려가는 걸 보지 못했소?"

"못 보았소, 돈 까밀로."

사내가 조용히 대답했다.

돈 까밀로는 그에게 다가갔다.

"벌써 카스텔리노에 다녀왔나?"

"아니, 마음을 고쳐먹었소. 그럴 필요가 없을 것 같아서요. 저 멍청한 마누라가 알려줘서 쫓아왔겠지요?"

"쫓아오다니, 뭘 쫓아와? 그냥 산책 나왔을 뿐인데."

"흥! 신부가 경주용 자전거를 타고 산책을 나오다니, 그것참 멋진 일이로군."

빼뽀네가 재미있다는 듯 비꼬았다. 돈 까밀로는 빼뽀네 옆에 나란히 앉았다.

"불쌍한 어린 양아, 세상을 흑백으로만 보지 말고 있는 그대로의 색깔로 보게나."

한 시간쯤 뒤에, 돈 까밀로는 보고를 드리러 예수님 앞으로 나아갔다.

"말씀하신 대로 모두 잘 되었습니다."

"잘했다, 돈 까밀로. 그런데 내가 너한테 뻬뽀네의 다리를 잡아 물속에 빠뜨리라고 했더냐?"

돈 까밀로는 무슨 말인지 모르겠다는 표정으로 양팔을 벌렸다.

"사실 기억이 잘 나지 않습니다. 신부가 경주용 자전거를 타고 가는 모습이 마음에 안 든다지 뭡니까. 그래서 저를 보지 못하도록 도와준 것뿐입니다."

"알겠다. 뻬뽀네는 돌아왔느냐?"

"곧 돌아올 겁니다. 물에 빠진 그 인간의 모습을 보니까 생각나더군요. 그렇게 물에 젖은 채로 자전거를 타고 돌아오다가 무슨 불상사가 생길지도 모르겠구나 하고요. 그래서 고민 끝에 제가 자전거 두 대를 모두 끌고 왔습니다."

"아주 친절한 생각이었구나."

예수님은 고개를 절레절레 흔드셨다.

뻬뽀네는 새벽녘에야 사제관 앞에 나타났다. 물에 흠뻑 젖은 채로 말이다. 돈 까밀로는 혹시 밤새 비가 왔느냐고 물었다.

"안개 때문이오."

빼뽀네가 이를 악물며 대답했다.

"내 자전거를 가져가도 되겠소?"

"물론, 저기 있으니 어서 가져가게."

빼뽀네는 자전거를 살펴보았다.

"혹시 자전거에 매어놓았던 총을 보지 못했소?"

"총? 그런 건 보지 못했는데?"

"내 평생 실수한 게 딱 한 가지 있소. 종 추에 장난감 화약을 매달았던 일이오. 이럴 줄 알았다면 다이너마이트를 반 톤쯤 달아놓는 건데 말이야."

빼뽀네가 문간을 나서며 말했다.

"항상 실수하며 사는 게 인간이라네."

돈 까밀로가 웃으며 대꾸했다.

때늦은 공부

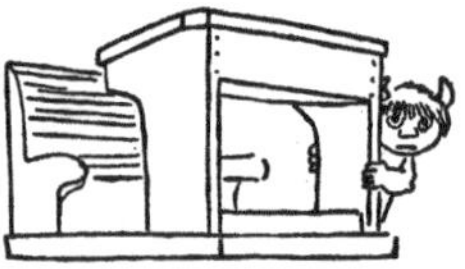

커다란 외투로 몸을 감싼 한 무리의 사내들이 마을 밖 오솔길을 조심스럽게 걷고 있었다. 캄캄한 밤중이었지만 모두 그곳의 험한 지리에 익숙한 듯 거침없이 발걸음을 내디뎠다. 그들은 마을에서 반 킬로미터 쯤 떨어져 있는 작고 아담한 집에 다다르자 채소밭 울타리를 넘어들어갔다. 2층 덧문 사이로 가느다란 빛이 새어나왔다.

"잘 됐다."

원정대의 대장인 뻬뽀네가 작은 소리로 속삭였다.

"아직 주무시지 않는 모양이야. 계획대로 잘 되겠군. 스피치오, 문을 두드려라!"

키가 크고 골격이 떡 벌어진 사내가 비장한 표정을 하고 앞으로 나가 '똑똑' 문을 두 번 두드렸다.

"누구요?"

카랑카랑한 할머니의 목소리가 안에서 들려왔다.

"스피치오입니다."

잠시 후 문이 열리고 백발이 성성한 자그마한 할머니가 손에 램프를 들고 나타났다. 다른 사내들도 어둠 속에서 나와 문 앞으로 다가왔다.

"저 사람들이 다 누군가?"

할머니가 의심쩍은 목소리로 물었다.

"저와 같이 온 사람들입니다. 제 친구들이죠. 중요한 문제를 의논 드리러 왔습니다."

사내들은 모두 열 명이었다. 그들은 비좁기는 하지만 깔끔한 방으로 들어갔다. 외투도 벗지 않은 채 잔뜩 굳은 얼굴들을 하고 말없이 서 있었다. 할머니는 검은 외투 밖으로 삐죽 목을 내놓고 있는 사내들을 안경 너머로 바라보았다.

"흠!"

모두들 기억 속에 선명히 남아 있는 얼굴들이었다. 할머니 나이는 올해 86세로, 글자가 아직 대도시 사람들이나 배우는 신식 문물이었을 무렵 이 마을에 와서 글을 가르쳐 준 선생이었다. 아버지들에게, 그 자식들에게, 그 자식들의 자식들에게 글을 가르쳤다. 지금은 마을의 저명인사가 된 사람들에게도 회초리를 휘둘렀던 분이었다. 할머니는 얼마 전에 교직에서 은퇴해 이 작은 외딴집에 혼자 살고 있었다. 그녀의 집 문은 언제나 활짝 열려 있었다. 왜냐하면 마을 사람들은 그녀를 '크리스티나 부인'이라 부르며 존경했기 때문이다. 아무도 감히 해치지 못하는 존재였다.

"그래, 무슨 일이지?"

크리스티나 부인이 물었다.

"마을에 큰일이 있었습니다. 읍 선거가 있었는데 공산당이 이겼거든요."

스피치오가 설명했다.

"공산당은 나빠!"

크리스티나 부인이 못마땅한 얼굴로 말했다.

"실은, 선거에 이긴 공산당이 바로 저희입니다."

스피치오가 주뼛거리며 말을 계속했다.

"그래도 나쁜 놈들이야!"

크리스티나 할머니가 고집스럽게 말했다.

"옛날에, 멍청한 네 아버지가 학교에서 십자가의 예수님 상을 떼어내라는 바보 같은 소릴 했지."

"그건 옛날 얘기고요. 지금은 상황이 달라졌습니다."

스피치오가 말했다.

"다행이군. 그래서 어쨌단 말인가?"

"저희가 이긴 건 사실이지만 소수파 두 명도 표를 얻었습니다. 흑색분자들이죠."

"흑색분자?"

"네, 반동분자 두 명입니다. 스필레티와 비니니요."

할머니가 코웃음을 치며 말을 받았다.

"네놈들은 빨갱이니까 그 흑색분자들이 너희를 누렁이로 만들겠구나? 너희가 내뱉은 허튼소리를 생각하면 그래도 싸지, 싸!"

"그래서 저희가 선생님을 찾아온 겁니다. 우리는 선생님을 찾아올 수밖에 없었습니다. 선생님 말고는 믿을 사람이 없거든요. 선생님, 저희들을 도와주십시오."

"도와달라고?"

"네, 여기 읍 의원들이 모두 모였습니다. 저희가 저녁 늦게 이리로 올 테니 선생님께서 저희에게 공부 좀 가르쳐주십시오. 회의 때 읽어야 할 보고서들에 관한 겁니다. 저희가 모르는 글자들을 좀 가르쳐주십시오. 저희들이야 사실 그놈의 글을 몰라도 먹고사는 데는 지장이 없습니다. 그런데 그 두 썩은 고깃덩어리들이 어찌나 말을 잘하는지, 잘못하다간 사람들 앞에서 바보가 되고 말 것 같아서요."

크리스티나 할머니는 심각한 표정으로 고개를 저었다.

"네 녀석들이 그렇게 악동 노릇을 하지 않고 공부를 열심히 했었더라면 지금쯤…."

"선생님, 벌써 30년 전 일입니다…."

할머니는 안경을 고쳐 쓰고 30년 전으로 되돌아간 것처럼 상체를 똑바로 폈다. 사내들도 30년 전으로 돌아간 것처럼 꼼짝도 않고 바로 서 있었다.

"자리에 앉아라!"

크리스티나 선생님이 말했다. 모두 의자와 소파에 앉았다. 그녀는 램프 불을 키우더니 열 명의 얼굴을 한 명씩 자세히 살폈다. 출석 체크였다. 얼굴 하나하나를 뜯어보면서 이름과 더불어 어린 시절의 기억들을 떠올리는 것 같았다.

빼뽀네는 어두컴컴한 구석 쪽에 비스듬히 앉아 있었다. 선생님은 빼뽀네와 눈이 마주치자 램프를 책상 위에 내려놓았다. 그리고 마디가 불거진 손가락으로 빼뽀네를 가리켰다.

"이봐 거기, 너는 썩 나가거라!"

선생님의 목소리는 준엄했다. 스피치오가 무슨 말을 하려고 했지만, 그녀는 고개를 가로저었다.

"빼뽀네가 내 집에 얼씬거리는 꼴은 못 본다! 빼뽀네, 내 속을 얼마나 썩였니? 정나미가 떨어진다! 이 말썽꾸러기야, 그렇게 타일러도 말을 안 듣고 말이야. 나가라, 꼴도 보기 싫다!"

선생님이 꽥 소리를 질렀다. 스피치오는 어쩔 줄 모른 채 허둥거렸다.

"하지만 선생님, 어쩌겠어요? 빼뽀네는 읍장인걸요!"

할머니 선생님은 그러나 긴 막대기를 위협적으로 휘둘렀다.

"읍장이든 면장이든 여기서 나가! 안 그랬다간 이 회초리 껍질이 벗겨지도록 때려줄 테니까!"

빼뽀네가 일어서면서 투덜거렸다.

"내가 뭐랬어? 너희끼리 가라고 했잖아."

"다시는 이 집 앞에 얼씬도 하지 마라. 네가 교육부 장관이 된다 해도 마찬가지야!"

크리스티나는 밖으로 나가는 빼뽀네의 뒤통수에 대고 한 마디를 덧붙였다.

"바보 같은 놈!"

돈 까밀로는 제단에 양초 두 개만 밝혀놓은 성당에서 십자가의 예수님과 얘기를 나누고 있었다.

"예수님께서 하시는 일을 놓고 왈가왈부하려는 게 아닙니다. 하지만 저는 빼뽀네가 이끄는 의회를 인정할 수가 없습니다. 그것도 정확히 읽고 쓸 줄 아는 사람이 딱 두 사람밖에 없는 의회를요."

돈 까밀로가 불만스럽다는 표정으로 말했다.

"학식이 중요한 게 아니다, 돈 까밀로야."

예수님은 빙그레 웃으셨다.

"중요한 것은 생각이다. 말만 번지르르하고 생각이 없는 속 빈 강정이라면 제아무리 멋진 말을 해도 아무 소용이 없는 거다. 판단을 내리기 전에 그들을 한번 시험해 보자."

"옳으신 말씀입니다. 저는 그저 제가 지지하는 사람들이 선거에서 이긴다면 성당 종탑을 고쳐주겠다는 확약을 받았기 때문에 해본 소리입니다. 이제 종탑은 무너질 거고, 대신 마을에 멋진 인민의 집이 들어설 겁니다. 무도회장과 술집과 카지노, 다양한 연극 공연을 위한 극장들이 있는 궁정 말입니다…."

"그렇다면 돈 까밀로 같은 독사를 가둬놓을 우리도 생기겠구나."

예수님이 돈 까밀로의 말문을 막으셨다. 돈 까밀로는 예수님이 자신을 너무 사악하게 표현하자 기분이 상했다.

"저를 그렇게 나쁘게 보시다니 너무하십니다. 저한테 시가가 어떤 의미를 가지는지 아실 겁니다. 이건 제가 가진 마지막 시가입니다. 제가 이걸 어떻게 하는지 보십시오."

돈 까밀로는 호주머니에서 시가를 꺼내 솥뚜껑처럼 큰 손으로 으스러뜨렸다.

"그래 장하다 장해, 돈 까밀로. 너의 속죄를 받아들이마. 기왕이면 그 부스러기까지 갖다버리거라. 부스리기를 다시 주머니에 넣었다가 파이프에 넣고 피울 수도 있으니까 말이야."

"하지만 여기는 성당 안입니다!"

"돈 까밀로, 그건 걱정하지 마라. 저쪽 구석에다 갖다버리려무나."

예수님이 흐뭇하게 바라보는 가운데 돈 까밀로는 시키는 대로 했다. 그때 성당 문을 두드리는 소리가 들렸고 뻬뽀네가 들어왔다.

"안녕하신가, 근데 바쁘신 양반께서 여긴 웬일인가?"

돈 까밀로가 아주 정중하게 큰 소리로 말했다.

"저 말이오. 신자 한 사람이 자신의 행동에 의문이 생겨 신부님과 상의를 한다고 가정해 봅시다. 그 사람이 저지른 잘못을 알게 되면, 신부님은 그에게 잘못을 일깨워주겠소, 아니면 모르는 체하실 거요?"

돈 까밀로는 화가 났다.

"어찌 감히 성직자의 성실성을 의심하는가? 성직자의 첫 번째 의무는 고해자가 저지른 모든 잘못을 일깨워주고 그 죄를 사해주는 게 아닌가?"

"좋소. 그럼 내 고백을 들어주실 겁니까?"

"그러지."

뻬뽀네는 주머니에서 커다란 공책을 꺼내 읽기 시작했다.

"읍민 여로분, 우리 당의 확꼬한 승리를 축아하며…."

돈 까밀로는 손짓으로 뻬뽀네의 말을 중단시키고 제단 앞으로 가서 무릎을 꿇었다.

"예수님, 이제 저는 더 이상 제 행동에 책임을 질 수 없습니다."

돈 까밀로가 금방이라도 폭발해 버릴 것 같은 표정으로 말했다.

"내가 책임을 지마."

예수님이 말했다.

"저보고 공산당 선전을 도우라는 것입니까?"

"넌 문법, 문장과 철자를 위해 일하는 거다. 그것들은 악마도 당파성도 없는 것들이야."

돈 까밀로는 안경을 쓰고 펜을 잡았다. 그리고 내일 뻬뽀네가 낭독해야 하는 연설문의 비틀거리는 문장들을 고쳐주었다. 뻬뽀네는 수정된 연설문을 신중하게 다시 읽었다.

"좋군요. 그런데 한 가지 이해가 안 가는 대목이 있소. 내가 읽어보죠. '우리는 학교 건물을 넓히고 뽀 강의 포살토 다리를 다시 놓을 계획입니다.' 이 대목을 이렇게 고치셨군요. '우리는 학교 건물을 넓히고, 성당 종탑을 고치고, 뽀 강의 포살토 다리를 다시 놓을 계획입니다.' 왜 이렇게 바뀌었소?"

"문장 표현상의 문제라네."

돈 까밀로는 시치미를 떼고 진지하게 대답했다.

"라틴어를 많이 공부한 신부님이 부럽소. 언어의 모든 섬세한 표현을 그렇게 잘 알고 있으니."

뻬뽀네는 한숨을 쉬며 한 마디 덧붙였다.

"이제 종탑이 와르르 무너져 신부님 머리 위에 떨어져 내리길 바라던 마음을 버리겠습니다."

"주님의 뜻에 따를 뿐이지."

뻬뽀네를 문까지 배웅한 다음 돈 까밀로는 예수님에게 인사하러 갔다.

"잘 했구나, 돈 까밀로."

예수님이 빙그레 웃으며 말씀하셨다.

"내가 너를 잘못 보았구나. 네 마지막 시가를 부러뜨려 유감이다. 너무 무거운 벌이었던 것 같구나. 네 말이 맞다. 네가 그렇게 수고를 했는데 시가 하나 건네지 않는다니 뻬뽀네 그 사람은 정말 형편없는 인간이로구나."

"괜찮습니다."

돈 까밀로는 한숨지으며 마지못해 주머니에서 시가 하나를 꺼내 큰 손으로 부러뜨리려 했다.

"아니다, 돈 까밀로. 가서 조용히 시가를 피우거라. 너는 그럴 만한 자격이 있느니라."

예수님이 웃으며 말씀하셨다.

"하지만…."

"아니다, 돈 까밀로. 넌 시가를 훔치지 않았다. 뻬뽀네는 주머니에 시가 두 개를 가지고 있었다. 그 사람은 뭐든지 나눠 갖는다는 공산주의자가 아니더냐. 그중 하나를 네가 슬쩍 빼냈다고 해서 죄 될 것 없느니라."

"정말 예수님을 당할 사람은 이 세상에 아무도 없습니다."

돈 까밀로는 진심으로 감탄하며 말했다.

사냥

돈 까밀로는 아침마다 종탑의 균열 상태를 살펴보곤 했다. 균열은 조금씩 더 벌어지고 있었다. 참다못한 그는 읍사무소로 성당지기를 보냈다.

"읍장한테 빨리 와서 이 상황을 보라고 하게. 아주 위험한 지경에 이르렀다고 말이야."

성당지기는 돈 까밀로의 전갈을 전하고 돌아왔다.

"위험한 지경이라는 신부님의 말을 믿는다고 읍장이 그러더군요. 하지만 종탑에 조치가 필요하다면 읍사무소로 종탑을 가져오시랍니다. 다섯 시까지 받겠다는군요."

돈 까밀로는 눈썹 하나 꿈쩍하지 않았다. 저녁 기도를 마친 뒤, 한 마디 말을 덧붙이는 걸로 만족했다.

"내일 아침 미사 때 뻬뽀네와 그 똘마니들이 나타나기만 해 봐라. 영화에서나 보던 일들이 벌어지고 말 테니. 하지만 놈들은 겁이 나서 얼씬도 못 할 걸."

다음 날 아침, 뻬뽀네 일당들은 성당 마당에 얼씬거리지도 않았다. 하지만 미사가 시작되기 5분 전쯤 성당 마당에서 일정한 리듬의 발걸음 소리가 들리기 시작했다. 공산당원들이었다. 마을에서뿐 아니라 인근 마을에서까지 몰려왔다.

그중에는 목발을 짚은 구두 수선공 빌로와 중풍에 걸린 롤도까지 있었다. 그들은 '하나-둘' 하고 맨 앞에서 외치는 뻬뽀네의 구령에 맞추어 성당으로 무섭게 행진해 왔다.

성당 안으로 들어온 그들은 반듯하게 자리를 잡고 앉았다. 영화 〈전함 포템킨〉에 나오는 병사들처럼 비장한 얼굴에 화강암 덩어리처럼 잔뜩 굳은 자세였다.

돈 까밀로는 강론 순서가 되자 착한 사마리아 사람의 우화를 부드럽게 늘어놓았다. 그리고 끝으로 신자들을 향해 짤막한 연설을 했다.

"여러분도 아시다시피, 종탑의 균열이 위험 수위에 이르러 성당의 안전을 위협하고 있습니다. 그래서 저는 친애하는 신자 여러분께 하느님의 집에 도움을 주십사고 간청합니다. 제가 말한 '신자 여러분'은 하느님께 다가가기 위해 여기에 오신 정직한 분들을 두고 하는 말이지, 자신들의 세력을 과시하기 위해 온 공산당들을 두고 하는 말이 아닙니다. 그들은 종탑이 무너지건 말건 관심이 없습니다."

돈 까밀로는 미사를 끝내고 성당 마당에 작은 탁자를 꺼내놓고 앉아 있었다. 사람들은 신부 앞을 줄 서 지나가면서 헌금을 했다. 그러고는 집으로 가지 않고 주위를 맴돌았다. 무슨 일이 벌어지나 궁금했던 것이다. 마지막으로 뻬뽀네를 선두로 완벽한 대열을 이룬 대부대가 탁자 앞에 줄 맞춰 서서 차렷 자세를 취했다. 뻬뽀네가 씩씩하게 앞으로 나섰다.

"어제까지 저 탑의 종은 구원의 새벽을 위해 울렸소. 하지만 내일부터는 프롤레타리아 혁명의 붉은 새벽을 위하여 울릴 것이오!"

뻬뽀네는 그렇게 말하고 돈이 가득 담긴 커다란 붉은 자루 세 개를 돈 까밀로 앞에 내놓았다. 그러고는 고개를 꼿꼿이 든 채 부하들을 이끌고 자리를 떠났다. 롤도는 열이 펄펄 끓어 서 있기도 힘들었지만 고개를 꼿꼿이 쳐들려고 무진 애를 썼다. 절름발이 빌로 역시 탁자 앞을 지나갈 때 유난히 목발을 쿵쾅거리며 걸어갔다.

돈 까밀로는 헌금이 수북이 쌓인 바구니를 예수님에게 가져가 보여드렸다. 종탑을 수리하고도 남을 거라고 말하자 예수님은 깜짝 놀라며 빙그레 웃으셨다.

"너 정말 수완이 좋구나, 돈 까밀로."

"아시겠지요? 예수님은 인류 전체의 마음을 잘 아시겠지만 저는 이탈리아 사람들의 마음을 잘 알고 있습니다."

여기까지는 돈 까밀로가 처신을 잘했는데 그만 한 가지 실수를 하고 말았다. 뻬뽀네에게 사람을 보내 그의 병사들은 높이 평가하지만 프롤레타리아 혁명의 날에 필요할 테니 '뒤로 돌아'와 '발 바꾸어 가'를 좀 더 훈련시켜야겠다고 비꼬았던 것이다. 이것이 뻬뽀네의 심기를 건드렸다. 그는 돈 까밀로에게 복수를 하기로 단단히 결심했다.

돈 까밀로는 무척 점잖은 사람이었지만 사냥만큼은 정신을 차리지 못할 만큼 좋아했다. 실제로 그는 멋진 사냥총과 새로운 탄약도 가지고 있었다. 더욱이 온갖 짐승들로 우글거리는 스토코 남작의 사유지가 마을에서 겨우 5킬로미터밖에 떨어져 있지 않아 늘 돈 까밀로를 유혹했다. 그런데 그곳은 사냥금지구역이었다. 야생 동물들뿐만 아니라 인근의 닭들조차 자신들의 목을 따고 싶어하는 사람들을 면전에서 비웃어주고 철조망 안으로 도망가면 살 수 있다는 사실을 알고 있을 정도였다.

어느 날 저녁, 돈 까밀로가 신부복 위에 사냥복을 입고 머리에 모자를 쓰고 남작의 사유지로 들어갔다. 하지만 이것은 조금도 이상한 일이 아니었다. 펄펄 뛰는 동물들은 사냥꾼의 피를 끓게 하는 법이니까. 돈 까밀로는 첫판에 1미터나 되는 산토끼를 총으로 쏘아 한 방에 잡았다. 그가 땅에 쓰러진 산토끼를 사냥 주머니에 주워담으러 갔을 때 갑자기 사람이 나타났다. 돈 까밀로는 재빨리 모자를 눌러써서 얼굴을 가리고 도망가려고 했다.

그러나 하도 가까이에서 불쑥 튀어나왔으므로 그럴 겨를이 없어 등을 돌리는 수밖에 없었다. 신부가 출입이 금지된 사냥터에서 몰래 사냥을 하다 감시원에게 들켰다는 얘기가 마을에 알려진다면 큰일이었기 때문이다.

그런데 상대방도 돈 까밀로와 똑같은 생각을 하고 있는 모양이었다. 그 역시 똑같은 행동을 하다가 운수 사납게도 머리를 '쾅' 하고 부딪쳤다. 두 사람은 머리를 부여잡고 땅에 털썩 엉덩방아를 찧고 말았다.

"이렇게 단단한 대가리는 우리의 존경하옵는 읍장님밖에 없지!"

눈앞의 별이 사라지자 돈 까밀로가 중얼거렸다.

"아무렴, 이런 돌대가리는 우리의 존경하옵는 신부님밖에 없지!"

뻬뽀네도 자신의 머리를 쓰다듬으며 말했다. 그 역시 사냥금지 구역에서 밀렵했고 사냥 주머니 안에 바위만큼 큰 토끼가 들어 있었다. 뻬뽀네는 돈 까밀로를 빈정대며 바라보았다.

"꿈에도 상상하지 못했소. 다른 사람의 물건을 탐하지 말라고 가르치는 신부님이 남의 땅을 넘어들어와 몰래 사냥을 하다니!"

"나 역시 꿈에도 상상하지 못했네, 우리 마을의 지도자인 읍장 동무가…."

"허, 읍장에다 또 동무라?"

평소 돈 까밀로는 뻬뽀네에게 읍장이나 동무라는 칭호를 붙인 적이 없었다. 늘 동네 꼬마를 부르듯이 함부로 그의 이름을 불렀다. 그런데 갑자기 '읍장'이란 호칭을 붙이는 것을 보니 뻬뽀네는 심사가 뒤틀렸다.

"흥! 재산의 공평한 분배를 요구하는 우리를 늘 사탄의 졸개들로 간주하는 양반이 나를보고 읍장에다 동무라니! 급하긴 급했구랴!"

그때 누군가 가까이 다가오는 기척이 들렸다. 지금 도망쳤다가는 총에 맞기 딱 알맞았다. 이번에는 진짜 감시원이었다.

"무슨 수를 써야겠는걸! 발각되면 난리가 날 걸세!"

돈 까밀로가 속삭였다.

"상관없는 일이오. 나야 늘 못된 짓을 하고 다니는 놈이니까."

뻬뽀네가 조용히 대답했다.

발걸음이 다가오자 돈 까밀로는 커다란 나무 뒤에 바싹 붙었다. 하지만 뻬뽀네는 숨을 생각도 않고 그대로 서 있었다. 그는 감시원이 총을 들고 나타나자 인사말까지 건넸다.

"안녕하신가?"

"여기서 뭘 하고 있는 거요?"

감시원이 굳은 표정으로 물었다.

"버섯을 따고 있었네."

"총을 들고 버섯을 딴단 말이오?"

"내 마음이니 참견하지 마시오."

감시원을 무장해제 시키는 것은 어려운 일이 아니다. 등 뒤로 돌아가 외투로 머리를 감싸고 한 대 내려치면 되니까. 그리고 감시원이 잠시 기절한 틈을 타 울타리를 살짝 넘어가면 그만이다. 그렇게 밖으로만 나오면 만사 오케이인 것이다.

잠시 후 돈 까밀로와 뻬뽀네는 사냥금지 구역에서 1킬로미터쯤 떨어진 숲 속에 앉아 있었다.

"신부님, 우리는 큰 사고를 쳤소. 질서를 지키는 사람에게 폭력을 썼으니 말이오. 이건 범죄 행위요!"

뻬뽀네가 한숨을 지으며 말했다. 감시원의 머리통을 후려치는 역할을 맡았던 돈 까밀로는 그때까지 식은땀을 흘리고 있었다.

그는 기죽은 목소리로 말했다.

"양심에 찔려 죽겠네그려."

뻬뽀네도 심각한 표정을 지으며 말했다.

"이 끔찍한 일 때문에 다시는 마음의 평화를 누리지 못할 것이오. 과연 내가 신부에게 찾아가 죄를 사해 달라고 고백할 용기를 낼 수 있을까? 하느님의 계율을 잊고 빌어먹을 악마의 유혹에 넘어갔던 내가 저주스럽구나! 아…."

돈 까밀로는 너무나 비참해져서 통곡이라도 하고 싶었다. 그러는 한편 이 못된 뻬뽀네의 머리통을 후려치고 싶은 마음도 굴뚝 같았다. 그를 쳐다보는 돈 까밀로의 눈길이 갑자기 매서워졌다. 위기감을 느낀 뻬뽀네는 슬며시 눈길을 피했다.

"이 저주받을 유혹!"

뻬뽀네가 사냥 주머니에서 산토끼를 꺼내 멀리 던졌다.

"그래, 저주받을 놈의 짐승이다!"

돈 까밀로도 그렇게 소리치면서 토끼를 꺼내 눈밭 한가운데로 던졌다. 그는 머리를 푹 숙이고 그 자리를 떠났다. 뻬뽀네는 아카시아 숲까지 돈 까밀로를 따라 걷더니 갈림길에서 오른쪽으로 들어섰다.

"미안하지만…."

뻬뽀네는 걸음을 멈추고 말했다.

"혹시 이 근처에 양심적인 신부가 있으면 소개해 주시겠소? 내 죄를 사해 줄 신부님 말이오?"

돈 까밀로는 속이 부글부글 끓어올랐지만, 두 주먹을 불끈 쥐고 묵묵히 앞으로 걸었다. 성당으로 돌아온 돈 까밀로는 용기를 내어 제단의 예수님을 찾아갔다.

"저를 위해 한 짓이 아닙니다. 제가 밀렵을 했다는 사실을 사람들이 알게 되면 저보다는 하느님께 누가 될 것 같아 그런 것뿐입니다."

예수님은 아무 말씀이 없었다. 돈 까밀로는 단식에 들어갔다. 예수님이 '그만하라' 고 말씀하실 때까지 물과 빵만 먹었다. 단식을 시작하고 나서부터 4일 동안 엄청난 열이 났다. 머리가 아파 제대로 몸을 가누기 어려울 지경이었다. 그렇지만 예수님은 '그만하라' 라는 말을 결코 하지 않으셨다. 돈 까밀로는 오기로 버텼다.

마침내 7일이나 지났다.

7일째 되던 날 저녁, 돈 까밀로는 앉아 있을 힘도 없었다. 너무 배가 고파 성당 벽에 의지해 뱃속에서 나는 꼬르륵 소리를 듣고 있는데 뻬뽀네가 고해성사를 하러 성당에 왔다.

"나는 기독교신자로서 계명에 어긋나는 행동을 했소."

뻬뽀네가 말했다.

"알고 있네."

"신부님이 떠나자마자 다시 돌아가서 토끼 두 마리를 집으로 가져갔소. 그리고 한 마리는 찜을 해먹고 다른 한 마리는 구워 먹었소."

"내 그럴 줄 알았지."

고해성사가 끝나고 제단 앞을 지나갈 때 예수님이 웃으셨다. 단식 7일째라서가 아니었다. 돈 까밀로가 '내 그럴 줄 알았지!' 하면서도 뻬뽀네의 머리통을 때려주고 싶은 충동에 사로잡히지 않았기 때문이다. 그뿐만 아니라 자신도 뻬뽀네와 똑같은 행동을 하고 싶었던 유혹에 흔들렸던 기억을 떠올리며 마음속 깊이 부끄러워했다.

"불쌍한 돈 까밀로!"

예수님은 측은한 마음이 들어 더 이상 그를 외면할 수가 없었다.

돈 까밀로는 가끔 실수는 하지만 결코 악의는 없다는 것을 변명하고 싶은 마음에 양팔을 벌렸다.

"그래 안다, 알아. 돈 까밀로. 너의 죄를 용서하노라."

예수님이 말씀하셨다.

"자, 어서 가서 토끼고기나 먹어라. 뻬뽀네가 맛있게 요리해서 사제관에 갖다 놓았느니라."

화재사건

비 내리는 어느 날 밤이었다. 갑자기 낡은 집에서 불길이 '펑' 하고 치솟았다. 그 집은 언덕 위에 버려진 오래된 집이었다. 사람들은 낮에도 그 집 앞을 지나가기를 꺼렸다. 독사와 유령들이 득실거린다는 소문 때문이었다. 이상한 것은 그 낡은 집에는 탈 만한 것이 아무것도 없었는데도 불길이 마치 마른 장작더미 태우듯 타올랐다는 점이다. 전에 살던 사람이 이사를 하면서 쓸 만한 가재도구들은 모두 가져갔고 남아 있던 것마저 비바람에 삭아 없어지고 돌무더기만 남아 있었다. 그런데 그 집에 불길이 치솟고 있었던 것이다.

마을 사람들이 놀라워하며 불구경을 하러 줄지어 몰려가고 있었다.

돈 까밀로도 사람들 틈에 끼어 울퉁불퉁한 자갈길을 지나 낡은 집을 향해 걸어가고 있었다.

"어떤 혁명단원이 자기네 혁명기념일을 축하하려고 짚더미를 쌓고 놓고 불을 질렀을 거야."

돈 까밀로가 사람들을 헤치고 앞으로 나서며 큰 소리로 말했다.

"읍장님은 어떻게 생각하시나?"

빼뽀네는 쌀쌀맞게 대답했다.

"낸들 알 턱이 있소?"

"읍장이라면 모든 걸 알고 있어야지."

돈 까밀로가 재미있다는 듯이 물었다.

"혹시 오늘이 무슨 역사적인 기념일이라도 되는가?"

"농담이라도 그런 소리 마시오, 신부님. 그러다가 우리가 저주받을 짓을 했다고 떠들어 대면 어떻겠소?"

빼뽀네 곁을 걸어가던 공산당원 브루스코가 불쑥 끼어들어 한마디 했다. 두 번째 숲길이 끝나자 자갈투성이의 황량하고 넓디넓은 들판이 이어졌다. 그 들판 한가운데에는 작은 언덕이 있었고, 그 위에 낡은 집이 있었다. 멀리서 본 대로 그 집은 짙은 화염에 휩싸여 있었다. 사람들은 200미터쯤 떨어진 들판에서 불구경을 하고 있었다.

빼뽀네가 걸음을 멈추자 사람들이 좌우로 흩어져 길을 열어

주었다. 그때였다. 갑자기 바람이 불어, 구름 같은 검은 연기가 사람들 쪽으로 날아왔다.

"저건 짚을 태운 불이 아니야. 휘발유야!"

사람들은 이 이상한 일에 대해 수군대기 시작했다. 그때 누군가 앞으로 나서려고 하자 고함소리가 났다.

"어리석은 짓 하지 마시오!"

전쟁이 끝날 무렵, 이 마을 외곽에 군대가 오랫동안 주둔해 있었다. 아마 그때 군인들이 휘발유통을 그곳에 놓았을지도 모를 일이었다. 아니면 누군가 어디서 휘발유를 훔쳐다 거기 숨겨놓았을지도 모르고…. 어쨌든 그런 소문이 마을 사람들 사이에 널리 퍼져 있었지만 돈 까밀로는 신경 쓰지 않았다.

"믿을 수 없어. 내 눈으로 직접 확인하기 전에는."

돈 까밀로는 불타는 집 쪽으로 성큼성큼 걸어갔다. 100미터쯤 갔을 때 뻬뽀네가 급히 뛰어와 그를 붙잡았다.

"돌아갑시다, 돈 까밀로!"

"무슨 권리로 내 일을 방해하는 건가?"

돈 까밀로는 모자를 벗고 두 주먹을 허리춤에 댄 채 으르렁거렸다.

"읍장으로서 신부님께 명령하는 거요! 나는 나의 읍민이 어리석게도 위험 속으로 뛰어드는 모습을 그냥 두고 볼 수 없소."

"뭐가 위험하다는 거지?"

"저 휘발유와 벤젠 냄새가 안 느껴진단 말이오? 저 안에 무슨 끔찍한 것이 있을지 누가 알겠소?"

돈 까밀로가 그를 의심스러운 눈빛으로 바라보았다.

"뭘 알고 하는 소리 같은데?"

"내가? 난 아무것도 모르오. 하지만 저 안에 휘발유가 있듯 또 다른 물건이 있을지 모르니까 주의를 주는 것이오."

돈 까밀로가 웃음을 터뜨렸다.

"알겠네. 내가 자네 속내를 말해볼까? 필시 겁먹은 모습을 부하들한테 보여주기 싫은 게지. 돈 까밀로 같은 반동 신부한테 자기네 대장보다 더 용기가 있다는 모습을 보여 주기도 싫을 테고 말이야."

뻬뽀네는 주먹을 불끈 쥐었다.

"내 부하들은 나의 용맹한 빨치산 활동을 직접 본 자들이오. 그리고…."

"하지만 지금은 산이 아니라 들판에 있으니 문제지, 읍장 동지! 들판에서 느끼는 두려움은 산에서 느끼는 것과는 다르다네!"

뻬뽀네는 손에 침을 탁 뱉고 숨을 한 번 크게 내쉬었다. 그러고는 불난 집을 향해 성큼성큼 걸어갔다. 돈 까밀로는 뻬뽀네가 멈출 기색을 보이지 않자 지켜만 보고 있을 수가 없었다.

"멈추게!"

돈 까밀로는 뻬뽀네의 팔을 움켜잡으며 소리쳤다.

"멈추라니!"

빼뽀네도 돈 까밀로의 손을 뿌리치며 소리쳤다.

"당신은 가서 화분에 물이나 주시오. 난 계속 갈 테니까. 이제 나와 당신 중 누가 더 겁쟁이인지 알게 될 거요!"

돈 까밀로는 당장 빼뽀네에게 일격을 가하고 싶었지만 자기가 신부라는 사실을 생각하고 꾹 참았다. 다만 숨을 한 번 크게 들이 마신 다음 주먹을 불끈 쥐고 앞으로 걸어나갔다.

두 사람은 어깨를 나란히 하고 걸었다. 거리가 가까워지면서 뜨거운 열기가 더 가까이 느껴졌다. 한 걸음 앞으로 나갈 때마다 두 사람은 이를 더욱 악물고 주먹을 더 꽉 쥐었다. 곁눈질로 옆을 살피면서 각자 상대방이 멈춰줄 것을 은근히 기대했다. 하지만 둘 다 경쟁하듯 한 걸음 더 앞으로 나서려는 몸짓을 그치지 않았다.

80미터, 50미터, 30미터….

"멈춰라!"

갑자기 어디선가 거역할 수 없는 외침이 들려왔다. 그것은 복종하지 않을 수 없는 준엄한 목소리였다. 두 사람은 동시에 멈춰 섰다. 그러고는 번개처럼 뒤돌아 뛰었다. 불과 10초 뒤에 무시무시한 폭발음이 터져 나왔다. 언덕 위의 그 집 전체가 공중으로 튀어 올라 불꽃처럼 사방으로 흩어졌다.

돈 까밀로와 빼뽀네는 길 한가운데 땅바닥에 주저앉았다. 마을 사람들 모두 겁먹은 산토끼처럼 서둘러 도망쳤기 때문에 주위엔 아무도 없었다. 그들은 말없이 어깨를 나란히 하고 걸었다. 갑자기 뻬뽀네가 투덜거렸다.

"그냥 계속 가도록 내버려 두었어야 했는데…."

"나도 같은 생각이야. 절호의 기회를 놓쳤어."

돈 까밀로가 대꾸했다.

"그냥 가게 했다면 이 세상에서 제일 고약한 신부가 공중분해되는 꼴을 기쁜 마음으로 지켜봤을 텐데."

"뜻대로 되지는 않았을걸? 나는 20미터 앞에서 뒤돌아섰을 테니까."

뻬뽀네가 놀라 돌아보며 물었다.

"어째서?"

"그 집 지하실에 휘발유 여섯 통, 소총 아흔다섯 자루, 수류탄 265발, 탄약 두 상자, 기관총 일곱 자루, 다이너마이트 300킬로그램이 있는 걸 알고 있었거든."

뻬뽀네는 걸음을 멈추고 눈을 휘둥그레 뜬 채 돈 까밀로를 노려보았다.

"놀랄 것 없네! 휘발유에 불을 붙이기 전에 목록을 미리 점검해 두었으니까 말일세."

돈 까밀로는 별일 아니라는 듯 무표정하게 이야기했다. 뻬뽀네는 주먹 쥔 손을 부르르 떨더니 소리를 질렀다.

"이 못된 신부! 당장 쳐죽이고 말겠어!"

"그 심정 이해하네. 하지만 나를 죽이기는 쉽지 않을걸."

그들은 다시 걸었다. 잠시 후 뻬뽀네가 걸음을 멈추며 말했다.

"위험이 도사리고 있다는 걸 알면서도 30미터 앞까지 다가갔단 말이오? 누군가가 멈추라고 하는 소리를 듣지 못했다면 계속 갔을지도 모르는 일 아니오?"

"그랬겠지. 자네도 나도 알고 있었네. 거기가 우리의 개인적인 용기를 시험하는 무대라는 걸."

돈 까밀로가 대답했다.

뻬뽀네는 머리를 절레절레 흔들었다.

"할 말이 없소. 우린 둘 다 용기 있는 남자들이오. 당신이 우리 편이 아닌 게 유감이오."

"나도 같은 생각이네. 자네가 우리 편이 아닌 게 유감이야."

성당 앞에서 두 사람은 헤어졌다.

"결국 신부님이 내 골칫거리를 해결해준 셈이오. 사실 그 무기들은 늘 나를 위협하는 불안거리였으니까."

뻬뽀네가 입을 삐죽거리며 말했다.

"안녕히 가시게, 읍장 나리."

"그런데 기관총이 일곱 자루 있다고 했는데, 사실은 여덟 자루였소. 누가 한 자루를 가져간 게 틀림없소!"

뻬뽀네가 고개를 갸우뚱거리며 말했다.

"걱정하지 말게, 내가 가지고 있으니까. 프롤레타리아 혁명이 일어나도 성당 가까이 올 생각은 말게."

돈 까밀로가 의기양양한 얼굴로 말했다.

"흥, 두고 보시오! 내 이번 일을 잊지 않을 거요!"

빼뽀네는 분을 삭이지 못하고 씩씩거리며 사라졌다.

*

돈 까밀로는 제단으로 가서 예수님 앞에 무릎을 꿇었다.

"감사합니다. 저희를 멈추게 해주셔서 정말 감사합니다. 예수님이 멈추라고 하지 않으셨으면 큰일이 났을 겁니다."

돈 까밀로가 벙글거리며 말했다.

"아니다."

예수님이 웃으며 대답하셨다.

"너는 무슨 일이 닥칠지 뻔히 알고 있지 않았느냐? 앞으로 계속 걸어가는 것은 너한테 자살 행위나 다름없었겠지. 넌 분명히 마지막 순간에 돌아왔을 거다."

"예. 하지만 자신의 믿음을 과신하면 안 되겠더군요. 섣부른 자존심이 가끔 사람을 망치기도 하니까요."

"그런데 기관총 얘기는 또 뭐냐? 그 몹쓸 물건을 정녕 네가 가져왔느냐?"

"아닙니다. 확실히 여덟 자루가 있었고, 여덟 자루 모두 날아갔습니다. 하지만 저놈들이 성당 안에 기관총이 있다고 믿게 하는 것도 좋을 듯해서요."

돈 까밀로가 눈웃음을 치며 말했다.

"잘했다. 네 말이 사실이라면 정말로 잘한 짓이다. 그런데 문제는 그 물건을 네가 진짜 가져왔다는 거지. 넌 왜 그렇게 거짓말을 밥 먹듯이 하느냐, 돈 까밀로!"

'큭!'

돈 까밀로는 말없이 양팔만 벌릴 뿐이었다.

보물

사제관에 스미르초가 찾아왔다. 그는 빨치산 노릇을 한 빼빼 마른 사내였다. 뻬뽀네가 산속에서 투쟁할 당시에 전령으로 활동했었고, 지금은 읍사무소의 서기 일을 보고 있었다. 그는 공산당 직인이 찍힌 커다랗고 화려한 서류를 들고 있었다.

> 내일 아침 10시 자유 광장에서 열리는 사회주의 행사에 반드시 참석하셔서 자리를 빛내주시기 바랍니다.
>
> –지부당 서기장 동지 보타지, 읍장 주세페

돈 까밀로는 스미르초의 얼굴을 노려보며 말했다.

"이보게! 읍장 뻬뽀네에게 가서 전하게. 나는 반동이니 자본주의니 하는 상투적인 헛소리를 조금도 듣고 싶은 마음이 없다고 말이야. 그런 말들은 수없이 들어서 훤히 알고 있다고 전하게."

"아닙니다, 정치 연설은 절대 없을 겁니다. 사회적인 관점에서 본 애국심 문제가 거론될 뿐입니다. 만약 거절하신다면 민주주의를 전혀 모르시는 분이 되고 말 겁니다."

스미르초가 눈을 동그랗게 뜨고 설명했다. 돈 까밀로는 머리를 크게 끄덕였다.

"자네가 말한 대로라면, 더 이상 딴말은 않겠네."

"잘 생각하셨습니다. 그런데 읍장님은 신부님께서 신부복을 입고 무기를 들고 오시길 바라십니다."

"무기라니?"

"그 뭣이냐, 성수통하고 성수채 있잖습니까. 축성해 주실게 많아서요."

스미르초는 말을 마치자마자 날쌔게 뛰쳐나갔다. 그는 키가 남달리 작고 몸이 날쌔서, 빨치산 활동을 할 때도 털끝 하나 다치지 않고 총알 사이를 지나다녔던 인물이다. 그래서 돈 까밀로가 그의 머리통을 향해 두꺼운 책을 집어 던졌을 때는 이미 성당 밖을 빠져나가 자전거 페달을 밟고 있었다. 돈 까밀로는 책을 주워 들고 제단의 예수님께 울분을 토하러 갔다.

"예수님, 내일 저자들이 무슨 꿍꿍이 수작을 벌일지 알 수 있을까요? 이렇게 이상한 일은 생전 처음입니다. 광장 주변에 꽂아놓은 저 막대기들은 무엇일까요? 무슨 음모를 꾸미려고 저러는 걸까요?"

"돈 까밀로, 내 아들아. 저들이 음모를 꾸미는 거라면 저렇게 떠들썩하게 일을 벌이지는 않을 거다. 또 그것을 축성해 달라고 너를 부르지도 않았을 것이다. 내일까지 참고 기다려 보려무나."

그날 밤 돈 까밀로는 염탐을 하러 밖으로 나갔다. 하지만 광장 주위에는 땅에 꽂힌 막대기와 깃대밖에 없었다. 거기서 무슨 일이 일어날지 도무지 감을 잡을 수가 없었다.

다음 날 아침 복사 두 명을 데리고 성당을 나서는 돈 까밀로의 다리가 갑자기 후들거렸다. 심상치 않은 일이 꾸며지고 있는 듯했다.

이 사건에는 석연치 않은 점이 너무나 많았다.

한 시간 뒤, 돈 까밀로는 이성을 잃고 열이 바싹 올라 돌아왔다.

"행사는 어땠느냐?"

제단의 예수님이 물으셨다.

"끔찍했습니다."

돈 까밀로가 더듬거리며 말했다.

"합창단이 공산당 찬가를 부르고, 뻬뽀네가 연설을 했습니다. 그리고 '인민의 집' 기공식이 이어졌습니다. 저는 그 기공식을 축성해야 했지요. 뻬뽀네는 신이 나서 입이 귀밑까지 찢어지더군요. 그 악당이 저더러 몇 마디 하라고 해서 어쩔 수 없이 짤막한 축사를 했습니다. 그 일은 분명히 공산당 사업인데 그 악당은 글쎄 공공사업이라고 소개를 하더군요!"

돈 까밀로는 텅 빈 성당 안을 서성거렸다. 그러다가 다시 예수님 앞에 멈춰 섰다.

"웃기는 일이지요. 회의실과 독서실 그리고 도서관과 체육관, 게다가 응급실과 극장까지 갖추었더라고요. 운동장과 오락실까지 갖춘 2층짜리 건물이었습니다. 총예산이 천만 리라라니 어마어마하지 않습니까?"

"그리 비싸진 않구나. 그만한 건물이라면 그 정도 액수는 들겠지."

돈 까밀로는 의기소침해져서 의자에 앉았다.

"예수님."

돈 까밀로가 무척 괴롭다는 표정으로 한숨을 내쉬며 말했다.

"왜 제게 이런 시련을 주시나이까?"

"돈 까밀로, 그게 무슨 소리냐?"

"억울해서 그럽니다. 벌써 10년째 당신께 무릎을 꿇고 기도했습니다. 청소년을 위한 도서관과 회의실, 그네가 있는 유치원, 체조 기구 몇 개, 그리고 카스텔리노에 있는 것과 같은 작은 수영장 하나를 만들 돈을 주십사고 말입니다. 무려 10년 동안 더러운 수전노 지주들에게 갖은 아양을 떨어가며 이리 뛰고 저리 뛰었습니다. 그 사람들을 만날 때마다 한 대 갈겨 주고 싶은 마음을 꾹꾹 눌러가면서요. 또 복권을 200번이나 사서 숫자를 맞춰보았고, 2천 가구나 되는 집을 찾아다니며 굽실거렸지만 아무런 성과가 없었습니다. 그런데 빌어먹을 그 불한당한테는 1천만 리라나 되는 돈이 하늘에서 쏟아졌단 말입니다."

예수님은 머리를 저으며 말했다.

"하늘에서 돈벼락이 쏟아진 게 아니다. 그들 스스로 땅에서 찾아낸 게지. 나와 아무런 상관이 없는 일이란다. 돈 까밀로, 그건 그자가 스스로 벌어들인 돈이니라."

"그렇다면 문제는 간단하군요. 제가 불쌍한 바보일 따름이군요."

돈 까밀로는 사제관에 틀어박혀 이리저리 머리를 굴렸다. 명색이 읍장인 뻬뽀네가 길에서 사람들 돈을 갈취하거나 은행 금고를 털지는 않았을 것이다.

'그렇다면 해방 직후에 어떤 일이? 그래, 해방되어… 뻬뽀네가 산에서 내려왔을 때… 금방이라도 프롤레타리아 혁명이 터질 기세였지. 그때 그 도둑놈이 겁에 질린 지주들을 협박해서 돈을 빼앗은 걸 거야.'

그런데 곰곰이 생각해 보니 그때 읍내의 지주들은 한 사람도 남아있지 않았다. 대신 뻬뽀네 일당과 함께 온 영국군들이 본부로 삼았던 지주들의 집에 주둔했었다. 그러면서 합법을 가장해 지주들의 집에서 좋은 물건들은 모두 싹쓸이해 갔었다. 그러니 빼뽀네가 지주들을 약탈해 그 많은 돈을 마련했을 거라는 추측은 현실성이 없는 얘기였다. 그렇다면 혹시? 돈이 러시아에서 온 것일까? 웃기는 얘기다. 러시아에서 빼뽀네 따위에게 그렇게 큰돈을 보내올 턱이 없다.

"예수님."

돈 까밀로는 다시 예수님이 계신 제단으로 갔다.

"빼뽀네가 대체 어디서 그 큰돈을 얻었을까요?"

"돈 까밀로."

예수님이 웃으면서 말씀하셨다.

"나를 탐정쯤으로 생각하는가 보구나? 그런 것쯤은 스스로 알아보도록 해라. 그리고 울적할 텐데 머리도 식힐 겸 마을 밖까지 한 바퀴 돌아보려무나."

다음 날 저녁, 마을을 한 바퀴 돌고 성당으로 돌아온 돈 까밀로는 지나치다 싶을 정도로 흥분해서 예수님 앞으로 달려갔다.

"무슨 일이냐, 돈 까밀로?"

"기가 막힐 노릇입니다!"

돈 까밀로는 숨을 헐떡이며 소리를 질렀다.

"죽은 사람을 만났습니다! 그것도 길에서 정면으로 말입니다!"

"돈 까밀로, 마음을 가라앉히고 냉정하게 생각해 보아라. 길에서, 죽은 사람과 정면으로 마주치는 일은 없는 법이다. 살아 있는 사람이었겠지."

"그럴 리가 없습니다."

돈 까밀로는 눈을 동그랗게 뜨고 소리쳤다.

"그자는 정말 죽은 사람이었습니다. 제가 직접 장례까지 치러주었는데요."

"그렇다면 나도 더 이상 할 말이 없구나. 아마 유령인 모양이지."

돈 까밀로는 뭐가 뭔지 모르겠다는 표정으로 말했다.

"아닙니다! 유령은 어리석은 여자들의 머릿속에나 있을 뿐입니다."

"그래서?"

"생각해 봐야죠."

돈 까밀로가 중얼거렸다. 그는 기억을 더듬어보았다. 죽은 사람은 빼빼 마른 청년으로 이 마을 사람이 아니었다. 머리에 상처를 입고 의식을 잃은 그를 뻬뽀네 일당이 산에서 발견해 업고 내려온 것이었다. 사람들은 그 청년을 독일군 사령부였다가 영국군 사령부가 된 별장에 수용했는데 그 옆방에 뻬뽀네의 사무실이 있었다.

돈 까밀로는 또렷이 기억하고 있었다. 근처에서 아직도 전투가 벌어지고 있었기 때문에 별장에는 영국군이 3중으로 경비를 서고 있었다. 영국군은 자기들의 안전에 유별나게 민감했으므로 별장 안에는 개미 새끼 한 마리 얼씬거리지 못했다.

부상이 심했던 그 청년은 그날 밤 죽고 말았다. 빼뽀네는 자정 무렵 사람을 시켜 신부를 불러들였다. 돈 까밀로가 도착했을 때 청년은 이미 싸늘한 시체가 되어 있었다. 영국군은 집 안에 시체를 두고 싶어 하지 않았다. 다음 날 정오에 그의 부하 세 명이 이탈리아 국기로 덮은 관을 둘러메고 별장 문을 나섰다. 영국군은 위로하는 뜻에서 그 관을 향해 '받들어 총' 까지 했다.

장례식은 감동적이었다. 대포 대신 관을 실은 자동차 뒤를 마을 사람들 전체가 따랐다. 그리고 묘지에서 하관하기 전에 돈 까밀로가 추도 연설을 했다. 사람들은 모두 눈물을 흘렸다. 빼뽀네도 행렬 맨 앞에서 눈물을 글썽였다.

'나도 가끔씩은 훌륭한 연설을 했지.'

돈 까밀로는 그때의 일을 떠올리며 흡족해했다. 그러다가 다시 생각을 정리하고 다음과 같은 결론을 내렸다.

'오늘 시내에서 만난 사람은 내가 장례 미사를 해줬던 청년이 틀림없어."

돈 까밀로는 한숨을 내쉬었다.

'그래, 그 청년은 죽지 않았어!'

다음 날 돈 까밀로는 자동차 정비소로 빼뽀네를 찾아갔다. 그는 자동차 밑에서 일하고 있었다.

"안녕하시오, 읍장 나리. 할 말이 있어 찾아왔네. 이틀 동안 인민의 집에 대해 생각을 해보았네."

"보신 감상이 어떻소?"

빼뽀네가 말했다.

"멋지더군. 덕분에 나도 그런 건물을 짓기로 했다네. 알다시피 이는 내가 오래전부터 생각해 왔던 일 아닌가. 다음 일요일, 기공식을 거행할 작정인데, 읍장인 자네도 와줄 거라고 믿네."

빼뽀네는 얼른 차 밑에서 기어 나왔다. 그는 작업복 소매로 기름때가 묻은 얼굴을 닦으며 말했다.

"기꺼이 참석하죠. 정중한 초대에 감사하오."

"좋아. 그런데 자네가 계획을 조금 축소해야 할 거야. 내가 보기에 너무 크단 말씀이야."

빼뽀네는 눈을 휘둥그레 뜨고 돈 까밀로를 쳐다보았다.

"신부님, 제정신으로 하는 소리요?"

"물론이지, 그날 관 앞에서 연설했을 때처럼 정신이 말짱하다네. 그놈의 관 뚜껑을 잘 닫지 않은 모양이야. 어제 시내에 산책하러 나갔다가 그 시체를 길에서 만났지 뭔가."

빼뽀네는 언성을 높였다.

"무슨 소릴 하려는 거요, 대체?"

"나는 그날, 그 관 속에는 자네가 별장에서 훔쳐낸 보물이 가득 숨겨져 있었다는 사실을 말해주려는 것뿐일세. 그 죽은 사람은 버젓이 살아서 다락방에 숨어 지냈거나 했겠지."

"아아!"

빼뽀네가 신음을 냈다. 그러고는 돈 까밀로를 향해 냅다 소리를 질렀다.

"허튼소리 작작하시오! 혁명투사인 나를 모독할 참이오!"

"애국지사인 양 그러지 말게, 읍장 동지. 나를 속일 수는 없어!"

돈 까밀로가 능글맞게 웃었다. 그는 소리를 지르며 펄쩍 뛰는 빼뽀네를 뒤로 하고 유유히 그 자리를 떠났다.

그날 저녁 빼뽀네가 브루스코와 덩치 큰 두 사람을 데리고 돈 까밀로를 찾아왔다. 관을 운반했던 사람들이었다. 브루스코는 흥분해 먼저 이야기를 시작했다.

"신부님이 잘못 알고 계신 게 있소. 그 물건들은 독일군이 훔쳐갔던 것이었소. 은그릇, 사진기, 악기, 금 따위였지요. 우리가 그걸 빼내 오지 않았다면 영국군이 가져갔을 거요. 그리고 물건을 밖으로 꺼내올 다른 방법이 없었소. 여기 영수증과 증명서가 있소. 땡전 한 푼도 손대지 않았소. 우리는 1천만 리라를 건져냈고 그 돈으로 인민을 위한 사업을 하려는 거요."

다혈질인 브루스코는 이렇게 말한 뒤 만일 이에 대해 의심하는 사람이 있다면 반드시 손을 봐주겠다고 부르짖었다.

"나도 같은 생각이네."

돈 까밀로가 대답했다. 그러면서 그는 몸을 가리고 있던 신문을 떨어뜨렸다. 그러자 돈 까밀로의 오른쪽 겨드랑이 밑에 있던 기관총이 모습을 드러냈다. 예전에 불타 버린 집에서 훔쳐냈던 것이다.

브루스코는 얼굴이 핼쑥해져서 뒤로 한 발자국 물러섰고 뻬뽀네는 양팔을 벌렸다.

뻬뽀네가 말했다.

"돈 까밀로, 싸울 까닭이 있소?"

"나도 싸우고 싶지 않아. 자네들 생각에 전적으로 동감하네. 찾아낸 1천만 리라는 당연히 인민한테 돌아가야지. 자네는 인민의 집에 700만 리라만 쓰고, 나머지 300만 리라는 내 회관 건립에 쓰게. 난 내 몫을 요구하는 것뿐이니까."

네 사람은 낮은 목소리로 수군거리며 의논했다. 이윽고 뻬뽀네가 말했다.

"신부님이 만일 그 저주받을 물건만 들고 있지 않았다면 이 세상에서 가장 비겁한 공갈 협박꾼이라고 말해주었을 거요."

일요일, 뻬뽀네는 돈 까밀로의 청소년회관 기공식에 읍사무소 직원들을 모두 데리고 참석했다. 그리고 짧은 연설까지 했다. 그러다가 기회를 틈타 돈 까밀로의 귀에 대고 속삭였다.

"저 주춧돌을 신부님 목에 매달아 뽀 강에 던지지 못하는 게 한스럽소."

그날 저녁, 돈 까밀로는 제단으로 예수님을 찾아가 보고했다.

"어떻게 생각하십니까?"

"뻬뽀네와 똑같은 말을 해주고 싶다. 네가 그 저주받을 무기를 손에 들고 있지 않았다면 세상에서 가장 비겁한 공갈 협박꾼이라고 욕해주고 싶구나."

"하지만 지금 제 손에 있는 건 뻬뽀네가 건네준 수표뿐입니다."

돈 까밀로가 싱긋 웃었다.

"바로 그거다."

예수님이 나지막이 말씀하셨다.

"너는 그 300만 리라로 아름다운 선행을 많이 베풀 거다, 돈 까밀로. 그러니 나는 더 이상 심한 말을 하지 않겠노라."

돈 까밀로는 인사를 하고 잠자리에 들러 갔다. 즐겁게 뛰노는 아이들과 회전목마와 그네가 있는 놀이터가 꿈에 나타났다. 뻬뽀네의 막내아들이 그네를 타며 귀여운 새처럼 재잘거리고 있었다.

주먹 자랑

도시의 거물급 인사가 방문하자 마을 사람들이 몰려나와 환영했다. 빼뽀네는 큰 광장에서 정치 집회를 준비했다. 붉은 깃발로 장식한 멋진 연단이 만들어졌다. 그것도 부족해 지붕에 커다란 확성기 네 대를 단 작은 트럭도 준비했다. 트럭 안에는 확성기를 조절하는 기계장치가 들어 있었다.

주일 오후, 많은 사람이 광장을 가득 메웠다. 광장과 이웃한 성당 마당까지 사람이 꽉 들어찼다. 돈 까밀로는 성당 문을 모두 걸어잠그고 사제관에 틀어박혀 있었다. 아예 보지도 않고 듣지도 않을 작정이었다. 배알이 뒤틀리는 것을 참기 위해서였다. 그러다가 잠이 와서 꾸벅꾸벅 졸고 있는데, 별안간 밖에서 천둥과 같은 소리가 들려왔다.

"동지 여러분!"

열에 들뜬 뻬뽀네의 목소리가 어찌나 큰지 마치 성당 벽이 허물어져 내리는 듯했다. 돈 까밀로는 제단의 예수님에게 울분을 토하러 갔다.

"저놈들이 일부러 저 빌어먹을 확성기를 성당 쪽으로 돌려놓은 게 틀림없습니다. 이것은 분명 소음공해죄 아닙니까?"

돈 까밀로가 흥분해서 말했다.

"어쩔 도리가 있겠느냐, 돈 까밀로. 그런 게 문명의 발전인 것을…."

뻬뽀네의 소개를 받고 연단에 오른 연사는 통상적인 서론을 늘어놓았다. 그런 다음 곧바로 생생한 본론으로 들어갔다. 그는 과격분자였기 때문에 연설도 무척 신랄했다.

"법의 테두리를 넘어서는 안 됩니다. 우리는 법을 지켜야 합니다! 기관총을 손에 들고 인민의 적들을 막다른 벽으로 몰아넣을 때라도 말이오!"

'와' 하는 함성이 울려 퍼졌다.

"예수님, 저 소리가 들리십니까?"

"그래, 들린다. 귀가 아플 만큼 잘 들린다."

"예수님, 왜 저 못된 놈들한테 벼락을 떨어뜨리지 않으십니까?"

"돈 까밀로야, 우리는 법을 지켜야 한다. 죄 지은 자의 잘못을 일깨워 주자고 무력을 사용해서야 쓰겠느냐. 그럼 나는 무엇 때문에 십자가에 못 박혔겠느냐?"

돈 까밀로는 답답하다는 듯이 양팔을 벌렸다.

"예수님 말씀이 옳습니다. 그럼 우리도 십자가에 못 박힐 날을 기다려야 하겠군요."

예수님이 웃으셨다.

"말을 뱉고 나서 네가 한 말을 고민하기보다, 할 말을 먼저 생각하고 난 다음에 말을 해라. 그러면 그런 어리석은 말을 내뱉은 것을 후회하는 일은 없을 거다."

돈 까밀로는 머리를 숙였다. 그 와중에도 확성기는 쩌렁쩌렁 울렸다.

바람을 타고 들려오는 확성기 소리는 성당 안까지 울려퍼졌다. 붉고 노랗고 파란 고딕식 스테인드글라스 창문이 흔들렸다. 더 이상 참지 못한 돈 까밀로는 커다란 청동 촛대를 움켜잡고 이를 부드득 갈면서 문 쪽으로 달려갔다.

"돈 까밀로, 멈춰라!"

예수님이 소리치셨다.

"저 사람들이 해산할 때까지 성당에서 한 발자국도 나가서는 안 된다."

"예, 말씀에 따르겠습니다."

돈 까밀로는 촛대를 제자리에 갖다놓으면서 말했다. 그는 제단 앞을 서성이다 예수님 앞으로 나아갔다.

"그렇지만 성당 안에서는 제가 원하는 것은 무엇이든 할 수 있겠지요?"

"물론이다, 돈 까밀로. 여긴 네 집이니까 네가 하고 싶은 대로 할 수 있느니라. 창문에 서서 사람들한테 총질하는 것만 빼고 말이다."

3분 뒤 돈 까밀로는 신이 나서 한걸음에 종탑으로 뛰어올라갔다. 잠시 뒤, 생전에 다시 들을까 두려울 정도의 무시무시한 소리를 내며 종이 울리기 시작했다. 그 종소리는 마치 지옥의 종소리 같았다. 연사는 어쩔 수 없이 연설을 중단해야 했다. 그는 연단 뒤쪽에 있던 읍 간부들에게 뭘 하고 있느냐고 따지듯 뒤를 돌아보았다.

"저 소리를 당장 멈추게 하시오."

연사는 화가 나서 소리를 질렀다.

빼뽀네는 천천히 머리를 끄덕였다.

"그래야지요. 그런데 저 소리를 멈추게 하려면 딱 두 가지 방법밖에 없습니다. 종탑 아래에서 폭탄을 터뜨리거나 기관총을 갈겨대는 방법뿐입니다."

연사는 빼뽀네에게 그 무슨 바보 같은 소리냐며 더 크게 소리쳤다.

"종탑의 문을 열고 뛰어 올라가면 될 일 아뇨?"

"글쎄요, 층층이 연결되어 있는 사다리를 타고 올라갈 수는 있겠지요. 그런데 자세히 보십시오, 동지. 종탑 왼쪽 창 밖에 삐죽 나와 있는 뭔가가 보이죠? 사다리들입니다. 종지기가 갖다놓은 겁니다. 문은 열려 있지만, 저 종탑까진 도저히 올라갈 수 없습니다."

삐뽀네가 차근차근 설명했다. 그때 스미르초가 다가와 제안했다.

"그럼 저 종탑 창문에 대고 총을 몇 발 쏘아 볼까요, 대장?"

"좋지."

삐뽀네가 동의했다.

"하지만 첫발에 종지기를 저승으로 날려보내야 해. 그렇지 않으면 저자가 도리어 총질을 시작할걸. 그러면 아수라장이 되겠지."

그 순간 종소리가 그쳤다. 연사는 다시 연설을 시작했다. 돈 까밀로의 비위를 거스르는 말이 나오기 전까지 강연은 순조롭게 진행되었다. 하지만 비위를 거슬리는 말이 나오면 돈 까밀로는 어김없이 종소리로 훼방을 놓았다.

연설이 끝날 때까지 종소리와 연설이 되풀이되었다. 연설은 점점 평범한 말투의 애국적인 내용으로 바뀌고 말았다. 그날 저녁, 삐뽀네가 돈 까밀로를 찾아왔다.

"조심하슈, 신부님. 그렇게 우리를 자극하면 좋지 않은 일이 생길 거요."

"누가 누구를 자극했다고 그러나?"

돈 까밀로가 조용히 대꾸했다.

"자네들은 자네들 나팔을 불게나. 우리는 우리의 종을 울릴 테니까. 이게 민주주의 아닌가. 한쪽에만 소란을 떨 권리를 준다면 그게 독재가 아니고 뭔가?"

뻬뽀네는 아무런 대꾸도 않고 집으로 돌아갔다.

다음 날 아침 잠자리에서 일어난 돈 까밀로에게 깜짝 놀랄 일이 기다리고 있었다. 성당 마당 너머에, 그러니까 사제관에서 채 1미터도 안 떨어진 곳에 회전목마, 그네, 사격판 세 개, 미니 자동차 여덟 대, 무도장, 유령의 집 등 온갖 놀이 시설이 들어서 있었던 것이다.

놀이 시설 장사치들은 읍장이 서명한 허가증을 내보였다. 돈 까밀로는 아무 말도 할 수 없었다. 그곳은 읍장 관할이었기 때문이다.

그날 저녁부터 지옥 같은 소동이 벌어졌다. 아코디언과 확성기 소리, 웃음소리, 고함소리, 노랫소리, 종소리, 휘파람소리, 폭죽 터지는 소리, 치고받고 떠드는 소리….

돈 까밀로는 예수님에게 하소연하러 제단으로 갔다.

"이것은 하느님의 성전을 모독하는 행위입니다."

"뭐, 저들이 비도덕적이고 추한 짓이라도 하고 있더냐?"

예수님이 물으셨다.

"아닙니다. 그저 아이들이 좋아하는 회전목마, 그네, 꼬마 자동차 같은 오락 시설들을 잔뜩 벌여놓았습니다."

"그렇다면 아주 민주적인 행위로구나."

"하지만 이것은 견디기 어려운 소음 공해가 아닙니까?"

"법의 테두리를 벗어나지 않는 한 소음도 민주적인 행동이니라. 성당 밖은 읍장의 관할 지역이 아니더냐?"

사제관은 성당에서 30미터가량 앞쪽에 있어 읍내 광장 바로 옆에 붙어 있었다. 그런데 광장으로 나 있는 사제관 창문 바로 아래 설치된 기계 하나가 돈 까밀로의 호기심을 끌었다.

1미터 높이의 작은 기둥 위에 가죽으로 싼 버섯 모양의 뚜껑이 달린 기계였다. 뒤쪽에는 가느다랗고 높은 기둥이 하나 더 있었다. 기둥 위 커다란 판에는 1부터 1,000까지의 숫자가 적혀 있었다.

자세히 보니 주먹 힘을 재는 기구였다. 주먹으로 버섯 같은 뚜껑을 치면 바늘이 주먹의 힘을 표시해 주었다.

돈 까밀로는 구미가 당겨서 덧문 틈 사이로 그 기계를 몰래 훔쳐보고 있었다. 밤 11시까지의 최고 점수는 750점이었다. 무쇠주먹을 자랑하는 밀라노 출신 목동이 기록한 점수였다. 그때 갑자기 뻬뽀네가 부하들을 거느리고 나타났다.

사람들이 우르르 몰려들어 '쳐보시오, 뻬뽀네' 하고 소리쳤다. 뻬뽀네는 저고리를 벗고 소매를 걷어 올린 다음 기계 앞에 서서 주먹으로 거리를 쟀다. 모두 조용해졌다. 훔쳐보고 있던 돈 까밀로의 심장도 두근거렸다. 주먹은 허공을 가르며 버섯을 때렸다.

"950! "

기계 주인이 소리쳤다.

"예전에, 제노바의 항구 노동자 로쏘가 이 점수를 기록한 이후 처음이오!"

빼뽀네의 부하들이 열광적인 환호성을 질렀다. 빼뽀네는 저고리를 다시 입고 고개를 들어 돈 까밀로가 숨어 지켜보고 있는 창문을 바라보며 말했다.

"누구든지 구미가 당긴다면 이 기록을 한번 깨뜨려 보라!"

모두 돈 까밀로의 창문을 바라보며 낄낄거렸다. 돈 까밀로는 후들후들 떨리는 다리를 부여잡고 잠자리에 들었다. 다음 날 저녁 돈 까밀로는 다시 창문 뒤에 숨어 떨리는 마음으로 11시를 기다렸다. 그러자 빼뽀네가 또 부하들을 거느리고 나타났다. 그는 어제처럼 저고리를 벗고 소매도 걷은 다음, 버섯을 향해 주먹을 날렸다.

"951!"

부하들이 소리쳤다. 모두 돈 까밀로의 창문을 바라보며 키득거렸다. 빼뽀네 역시 고개를 쳐들며 말했다.

"누구든지 자신 있으면 이 기록을 깨뜨려 보라!"

돈 까밀로는 치밀어오르는 화를 삭이며 침대로 갔다. 다음 날 그는 예수님 앞으로 가서 무릎을 꿇었다.

"예수님, 저자가 저를 조롱하고 있습니다. 저를 파멸의 구렁

텅이로 몰아넣으려고 합니다!"

"참아라, 돈 까밀로! 참는 자가 이기는 것이니라."

그날 밤 돈 까밀로는 착잡한 심정으로 다시 덧창 앞으로 다가갔다. 이제 소문이 사방으로 퍼졌는지 온 마을 사람들이 모두 구경 나와 있었다. 뻬뽀네가 나타나자 사람들이 웅성거리기 시작했다.

"그가 왔다!"

뻬뽀네는 자신만만한 눈으로 기계를 잔뜩 노려보더니 천천히 윗저고리를 벗기 시작했다. 모여든 사람들이 긴장된 표정으로 그의 다음 동작을 주시했다. 마침내 그의 솥뚜껑만한 주먹이 '쿵' 하는 파열음과 함께 허공을 갈랐다.

"952!"라는 외침과 더불어 '와' 하는 환호성이 터져 나왔다. 순간 돈 까밀로는 자신의 창문으로 쏟아지는 수많은 눈동자를 보았다.

그리고 그는 이성을 잃고 밖으로 뛰쳐나가고 말았다.

"누구든지…."

뻬뽀네는 구미가 당긴다면 952점을 한번 깨뜨려 보라는 말을 끝맺지 못했다. 바로 코앞에 돈 까밀로가 버티고 서 있었기 때문이다. 술렁이던 사람들이 일제히 입을 다물었다.

돈 까밀로는 숨을 한 번 크게 내쉬고 다리에 단단히 힘을 주었다. 그러고는 모자를 벗고 성호를 그었다. 마침내 솥뚜껑만한 주먹을 치켜세우더니 버섯을 향해 내리쳤다.

"1,000!"

사람들이 웅성댔다. 돈 까밀로는 주변이 조용해지기를 기다렸다가 어깨를 펴고는 당당하게 소리쳤다.

"누구든지 자신이 있다면 이 기록을 한번 깨뜨려 보라!"

뻬뽀네는 하얗게 질리고 말았다. 그의 부하들은 참담한 표정으로 뻬뽀네를 흘낏 쳐다보았다. 하지만 어떤 사람들은 재미있다는 듯 키득키득 웃기도 했다. 뻬뽀네는 돈 까밀로를 노려보더니 다시 웃옷을 벗었다. 그리고 기계 앞으로 가서 주먹을 치켜세웠다.

"예수님!"

돈 까밀로가 황급히 중얼거렸다. 뻬뽀네의 주먹이 허공을 갈랐다.

"1,000점이다!"

사람들이 소리쳤다. 뻬뽀네의 부하들이 기쁜 나머지 자기네들끼리 얼싸안으며 펄쩍펄쩍 뛰었다.

"1,000점이 최고 기록입니다. 그러므로 이 시합은 무승부입니다. 무승부."

다시 거대한 함성이 광장을 울렸다. 뻬뽀네는 의기양양해져서 한쪽 길로 걸어갔고, 돈 까밀로 역시 의기양양하게 성당으로 돌아왔다.

"예수님."

돈 까밀로가 다시 예수님 앞에 가서 말했다.

"감사합니다. 저는 속으로 대단히 걱정했습니다."

"왜? 1,000점이 나오지 못할까 봐서?"

"아닙니다, 그 인간이 1,000점을 내지 못할까 봐서요. 만일 그렇게 되었다면 제 마음이 편치 않았을 겁니다."

"나도 알고 있었다. 그래서 내가 너를 도운 것이니라."

예수님이 웃으면서 말씀하셨다.

"뻬뽀네도 너와 같은 마음이었다. 네가 952점을 치지 못할까 봐 걱정하더구나."

"그럴 리가요?"

때때로 회의론자가 되곤 하는 돈 까밀로가 놀라며 중얼거렸다.

돈 까밀로의 응징

하루하루 품을 팔아 살아가는 노동자들이 읍사무소 앞 광장에 모여 일자리를 달라고 시위를 벌였다. 하지만 읍사무소라고 뾰족한 수가 있는 것은 아니었다. 읍장 뻬뽀네가 읍사무소 발코니에 나와 일자리를 구해 볼 테니 진정하라고 소리쳤다.

"우리 읍의 지주들과 농장주들을 한 시간 안에 모이도록 하라!"

뻬뽀네는 2층 회의실에 모인 직원들에게 명령했다. 하지만 그들이 다 모이는 데는 세 시간이나 걸렸다. 행세깨나 하는 지주들과 농장주들이 하얗게 질려 있었다.

"나는 할 수 있는 데까지 해볼 작정이오!"

뻬뽀네는 목소리를 높였다.

"사람들은 굶주린 채 빵을 요구하고 있소. 긴말은 하지 않겠소. 1헥타르당 1천 리라씩 내시오. 그 돈으로 공공사업을 벌여 노동자들을 구제할 생각이오. 만일 거절한다면 읍장으로서, 그리고 노동자 대중의 대표로서 앞으로 일어날 사태에 대해 책임질 수 없소."

브루스코가 발코니로 나가 뻬뽀네가 한 말을 노동자들에게 전했다. 그러나 노동자들은 말뿐이 아닌 실질적으로 혜택을 받을 수 있는 지주들의 서명을 요구해 왔다.

회의는 오래가지 않았다. 마음이 약한 과반수 지주가 자발적으로 이 안에 합의하고 서명했기 때문이다. 나머지 사람들도 어쩔 수 없이 서명하려고 할 때 캄포룬고의 농장주인 베롤라 영감이 나서서 제동을 걸었다.

"내 목에 칼이 들어올지라도 서명은 못 하겠소. 만일 법률에 정해져 있다면 돈을 내겠소. 그렇지 않다면 한 푼도 낼 수 없소."

"그럼 우리가 직접 가서 가져오겠소!"

브루스코가 눈을 부라리며 소리쳤다.

"흥! 올 테면 와 보게!"

베롤라가 자신만만한 목소리로 말했다. 그 집안엔 아들, 손자, 사위, 조카를 합해 열다섯 명 정도의 덩치 큰 장정이 있었고, 그들은 모두 명사수였다.

“올 테면 오라고! 길은 잘 알고 있을 테지?”

이미 서명했던 사람들은 아차 싶은 마음에 탄식하고 나머지 사람들은 딴청을 부리며 말했다.

“베롤라가 서명을 하지 않으면 우리도 하지 않겠소.”

브루스코가 광장에 있는 노동자들에게 이 사실을 전했다. 그러자 노동자들은 베롤라를 당장 쫓아내지 않으면 자신들이 직접 올라가서 요절을 내겠다며 고함을 질렀다. 그때 뻬뽀네가 발코니로 나와서 어리석은 행동은 자제하라고 당부했다.

“오늘 우리가 받아낸 돈만으로도 두 달은 견딜 수 있다. 지금까지 그랬듯이 법률에 저촉되지 않고 베롤라와 다른 지주들을 설득할 방법을 찾아보자.”

일이 잘 수습되어 뻬뽀네는 베롤라를 자기 자동차에 태우고 집까지 데려다 주며 설득했다. 하지만 베롤라는 자기 집 앞 작은 다리 앞에서 내리며 이렇게 말했다.

“일흔 살이 되면 무서운 게 딱 한 가지뿐이지. 이 질긴 목숨을 너무 오래 부지하지 않을까 하는 걱정 말이야.”

한 달이 지나도 사태는 호전될 기미가 보이지 않았다. 노동자들의 분노는 점점 더 높아갔다. 그러던 어느 날 밤 사건이 터졌다.

돈 까밀로는 다음 날 아침 일찍 그 소문을 듣자마자 자전거를 타고 베롤라 영감의 집으로 황급히 달려갔다. 영감의 가족들이 밭에 모여 묵묵히 땅만 내려다보고 있었다.

가까이 다가간 돈 까밀로는 깜짝 놀라 숨이 턱 막히는 듯했다. 줄지어 서 있던 포도나무 중 절반이 뿌리째 뽑혀 있었다. 풀밭 사이에 버려진 포도넝쿨들이 마치 검은 뱀같이 보였다. 그 옆 느릅나무 가지에는 '첫 번째 경고'라는 종이판지가 달려 있었다.

농부들에게 포도나무라는 것은 자식과도 같다. 제대로 된 농부라면 자기 밭의 포도나무가 잘려나가는 걸 지켜보느니 차라리 자신의 다리를 떼어 주려고 할 것이다. 그들에게는 그편이 덜 고통스러울 테니까 말이다. 돈 까밀로는 줄줄이 죽어 나간 시체를 본 것처럼 우울해져 성당으로 돌아왔다.

"예수님, 이제 딱 한 가지 방법밖에 없습니다. 범인을 잡아 목을 매다는 수밖에요."

"돈 까밀로야, 너는 머리가 아플 때 그 고통을 덜고자 네 머리를 싹둑 잘라버리겠느냐? 말해 보아라!"

"하지만 독사는 밟아 죽여야 합니다!"

돈 까밀로가 부르짖었다.

"아버지 하느님께서 이 세상을 창조하실 때 사람과 동물을 분명히 구분하셨다. 그것은 사람 족속에 속한 이상 무슨 짓을 하든 늘 사람으로 남아 있고 사람으로 대우받아야 한다는 뜻이니라. 그렇지 않았다면 나는 십자가에 못 박히면서까지 사람들을 구원하고자 지상에 내려오지 않았을 게다."

주일날 돈 까밀로는 마치 농부였던 자기 아버지의 포도나무가 잘려나가기라도 한 듯한 심정으로 포도밭에 대해 강론했다. 처음에는 부드러운 어조였다. 그러다 신자들 틈에 앉아 있던 뻬뽀네를 발견하자 갑자기 가시가 돋친 말이 튀어나왔다.

"여러분, 태양을 저 하늘 높이 두어 아무도 건드리지 못하게 만드신 하느님께 감사를 드립시다. 그렇지 않았다면 인민의 지도자를 자처하는 사람들이, 반대당에서 선글라스를 파는 것에 앙심을 품고 태양의 불을 꺼버렸을지도 모르니까요. 그들은 너무 똑똑한 사람들이라서 구두장이가 미우면 그를 벌주기 위해 구두닦이의 발까지 잘라야 한다고 가르치니까요!"

돈 까밀로는 그 강론이 뻬뽀네를 향해 하는 소리인 듯 계속해서 그를 노려보며 말했다.

저녁 무렵, 뻬뽀네가 어두운 얼굴로 사제관에 나타났다.

"신부님, 오늘 강론 나 들으라고 하는 소리였소?"

"아니, 사람들의 머릿속에 무언가 이상한 이념을 심어주는 무리한테 하는 소리였네."

돈 까밀로는 딴청을 피우며 대답했다.

뻬뽀네는 주먹을 불끈 쥐었다.

"신부님, 혹시 베롤라의 포도밭을 망친 사람이 나라고 생각하는 겁니까?"

돈 까밀로는 고개를 저었다.

"아니. 자네는 거칠기는 하지만 파괴자는 아니야. 하지만 사람들을 사주한 건 자네라고 생각하네."

"사주는 고사하고 그 사람들을 말리느라 고생깨나 했소. 도대체 말을 듣지 않는단 말이오."

돈 까밀로는 자리에서 일어나 뻬뽀네 앞에 떡 버티고 섰다.

"자넨, 누가 포도밭을 망쳤는지 알고 있지?"

"모르오, 몰라요!"

뻬뽀네가 억울하다는 표정으로 소리쳤다.

"아니야, 알고 있어! 자네가 사기꾼이나 악당들과 한통속이 아니라면 누가 범인인지 알려주는 게 자네 의무일세."

"난 아무것도 모르오."

뻬뽀네는 계속 고집을 부렸다.

"저 포도밭 하나 때문에 이러는 게 아닐세. 뜨개질 옷에 코 하나가 빠진 것과 같은 이치야. 곧 고쳐놓지 않았다간 내일이면 옷은 완전히 망가질 걸세. 알고 있으면서 말하지 않는다면 그건 건초더미에 떨어진 담뱃불을 보고도 끄지 않는 것과 똑같은 짓이야. 자네 때문에 머지않아 집 전체가 타버리고 말 걸세! 그렇게 되면 그건 담배꽁초를 버린 사람만의 잘못은 아닐거야."

그래도 뻬뽀네는 아무것도 모른다고 딱 잡아뗐다.

"나를 죽인다 해도 절대로 말할 수 없소!"

하지만 돈 까밀로는 끈질기게 설득했다.

마침내 빼뽀네가 손을 들었다.

"내 부하들은 모두 신사들이오. 그런데 저 세 명의 버러지 같은 놈들이…."

"알겠네."

돈 까밀로가 말을 가로막았다.

"내일 이 소문이 퍼지면 사람들이 들고일어나 마구 총질을 해댈지도 모른다네."

돈 까밀로는 오랫동안 방안을 서성거렸다.

"적어도 그 악당들이 벌 받아 마땅하다는 건 인정하겠지? 그들이 저지른 잘못이 또다시 되풀이되면 안 된다는 데에는 동감하겠지?"

"물론이오. 돼지가 아니고서야 그렇지 않다고 할 놈이 어디 있겠소?"

"좋아, 잠시만 기다리게."

20분 뒤 돈 까밀로는 사냥복 차림에 긴 장화를 신고 사냥모자를 쓰고 나타났다.

"가세."

돈 까밀로가 외투로 몸을 감싸며 말했다.

"어디로요?"

"그 세 명 가운데 한 사람의 집으로! 자네가 길을 안내하게."

어둡고 바람이 세찬 밤이었다. 길에는 인적이 없었다. 어느 외딴집 앞에 이르자 돈 까밀로는 눈 근처까지 목도리로 칭칭

감아 얼굴을 가린 다음 도랑에 숨었다. 뻬뽀네는 앞으로 가서 문을 두드리고 안으로 들어갔다. 그리고 잠시 뒤 한 남자를 데리고 나왔다. 적당한 순간 돈 까밀로가 도랑에서 뛰어 나왔다.

"두 손 높이 들어라!"

그는 총을 겨누면서 말했다. 두 사람은 손을 들었다. 돈 까밀로는 그들의 얼굴에 손전등을 들이댔다.

"너는 돌아보지 말고 앞으로 뛰어가!"

말이 끝나자마자 뻬뽀네는 달려갔다. 돈 까밀로는 밭 한가운데로 사내를 밀쳐낸 다음 땅바닥에 엎드리게 했다. 그런 다음 왼손에 총을 들고 오른손으로는 가죽이 벗겨질 만큼 세게 엉덩이에 몽둥이찜질을 가했다.

"첫 번째 경고다. 알겠나?"

돈 까밀로가 씩씩거리며 말했다. 사내는 알겠다며 고개를 끄덕였다. 돈 까밀로는 약속 장소에서 기다리고 있던 뻬뽀네를 만났다.

두 번째 사내는 좀 더 쉽게 붙잡을 수 있었다. 돈 까밀로가 빵집 뒤에서 뻬뽀네와 계획을 세우고 있을 때, 사내가 양동이를 들고 물을 길러 나오자 돈 까밀로는 날쌔게 달려들었다. 일이 끝나자 두 번째 사내 역시 첫 번째 경고라는 말을 들었고 알겠다는 대답을 했다.

돈 까밀로는 불타는 사명감으로 어찌나 열심히 일했던지 팔이 다 저려왔다. 그는 나무 뒤에 앉아 뻬뽀네와 함께 담배를 피웠다. 그러나 곧 처리해야 할 사명이 생각나자 담뱃불을 나무 밑동에 비벼 껐다.

“자, 이제 세 번째 녀석한테 가세….”

돈 까밀로가 일어서면서 말했다.

“….”

하지만 뻬뽀네는 일어날 생각을 하지 않았다.

“어서 세 번째 놈한테 가자니까!”

“세 번째는 바로 나요.”

뻬뽀네가 뾰로통하게 대답했다. 돈 까밀로는 숨이 턱 막혔다.

“세 번째가 자네라고? 왜 그랬지?”

돈 까밀로는 기가 차다는 듯이 물었다.

“하느님과 통하는 신부도 모르는데 내가 알 턱이 있겠소?”

뻬뽀네는 외투를 벗고 두 손에 침을 탁 뱉더니 나무를 힘껏 껴안았다.

“때리시오! 빌어먹을 신부놈아. 어서 때리라고! 그렇지 않으면 내가 때리겠어.”

뻬뽀네는 이를 악물고 소리쳤다. 돈 까밀로는 고개를 저으며 말없이 그 자리를 떠났다.

“예수님, 저는 상상도 못 했습니다. 뻬뽀네가….”

돈 까밀로는 제단 앞에 가서 보고했다.

“돈 까밀로, 네가 오늘 저녁 저지른 일은 무서운 일이다.”

예수님이 말을 가로막으셨다.

"나는 나의 종에게 죄를 응징하라고 허락한 적이 없다."

"예수님, 당신의 허물 많은 아들을 용서해 주십시오. 성전을 더럽힌 상인들을 예수님이 채찍질하셨을 때 아버지 하느님께서 예수님의 죄를 사하여 주셨듯이 저의 죄를 사하여 주십시오."

돈 까밀로가 나지막이 말했다.

"돈 까밀로, 파시스트 행동대원 같았던 내 과거 행각을 비난하지는 말기 바란다."

예수님은 멋쩍으셨는지 말을 돌리셨다. 돈 까밀로는 침울한 표정으로 제단 앞을 서성거렸다. 기분이 영 좋지 않았다. 뻬뽀네가 포도나무를 자른 범인이라는 사실이 그를 울적하게 했다.

"돈 까밀로!"

예수님이 그를 불렀다.

"왜 괴로워하느냐? 뻬뽀네는 잘못을 뉘우치고 네게 고백하지 않았느냐. 그의 죄를 사해 주지 않는 네가 더 나쁘다. 돈 까밀로, 네 의무를 다하여라."

뻬뽀네는 아무도 없는 정비소에 혼자 있었다. 그는 트럭 보닛에 머리를 박은 채 볼트를 조이고 있었다. 돈 까밀로가 찾아왔는데도 알아채지 못한 눈치였다.

돈 까밀로는 뻬뽀네의 등짝에 열 대의 몽둥이찜질을 가했다.

"그대의 죄를 사하노라."

그러고는 발로 뻬뽀네를 한 번 더 걷어찼다.

"이건 나에게 빌어먹을 신부놈이라고 말한 대가다."

"으윽…, 두고 봐라! 꼭 복수하고 말 테니!"

뻬뽀네는 여전히 트럭 보닛 아래에다 머리를 박은 채 이를 악물며 말했다.

"우리의 미래는 하느님의 손안에 있도다."

돈 까밀로는 한숨을 쉬었다. 그는 정비소를 나와 몽둥이를 멀리 던져버렸다.

그날 밤, 돈 까밀로는 꿈을 꾸었다.

몽둥이가 땅에 떨어지면서 뿌리를 내렸고, 곧바로 새싹과 꽃과 포도나무 잎이 돋아나오더니 황금빛 포도송이가 주렁주렁 열리는 꿈이었다.

폭탄

며칠째 국회에서 정치인들이 머리채를 잡고 싸움박질 하는 모습이 신문에 대서특필되고 있었다. 국회뿐 아니라 읍내 선술집을 비롯해 심지어 동네 구멍가게 앞에서도 사람들만 모였다 하면 시끄럽게 싸워댔다. 훗날 법령 7조가 된, 그 유명한 법령 4조 때문이었다.

교회와 종교의 문제가 거론되는 일이었으므로 돈 까밀로도 망설이지 않고 그 싸움에 뛰어들었다. 그는 자기가 정의로운 일을 위해 뛴다는 확신이 있었기 때문에 탱크처럼 맹렬히 돌진했다.

한편 공산당들도 법령이 통과되는 것은 자기들의 정적이 승리하는 것이나 다름없다고 여겼기 때문에 그 저지에 총력을 기울이고 있었다. 돈 까밀로와 공산당 사이에는 팽팽한 긴장감이 감돌았고 곧 싸움이 벌어질 태세였다.

"법령이 부결되는 날, 우리 모두 기쁨의 축배를 듭시다."

회의 시간에 뻬뽀네가 부하들에게 말했다.

"그날 축하식에 우리의 존경하는 신부님도 초청합시다."

뻬뽀네는 짚과 헝겊 조각으로 돈 까밀로 모형을 만들라고 미리 지시를 내렸다. 그날이 오면 가슴에는 커다란 글씨로 '법령 4조' 라는 문구를 새겨넣고 악대를 동원해 화려하게 무덤까지 행렬할 계획이었다.

돈 까밀로가 그 소식을 듣자 즉시 성당지기를 공산당 본부로 보냈다. 성당 여신도들의 모임 때문에 공산당 본부의 회의실이 필요한데 이를 빌려줄 수 있는지, 아니면 법령이 통과될 때까지 기다려야 하는지 궁금하다는 것이 그 요지였다.

다음 날 아침, 브루스코와 그 패거리 내여섯 명이 성당 마당에 나타났다. 그들은 과장된 몸짓으로 성당 이쪽저쪽을 가리키며 큰 소리로 떠들어대기 시작했다.

"1층 전체를 댄스홀로 바꾸고 2층은 술집을 차리면 좋겠는데."

"아니야, 벽을 뚫어 새로 문을 내고, 1층 성당은 별실을 꾸며 술집을 차리는 게 더 낫지 않을까?"

"그건 너무 복잡해. 그러면 신부님 숙소를 어디에 마련하지?

지하실은 어떨까?"

"너무 습기가 많을 텐데…. 불쌍한 신부, 차라리 다락방이 좋지 않을까?"

"글쎄, 전봇대에 목을 매달아 놓는 게 더 낫겠지."

"그건 안 돼! 마을에는 아직 가톨릭 신자들이 서너 명쯤 있잖아. 그들도 생각해 줘야지. 돈 까밀로를 그자들에게 넘기자고. 그래봤자 뭐 별일 있겠어?"

돈 까밀로는 2층 창문 뒤에 숨어 비아냥대는 소리를 다 듣고 있었다. 그의 심장은 피아트 지프가 부르릉거리며 오르막길을 오르기라도 하듯 쿵쾅거렸다. 참다못한 그는 창문을 활짝 열어젖혔다. 그리고 왼손에는 기관총을 들고 오른손에는 탄약 상자를 내보이며 말했다.

"어이, 브루스코. 도요새를 잡으려면 어떤 총알을 써야 하는지 아는가?"

"때에 따라 다릅지요."

브루스코가 동료들과 함께 줄행랑을 치면서 대꾸했다.

상황이 이럴 즈음 갑자기 법령 7조가 극좌파의 동의 아래 통과됐다는 신문기사가 났다. 돈 까밀로는 기쁨에 겨워 신문을 들고 제단 앞으로 달려갔다. 그러나 예수님은 그에게 말할 틈을 주지 않으셨다.

"벌써 알고 있느니라, 돈 까밀로. 자, 이제 외투를 입고 잠시 산책이라도 저녁 무렵에 돌아오려무나. 마을, 특히 공산당 본부 앞은 지나지 않도록 주의하고."

"혹시 제가 겁을 낼 거라고 생각하시는 겁니까?"

돈 까밀로가 입을 삐죽 내밀며 항의했다.

"아니다, 절대로 그렇지 않다. 오히려 나는 네가 뻬뽀네에게 가서 법령 7조 장례식을 언제 할 것이며 성당 1층에 술집을 만들 생각인지 아니면 2층에 만들 생각인지 물어볼까 걱정이 돼서 그러는 거다."

"예수님."

마음이 상한 돈 까밀로가 대답했다.

"지나친 걱정을 하십니다! 전 꿈에도 그런 생각을 하지 않았습니다. 오히려 예수님이 아셔야 할 게 있습니다. 저 뻬뽀네가…."

"난 모든 걸 알고 있다, 돈 까밀로. 그래서 내린 결론이란다. 네가 잠시 들에 나가 산책을 하는 게 가장 좋다는 결론을 얻었다."

"예수님 뜻에 따르겠습니다."

그는 예수님 말씀대로 저녁 무렵이 되어서야 돌아왔다.

"잘했다, 돈 까밀로. 산책은 좋았냐?"

"네, 즐거웠습니다. 10년 묵은 체증이 쑥 내려가 나비처럼 가뿐한 하루를 보냈습니다. 자연과 접하고 나니 훨씬 더 기분이 좋아졌습니다. 미움과 원한, 나약한 인간의 질투가 다 부질없는 것으로 느껴지더군요!"

"바로 그거다, 돈 까밀로. 바로 그거야."

예수님이 밝은 소리로 맞장구치셨다.

"괜찮으시다면 담배를 사러 잠깐 나갔다 와도 될까요? 담배를 끊지 못해 죄송합니다만…."

"그래 좋다, 돈 까밀로. 자, 어서 다녀오너라. 그런데 나가기 전에 왼쪽 촛대의 불 좀 켜주면 고맙겠다. 꺼져 있는 초를 보니 마음이 쓸쓸하구나."

"그런 일쯤이야 얼마든지 해드리죠."

돈 까밀로는 성냥을 찾기 위해 주머니를 뒤졌다.

"성냥을 낭비하지 마라!"

예수님이 나무라셨다.

"종이쪽지로 뒤에 있는 촛대의 불을 옮겨 붙이면 될 거 아니냐?"

"종이가 있어야 말이지요."

"돈 까밀로야!"

예수님은 웃고 계셨다.

"기억력이 아주 약해졌나 보구나. 아까 찢어버리려던 편지가 네 주머니 속에 들어 있지 않으냐? 그걸 태워라. 그야말로 일거양득이 아니냐."

"…."

"어서."

예수님의 목소리는 나지막했지만 준엄했다. 돈 까밀로는 입을 씰룩거리며 주머니에서 편지를 꺼내 촛불에 갖다 댔다. 편지에 불이 붙었다.

그 편지는 뻬뽀네에게 쓴 것으로, 극좌파가 법령 7조를 만장일치로 승인한 지금 교구 신자들의 죄를 조사하여 자기와 힘을 합쳐 그들의 죄를 다스릴 위원회를 구성하는 데 찬성하는지 여부를 묻는 것이었다. 그리고 교구에서 일어나는 범죄를 관리하고 돈 까밀로와 읍장이 서로 상의해 죄인들을 처벌하는 것이 목적이라고 밝혔다.

만일 동지 뻬뽀네나 브루스코가 자기의 제안에 찬성해 준다면 돈 까밀로는 기꺼이 부활절 강론에서 신자들에게 그 이야기를 할 준비가 되어 있다는 내용도 들어 있었다. 또한 그에 대한 답례로 돈 까밀로는 동지들에게 마르크스 이론의 심오한 종교적 의미를 공산당 동무들에게 설명해 주겠다고 덧붙인 내용도 들어 있었다.

"이제 가도 좋다, 돈 까밀로."

편지가 재로 변하자 예수님이 말씀하셨다.

"이제 네가 담배를 사러 갔다가 편지에 우표를 붙여 우체통에 넣을 위험은 사라졌구나."

돈 까밀로는 담배를 사러 가는 대신 잠을 자러 갔다. 파시즘 치하보다 검열이 더 심하다고 투덜대면서….

부활절이 다가왔다. 공산당 간부들과 읍장들이 이 마을 저 마을에서 공산당 본부로 모여들었다. 뻬뽀네는 그들에게 대의원 동지들이 법령 7조를 승인한 것이 어째서 옳은 일인지를 죄인처럼 진땀을 흘리면서 설명했다.

"첫째, 우리의 위대한 지도자 동지가 얘기했듯 인민의 종교적 평화를 깨뜨리지 않기 위해서요. 이건 우리가 토를 달 필요가 없는 부분입니다. 둘째, 이 또한 우리 당의 서기장께서 지적하신 거요. 우리가 악당같은 저 늙고 불쌍한 교황을 내쫓아 그를 비참하게 만들면 저 반동분자들이 얼씨구나 하고 그 기회를 이용할 것이기 때문이오. 이렇게 우리의 지도자들은 비상한 두뇌를 지니고 계시오. 셋째, 이건 내 사견인데, 내가 바보 멍청이가 아니니 들을 만한 의견일 거요. 권력을 쟁취하게 되면 7조를 떠들어댄 반동분자들은 새로 제시될 8조의 무서운 맛을 보게 될 것이오."

말을 마친 뻬뽀네는 책상 위에 있던 서류철용 클립을 집어 손으로 8자 모양을 만들었다. 그러자 모두 그 뜻을 알아차리고 열광적으로 환성을 질렀다.

뻬뽀네는 땀을 닦았다. 책상 위에 클립으로, 법령 8조 얘기를 암시한 발상은 아주 효과 만점이었다. 흡족해진 뻬뽀네는 다음과 같은 말로 끝을 맺었다.

"당분간 조용히 지냅시다. 하지만 법령 7조가 있건 없건 우리의 목적에는 추호도 변동이 없을 것이오. 외부의 어느 누구도 우리의 일에 간섭할 수 없소. 절대로!"

바로 그때 방문이 활짝 열리더니 돈 까밀로가 손에 성수 뿌리개를 들고 나타났다. 그 뒤에는 성수반과 바구니를 든 복사* 두 명이 따라 들어왔다.

순간 찬물을 끼얹은 듯 조용해졌다. 돈 까밀로는 말없이 몇 걸음 더 들어와서 안에 있는 사람들에게 성수를 뿌렸다. 그리고 성수채를 복사에게 건네주더니 사람들의 손에 일일이 자그마한 성자상을 쥐여주었다.

"옳지, 자네한테는 루치아 성녀상이 좋겠어."

뻬뽀네 차례가 되자 돈 까밀로가 말했다.

"그분께서 읍장님 눈을 보호해 주실 테니까, 동지 양반."

말을 마친 뒤 돈 까밀로는 위대한 지도자 동지의 초상화에 성수를 흠뻑 뿌린 뒤 정중하게 인사를 하고 방을 나갔다. 마치 마법의 바람이 불어 사람들을 돌로 만들어 버린 것 같았다.

입을 쩍 벌린 채 뻬뽀네는 손에 들려 있는 성녀상을 멍하니 바라보다가, 짐승이 울부짖는 듯한 소리로 고함을 질렀다.

"나를 붙잡아라, 제발! 그렇지 않으면 저놈을 죽여버릴지도 몰라!"

부하들이 뻬뽀네를 붙잡았다. 그 덕택에 돈 까밀로는 무사히 성당으로 돌아갈 수 있었다. 그는 너무나 기분이 좋아 가슴이 터질 것 같았다. 제단 위의 예수님은 삼각 비단 천에 덮여 있었

* 신부의 심부름을 하는 어린이.

다. 하지만 예수님은 돈 까밀로가 무슨 짓을 했는지 다 알고 계셨다.

"돈 까밀로!"

예수님의 엄한 목소리가 들려 왔다.

"네, 예수님."

돈 까밀로가 조용히 대답했다.

"닭이나 송아지한테도 축복을 주는데 뻬뽀네와 그 동지들에게 축복을 주면 안 되나요? 혹시 제가 잘못했나요?"

"아니다, 돈 까밀로. 네 말이 맞다. 하지만 그래도 너는 나쁜 짓을 했느니라."

부활절 아침 돈 까밀로는 아침 일찍 성당을 나섰다. 그런데 사제관 앞에 붉은 비단 리본으로 화려하게 장식된 커다란 갈색 달걀이 하나 놓여 있었다. 어마어마하게 큰 달걀이었다. 사실 그것은 날개를 잘라내고 밤색 칠을 한 100킬로그램짜리 폭탄이었다.

전쟁은 돈 까밀로의 마을도 휩쓸고 지나갔다. 비행기가 수없이 날아다니며 폭탄을 떨어뜨렸다. 그런데 이 무지막지한 폭탄들 가운데 몇 개는 불발이 되어서 땅에 박혀 있거나 이리저리 굴러다니고 있었다. 왜냐하면 비행기들이 저공비행을 하면서 폭탄을 투하했기 때문이다.

전쟁이 끝나자 어디선가 공병대원 두 명이 나타났다. 그들은 인가에서 멀리 떨어진 곳에서 발견한 불발탄을 그 자리에서 폭발시켰다. 그리고 인가 부근에 떨어져 폭파시킬 수 없는 폭탄은 뇌관을 제거했다. 그런 다음 그 불발탄들을 한곳에 모아놓고 다시 가지러 오겠노라는 말을 남기고 떠나버렸다.

아무튼 이런 불발탄 가운데 하나가 낡은 물레방앗간에 떨어져 지붕을 뚫고 벽과 대들보 사이에 끼어 있었다. 그 집은 폐가였기 때문에 아무도 그 폭탄을 치우지 않았다. 사람들은 뇌관을 제거한 폭탄은 터질 염려가 없다고 생각하고 있었다. 그게 바로 지금 성당 앞에 놓인 달걀로 변신한 폭탄이었다.

누가 어떤 의도로 그런 장난을 쳤는지 모를 일이었다. 그러나 폭탄에 '좋은 부활절이 되시길' 의 '부활' 을 '부할' 로 써놓은 것이나, '친절한 방문에 감사드리며' 라고 덧붙여 놓은 글귀와 더욱이 붉은 리본으로 묶어놓은 걸 보면 누가 한 짓인지는 충분히 짐작하고도 남았다.

돈 까밀로는 폭탄 달걀을 한참 들여다보았다. 그가 날걀에서 눈을 뗐을 때 성당 마당은 사람들로 가득 차 있었다. 이것을 볼 때 이 일은 아주 계획적으로 꾸며진 것이 틀림없었다. 악당 녀석들은 분명히 부활절 선물로 폭탄을 받은 돈 까밀로가 어떤 얼굴을 하고 있을지, 궁금해서 몰려든 것이었다.

돈 까밀로는 화가 나 그 물건을 발로 걷어찼다. 하지만 폭탄은 꿈쩍도 하지 않았다.

"와, 꿈쩍도 하지 않는데그래!"

누군가 소리쳤다.

"운송업자를 불러라!"

"성수를 뿌려 보시오. 저절로 굴러가 버릴 테니까!"

여기저기서 낄낄거리는 비웃음이 쏟아져나왔다.

돈 까밀로가 고개를 들다가 뻬뽀네와 시선이 마주쳤다. 뻬뽀네는 군중의 맨 앞줄에서 부하들에게 둘러싸인 채 팔짱을 끼고 히죽 웃고 있었다.

돈 까밀로는 얼굴이 하얗게 질려 두 다리를 후들후들 떨기 시작했다. 그는 몸을 천천히 굽혀 커다란 손으로 폭탄의 양 끝을 움켜잡았다. 모두 숨을 죽였다. 사람들이 숨을 죽이고 겁에 질려 눈을 크게 뜨고 돈 까밀로를 바라보았다.

"예수님."

돈 까밀로가 나지막이 예수님을 불렀다.

"힘내라, 돈 까밀로!"

예수님의 목소리가 제단에서 나지막이 들려왔다. 돈 까밀로는 있는 힘을 다해 폭탄을 들어 올렸다. 힘줄이 솟아나고 손가락 마디에서 우두둑 소리가 들렸다. 폭탄을 들어 올린 그는 몰려든 사람들에게 매서운 눈길을 던지고 나서 천천히 움직이기 시작했다. 폭탄이 너무 무거워 발걸음마다 1톤의 무게가 실린 듯했다.

돈 까밀로는 폭탄을 들고 성당 마당을 지나 한 걸음 한 걸음 앞으로 나아갔다.

마침내 그는 읍내 광장을 가로질렀다. 사람들은 넋을 잃고 말없이 그 뒤를 따라갔다. 돈 까밀로는 광장 맞은편, 공산당 본부 앞에 와서 멈춰 섰다. 사람들도 멈췄다.

"예수님."

"힘내라, 조금만 더 힘을 내라, 돈 까밀로야!"

예수님의 근심스런 목소리가 멀리서 들려왔다.

돈 까밀로는 몸을 움츠렸다가 힘을 주면서 거대한 폭탄을 가슴 위로 끌어올렸다. 그리고 다시 힘을 주어 폭탄을 계속해서 위로 들어 올렸다. 사람들은 멍하니 넋을 잃고 바라보고만 있었다.

그는 마침내 양팔을 쭉 뻗어 폭탄을 머리 위로 번쩍 들어올렸다. 그러고는 있는 힘을 다해 힘껏 던졌다. 폭탄은 공산당 본부 정문 앞에 푹 박혔다.

돈 까밀로는 구경꾼들을 향해 돌아섰다.

"보낸 사람한테 다시 돌려준다. 부활절의 '활' 자를 '할' 로 잘못 썼으니 고쳐 쓴 뒤 다시 보내라!"

사람들이 길을 열어주었다. 돈 까밀로는 의기양양하게 사제관으로 돌아갔다. 뻬뽀네는 폭탄을 다시 돌려보내지 않았다. 장정 세 명이 힘을 합해 폭탄을 마차에 싣고 마을 밖 골짜기에 갖다버렸다.

폭탄은 비탈 아래로 데굴데굴 굴러가 나뭇가지 위에 걸렸다. '좋은 부할절' 이라는 문구가 또렷이 보였다.

사흘 뒤, 골짜기를 어슬렁거리던 염소 한 마리가 나무 밑에 있는 풀을 먹다가 폭탄을 건드렸다. 폭탄은 또다시 데굴데굴 굴러떨어져 바위에 부딪혔다. 그러자 무시무시한 폭발음이 들렸다. 골짜기에서 멀리 떨어진 마을에서도 30여 채나 되는 집 유리창이 깨지는 소동이 일어났다.

잠시 뒤 뻬뽀네가 숨을 헐떡이며 사제관으로 달려왔다. 돈 까밀로를 만나러 온 것이었다.

"난…."

뻬뽀네가 침을 꿀꺽 삼키며 말했다.

"난…, 그 폭탄의 날개를 떼어내느라 밤새도록 망치질을 했었소."

"나 역시…."

돈 까밀로도 뭔가 말하려고 했지만 더 이상 말을 이을 수가 없었다. 그날 광장에서의 일을 떠올리자 소름이 쫙 끼쳤던 것이다.

"이만 자러 가겠소."

뻬뽀네는 여전히 숨을 헐떡이며 말했다.

"나도 자러 가겠네."

말을 마친 뻬뽀네는 성당 밖으로 나갔다.

이날 저녁 돈 까밀로는 제단의 십자가를 침실까지 모시고 갔다.

"이렇게 옮겨 다니시게 해서 죄송합니다."

돈 까밀로가 식은땀을 흘리며 말했다.

"이 마을 전체를 대신해 예수님께 감사를 드리고 싶어서 그런 겁니다."

"감사할 것 없느니라, 돈 까밀로."

예수님이 웃으며 대답하셨다.

"감사할 것 없어!"

기적의 달걀

빼뽀네의 부하 가운데 '번개' 라는 별명을 가진 사내가 있었다. 그의 이름은 풀미네였다. 몸집이 코끼리처럼 컸지만 행동이 느렸고 머리가 텅 빈 사람이었다. 풀미네는 비지오가 지휘하는 단체에 속해 있었는데 '탱크' 역할을 맡고 있었다. 반대당의 정치 집회를 방해해야 할 경우 그는 무리의 맨 앞에 서서 돌진했다. 막무가내로 밀고 들어가는 그를 아무도 말리지 못했다. 비지오와 그의 동료들은 번개를 따라 연단 앞으로 몰려가 휘파람과 고함을 지르며 삽시간에 연사의 입을 막아버리곤 했다.

어느 날, 빼뽀네는 마을 간부들과 함께 공산당 본부에 있었다. 그때 갑자기 풀미네가 들어왔다. 그가 한번 움직였다 하면 기갑부대 정도는 동원해야 그를 막을 수 있을 지경이었다. 그래서 모두 풀미네가 지나가도록 길을 비켜주었다. 그는 거침없이 빼뽀네 책상 앞으로 가더니 멈춰 섰다.

"무슨 일인가?"

빼뽀네가 그를 쳐다보며 말했다.

"어제 마누라를 두들겨 팼습죠. 하지만 마누라가 잘못해서 때린 겁니다."

풀미네는 부끄러운 듯 머리를 숙이며 말했다.

"그 말을 하러 온 겐가? 그런 말은 신부한테나 가서 해!"

"벌써 갔다 왔습니다. 돈 까밀로 신부님 말씀이 법령 7조 때문에 이젠 상황이 변했다고 합니다. 저의 죄를 사해 줄 수 없답니다. 지구당 대표인 읍장님이 저의 죄를 사해 줘야 한다던데요."

옆에 있던 사람들이 키득거렸다.

빼뽀네는 주먹으로 책상을 쾅 내리치며 키득거리고 있는 사람들을 조용히 시켰다.

"돈 까밀로에게 가서 지옥에나 떨어지라고 전해."

빼뽀네가 소리쳤다.

"네, 알겠습니다, 읍장님. 하지만 먼저 저의 죄를 사해 주셔야 하겠습니다."

풀미네가 여전히 긴장한 모습으로 말했다. 빼뽀네는 열이 올라 큰 소리로 꾸짖었지만 그는 머리를 절레절레 흔들며 막무가내였다.

"제 죄를 사해 주지 않으면 여기서 한 발자국도 움직이지 않겠습니다. 두 시간 안에 제 죄를 사해 주지 않으면 모두 부셔버릴랍니다. 읍장님이 저한테 감정이 있다는 얘기니까요!"

풀미네가 씩씩거리며 말했다. 해결 방법은 두 가지밖에 없었다. 그를 죽여 없애든가 아니면 뜻대로 해주든가….

"그래, 사해 주겠다!"

뻬뽀네가 소리쳤다.

"아닙니다."

풀미네는 여전히 만족스럽지 못한 표정이었다.

"신부님처럼 라틴어로 죄를 사해 주어야 합니다. 안 그러면 효과가 없어요."

"그대의 죄를 사하노라!"

뻬뽀네는 화가 풀리지 않은 얼굴로 말했다.

"속죄의 뜻으로 제가 할 일은요?"

"아니, 없다."

"알겠습니다."

풀미네는 만족한 듯 발걸음을 옮기며 말했다.

"이제 돈 까밀로에게 쏜살같이 달려가서 지옥에나 떨어져버리라고 전하겠습니다. 말대꾸를 하면 패주겠습니다."

"말대꾸를 해도 가만히 있어. 도리어 당하지 말고."

빼뽀네가 소리쳤다.

"알겠습니다."

풀미네가 씩씩하게 대답했다. 그러면서 한 마디 덧붙였다.

"하지만 때려눕히라고 명령만 하신다면 두들겨 맞는 한이 있더라도 명령대로 따르겠습니다."

돈 까밀로는 그날 저녁 빼뽀네가 씩씩대며 나타나기를 기다렸다. 하지만 그는 얼씬도 하지 않았다. 다음 날 저녁 무렵이 되어서야 빼뽀네는 부하를 몽땅 데리고 사제관에 나타났다. 그들은 사제관 앞 의자에 걸터앉아 신문을 보며 떠들어대기 시작했다.

돈 까밀로의 성격은 어떤 면에서 저 우둔한 무스탕, 풀미네와 비슷한 구석이 있다. 예를 들면 굶주린 물고기처럼 아무 생각없이 덥석 미끼를 무는 그런 경우 말이다.

그가 뒷짐을 지고 입에 시가를 문 채 사제관 문앞에 나타난 것이다.

"안녕하십니까, 신부님!"

사내들 모두 손으로 모자챙을 잡아올리며 짐짓 정중하게 인사를 했다.

"신부님도 보셨겠지요? 참으로 희한한 일입니다."

브루스코가 손가락으로 신문을 가리키며 말했다. 그것은 안코나의 어떤 암탉이 신부의 축복을 받고 나서 성체의 빵 모양이 새겨진 이상한 달걀을 낳았다는 기사였다.

"정말 하느님의 손길이 닿았던 모양입니다. 이거야말로 진정한 기적이 아닐까요?"

뻬뽀네가 정색을 하며 말했다.

"자네들, 함부로 기적이란 말을 입에 올려선 안 돼. 어떤 일이 기적이라고 단정하기에 앞서 면밀히 조사해 봐야 해. 혹 단순한 자연 현상일지도 모르니까!"

돈 까밀로는 점잖게 말했다. 그 말에 동의한다는 듯 뻬뽀네가 고개를 끄덕였다. 그러면서도 할말은 하고야 말겠다는 듯이 꼬리를 달았다.

"아무렴, 그래야죠. 하지만 그 달걀을 선거 직전에 낳았으면 더 좋았을 텐데 말이오. 선거를 하려면 아직도 까마득하니까요!"

그 말에 브루스코가 묘한 웃음을 지으며 말했다.

"아이고 순진도 하시네. 그게 모두 조직력에 달린 게 아니겠어요. 신문사 하나만 갖고 있으면 기적의 달걀은 얼마든지 만들어낼 수 있다고요!"

"저녁들은 했나?"

돈 까밀로는 그들의 이야기를 막아버렸다.

다음 날 돈 까밀로는 공산당 본부 앞을 지나가다 게시판에 안코나의 달걀에 관한 기사와 사진을 오려 붙여 놓은 걸 보았다. 그 밑에는 다음과 같은 말이 적혀 있었다.

기독교민주당 홍보실의 명령으로 암탉들이 선거 운동을 하고 있다. 이 얼마나 놀라운 훈련의 결과인가!

다음 날 저녁, 돈 까밀로가 창가에 서 있을 때 뻬뽀네와 그의 부하들이 다시 나타났다.

"정말 놀라운 일이다!"

뻬뽀네가 신문을 흔들며 소리쳤다.

"이번에 밀라노에서 또 다른 암탉이 안코나의 달걀보다 더 선명한 기적의 달걀을 낳았답니다! 이리 와서 좀 보시오, 신부님!"

돈 까밀로는 밖으로 달려 나와 달걀과 암탉 사진을 실은 기사를 읽었다.

"내가 무슨 생각을 했는지 아슈?"

뻬뽀네가 아쉽다는 표정을 지었다.

"우리가 이런 생각을 먼저 했더라면 암탉을 우리 당에 입당시켜 놓고, 그다음 날부터 우리의 상징인 낫과 망치가 새겨진 달걀을 낳게 했을 텐데 말이오."

모두 한숨을 쉬었다. 그러나 뻬뽀네는 골똘히 생각하더니 이내 고개를 흔들었다.

"아니지, 우리는 그런 짓을 할 수 없어. 저쪽 사람들은 신앙을 가지고 뭐든지 할 수 있지만 우리는 신앙이 없으니 기적을 일으킬 수 없지 않습니까?"

"그야 그렇지요. 그런 기적을 바라고 무엇을 할 수 있겠어요. 우린 절대로 그렇게 할 수가 없지요."

브루스코가 소리쳤다. 돈 까밀로는 참견을 하고 싶지 않아 조용히 집으로 들어갔다. 뻬뽀네와 그 일당들은 신문을 오려 게시판에 붙이기 위해 공산당 본부로 돌아갔다. 그들은 '또 다른 선거 운동용 암탉이 한 마리' 라는 제목을 쓰고 그 밑에 사진을 붙였다.

기적의 달걀에 대해 아무런 결론도 내릴 수 없었던 돈 까밀로는 저녁 늦게 제단의 예수님에게 상의를 드리러 갔다.

"예수님, 도대체 어찌 된 일입니까?"

"돈 까밀로, 이미 신문을 다 읽지 않았느냐?"

"네, 읽었습니다. 하지만 뭐가 뭔지 모르겠습니다. 누가 꾸며낸 건지도 모르지 않습니까? 제 생각엔 그런 기적은 불가능합니다."

돈 까밀로가 대답했다.

"돈 까밀로, 넌 하느님께서 그런 일을 하실 수 없다고 생각하느냐?"

"네."

돈 까밀로가 단호하게 대답했다.

"하느님께서 할 일 없이 달걀에 그림이나 그리고 계실라고요. 저는 상상조차 할 수 없습니다."

예수님이 한숨을 내쉬었다.

"넌 믿음이 없는 신부로구나."

"네? 제가 믿음이 없다고요?"

돈 까밀로가 항의했다.

"내 말을 끝까지 들어라, 돈 까밀로. 내 말뜻은 암탉이 무슨 알이든지 낳을 수 있다는 걸 네가 믿지 않는다는 뜻이니라."

갑자기 돈 까밀로의 머릿속이 혼란스러워졌다. 그는 양팔을 벌리더니 성호를 그었다.

다음 날 아침, 돈 까밀로는 미사를 드리고 나서 닭장으로 갔다. 신선한 달걀이 먹고 싶었기 때문이다. 바로 그때 검은 암탉 한 마리가 막 달걀 하나를 낳았다.

돈 까밀로는 둥지에서 따뜻한 달걀을 꺼내 부엌으로 가져갔다. 그 순간 그는 정신이 아찔해지고 말았다. 신문에서 본 기적의 달걀과 똑같지 않은가! 선명하게 새겨진 성체 문양이 햇살에 반짝이고 있었다.

돈 까밀로는 뭐가 뭔지 정신을 차릴 수가 없었다. 달걀을 유리 잔에 넣고 의자에 앉아 요리조리 살펴보았다. 그 자리에서 한 시간이나 골똘히 생각했다. 그러다가 갑자기 벌떡 일어나 장롱 안에 달걀을 숨겼다. 그리고 종지기 아들을 불러 큰 소리로 말했다.

"읍장님에게 뛰어가서 부하들을 데리고 빨리 성당으로 오라고 일러라. 아주 중요하고 한시가 급한 일이다. 꼭 직접 만나야겠다고 전해라. 생과 사에 관한 문제라고 말이야!"

30분 뒤, 빼뽀네가 부하들을 이끌고 사제관 앞에 나타났다.

"안으로 들어오게. 문을 잠그고 이리들 와서 앉게!"

돈 까밀로가 말했다. 그들은 조용히 앉아 돈 까밀로를 쳐다보았다. 돈 까밀로는 벽에서 작은 십자가를 떼어내 붉은 책상보가 덮인 탁자 위에 올려놓았다.

"여보게들, 내가 이 십자가에 대고 진실만을 맹세한다면 내 말을 믿어 주겠는가?"

그들은 빼뽀네를 중심으로 반원을 그리며 둘러앉았다. 모두들 빼뽀네를 바라보았다.

"믿겠소."

빼뽀네가 말했다.

"믿겠습니다."

다른 사람들도 대답했다. 돈 까밀로는 장롱 안을 뒤져 달걀을 꺼내더니 오른손으로 십자가를 쳐들었다.

"이 달걀은 내가 한 시간 전에 검둥이 암탉의 둥지에서 꺼내온 것이네. 검둥이가 낳자마자 닭장 문을 열고 들어가 가져왔기 때문에 누가 몰래 갖다놓았을 가능성은 전혀 없어. 내가 직접 자물쇠를 따고 들어갔으니까 말이야. 닭장 열쇠는 항상 내 주머니 속에 들어 있네."

그는 달걀을 빼뽀네에게 내밀며 말했다.

"돌려 보게."

그들 모두는 달걀을 차례차례 돌려 보았다. 달걀을 햇빛에 비춰 보기도 하고 그림이 새겨진 부분을 손톱으로 긁어 보기도 했다. 마침내 안색이 하얗게 질린 뻬뽀네가 달걀을 붉은 천이 덮인 탁자 위에 조심스럽게 내려놓았다.

"나는 이 달걀을 자네들 모두에게 보여주고 직접 만져 보게 했네. 이제 또 내가 신자들 모두에게 이 달걀을 보여주고 손으로 만지게 한다면 자네들은 게시판에다가 뭐라고 쓸 텐가?"

돈 까밀로가 물었다.

"도시의 유명한 과학자들을 불러다가 해부하고 아무런 조작이 없다는 확인이나 증명을 받아낸다면 뭐라고 할 텐가? 그래도 신문기자들의 허위 기사라고 선전할 텐가? 그러면 다음날 마을 여자들이 들고일어나 하느님을 모독했다고 욕지거리를 퍼부으며 자네들의 눈알을 뽑아버리려고 할 걸세!"

돈 까밀로는 팔을 뻗었다. 달걀은 햇살을 하얗게 튕겨내며 솥뚜껑 같은 손바닥 위에서 은빛으로 빈짝거렸다. 뻬뽀네는 양팔을 벌리며 진지한 얼굴로 말했다.

"이런 기적 앞에서 우리가 무슨 말을 하겠소."

돈 까밀로는 심각한 얼굴로 뻬뽀네를 뚫어지게 쳐다보았다.

"하느님은 하늘과 땅과 우주, 자네들을 포함해 우주 안에 있는 모든 만물을 창조하셨네. 그런 분께서 당신의 전지전능함을 증명하기 위해 굳이 암탉의 도움을 필요로 하셨을까?"

돈 까밀로가 엄숙하게 말했다. 그리고 주먹을 힘껏 쥐어 달걀을 깨뜨려 버렸다.

"나는 하느님의 위대하심을 사람들에게 전하기 위해 미물인 암탉의 도움을 빌리지 않겠노라!"

말을 마치자마자 돈 까밀로는 쏜살같이 뛰어 나가더니 암탉의 모가지를 비틀어 쥐고 들어왔다.

"이놈!"

"하느님을 모독하는 암탉아, 성스런 신앙을 어지럽히는 못된 짐승아!"

그는 암탉을 구석으로 휙 집어 던졌다. 그러고도 흥분이 가시지 않았는지 주먹을 불끈 쥐고 뻬뽀네에게 달려들었다.

"잠깐만, 신부님!"

뻬뽀네가 뒤로 한 발 물러서서 두 손으로 자신의 목을 감싸 쥐며 말했다.

"그 달걀을 내가 낳은 게 아니잖소!"

사내들은 번개같이 사제관을 빠져나가 햇살이 가득한 광장을 가로질러 달아났다.

한참 뒤, 브루스코가 걸음을 멈추며 말했다.

"나 원 참, 뭐라고 해야 할지 알 수가 없단 말이야. 그놈의 신부가 나를 마구 때려도 미운 생각이 안 드니 이상한 일이 아니오. 돈 까밀로는 내가 죽도록 얻어맞아도 절대 미워할 수 없는 사람이야."

"흠."

뻬뽀네 역시 돈 까밀로에게 흠씬 맞아 본 경험이 있었다. 그때도 미운 마음이 들지 않았었다.

한편 돈 까밀로는 제단의 예수님께 보고를 드리는 중이었다.

"자, 제가 잘했나요, 잘못했나요?"

"잘했다. 아주 잘했느니라, 돈 까밀로. 그런데 아무 죄도 없는 불쌍한 암탉한테 지나친 분풀이를 했더구나."

예수님이 말씀하셨다.

"예수님, 사실은 두 달 전부터 그 녀석을 냄비에 넣고 삶아먹고 싶어 미칠 지경이었습니다!"

돈 까밀로가 한숨을 쉬며 말했다.

예수님이 웃으셨다.

"알겠노라. 불쌍한 돈 까밀로."

죄와 벌

어느 날 아침, 돈 까밀로는 집에서 나오다가 누가 성당의 흰 벽에 붉은색의 커다란 글씨로 '돈 까말로' 라고 낙서해 놓은 걸 발견했다. '까말로' 는 부두 노동자를 뜻한다.

그는 석회 한 통과 붓을 들고 가서 낙서를 지우려고 애를 썼다. 하지만 아닐린 염료로 썼기 때문에 석회를 칠해도 지워지지 않았다. 세 번이나 덧칠했는데도 낙서가 남아 있었다. 돈 까밀로는 하는 수 없이 쇠줄을 가져다 박박 긁어냈다. 그걸 깨끗이 지우는 데 반나절이 걸렸다. 그는 방앗간 주인처럼 하얀 가루를 뒤집어쓴 채 저기압이 되어 제단의 예수님 앞에 나타났다.

"어떤 놈인지, 잡히기만 하면 몽둥이가 부러질 때까지 흠씬 패주겠습니다."

돈 까밀로가 씩씩거리며 말했다.

"너무 화내지 마라, 돈 까밀로야."

예수님이 점잖게 충고했다.

"애들 장난 아니냐? 별스런 말을 쓴 것도 아닌데 그러느냐?"

"신부를 부두 노동자라고 하는 게 별스런 말이 아니라뇨?"

돈 까밀로가 발끈했다.

"더구나 사람들이 그걸 보게 되면, 평생 별명이 되어 제 등에 붙어 다닐 겁니다."

"넌 건장한 두 어깨를 가지고 있지 않으냐, 돈 까밀로."

예수님이 미소를 지으시며 위로했다.

"내 어깨는 너처럼 건장하지 않았지만 그래도 십자가를 짊어져야 했다. 그러나 난 아무도 때려 본 적이 없느니라."

돈 까밀로는 예수님의 말씀이 옳다고 인정했다. 하지만 완전히 수긍한 건 아니었다.

그날 밤 그는 잠자리로 가는 대신 사제관 담벼락이 잘 보이는 구석에 숨어서 끈기 있게 기다렸다. 새벽 2시경 성당 앞뜰에 누군가 나타났다. 그는 페인트 통을 내려놓더니 사방을 두리번거리며 사제관 벽에 붓으로 조심스럽게 작업을 시작했다. 하지만 미처 'ㄷ' 자를 쓰기도 전에 돈 까밀로가 번개처럼 달려들었다. 그는 페인트 통을 그 사내의 머리에 뒤집어씌운 다음 마구 발길질을 해 쫓아버렸다.

아닐린 통을 머리에 온통 뒤집어쓴 지고토*는 사흘 동안 집 안에 틀어박혀 지냈다. 세척제란 세척제를 모두 처바르며 얼굴을 씻었으나 아무 소용이 없었다. 그렇다고 무작정 집에만 있을 수도 없어 지고토는 일을 하러 집을 나섰다.

그 소문은 이미 온 마을에 파다하게 퍼져, 그에게는 '붉은 가죽' 이라는 별명이 붙었다.

더욱이 돈 까밀로가 이 소문에 부채질했기 때문에 그는 화가 잔뜩 나서 얼굴이 더욱 붉어졌다.

며칠 뒤 돈 까밀로는 병원에서 진찰을 받고 돌아와 성당 안으로 들어가다가 누군가 문 손잡이에 똥을 발라놓은 것을 발견했다. 물론 손잡이에 손을 댄 다음이었다. 돈 까밀로는 화가 머리끝까지 올라 지고토를 잡아 족치려고 몰리네토로 달려갔다. 마침 지고토는 술집에 있었다. 돈 까밀로는 코끼리도 쓰러뜨릴 만큼 세게 따귀를 올려붙여 손에 묻어 있던 똥을 그의 얼굴에 옮겨 주었다.

그러자 지고토와 같이 있던 공산당 대여섯 명이 한꺼번에 돈 까밀로에게 덤벼들었고 큰 싸움이 벌어졌다. 그 바람에 돈 까밀로는 긴 의자를 들어 휘두르지 않을 수 없었다.

그날 밤, 돈 까밀로가 휘두른 의자에 맞아 쫓겨났던 여섯 명의 사내들은 분을 못 이겨 밤늦게까지 사제관 문에다 대고 화

---

* 뻬뽀네의 직속부하 가운데 한 명.

약을 터뜨리며 소란을 피웠다. 그뿐만 아니라, 불을 질러 성당을 깡그리 태워버려야 한다고 길길이 날뛰었다.

마을 사람들은 근심에 잠겼다.

며칠이 지난 어느 화창한 아침, 돈 까밀로는 주교의 부름을 받고 황급히 주교관으로 달려갔다. 주교는 허리가 굽은 노인으로, 돈 까밀로의 얼굴을 보기 위해 고개를 치켜들어야 했다.

"돈 까밀로, 병에 걸렸다고 들었네. 경치 좋은 산골 마을에 가서 몇 달간 조용히 요양하고 오는 게 어떤가? 마침 푼타로사의 신부가 죽어 자리가 비었네. 그 성당을 잘 정비하고 건강도 되찾게. 자네한텐 일거양득일 걸세. 그러다 보면 장미꽃처럼 다시 싱싱해질 거야. 돈 피에트로라는 젊은 신부가 자네 후임으로 이곳에 올 걸세. 아마 자네 일을 망쳐놓진 않을 거야. 어때, 그렇게 하겠나, 돈 까밀로?"

"주교님, 솔직히 가고 싶지 않습니다. 하지만 주교님께서 원하신다니 떠나겠습니다."

"잘 생각했네."

주교가 대답했다.

"원하지 않는 일을 아무 불평 없이 받아들이는 걸 보니 자네 수행의 정도가 점점 깊어지는 모양일세."

"그런데 주교님, 제가 무서워서 도망쳤다고 마을에 소문이 나면 주교님 마음도 편치 않으실 텐데요?"

"아닐세."

주교가 웃으면서 대답했다.

"세상 그 누구도 돈 까밀로가 겁을 집어먹었다고 생각하진 않을 걸세. 어서 떠나게. 하느님이 함께하실 거야. 의자 사건은 묻어두게. 가톨릭 신자로서 입에 담을 말이 아니니까."

그 소문은 파다하게 퍼졌다. 뻬뽀네는 직접 긴급회의를 소집해 그 소식을 알렸다.

"드디어 돈 까밀로가 떠난다고 하오. 산골 마을로 벌을 받아 쫓겨간다는구먼. 내일 3시에 출발한다오."

"만세! 가서 죽어버려라!"

회의에 참석한 일동이 환호성을 내지르며 반겼다.

"결국 이렇게 끝이 나서 다행이오. 그는 자기가 무슨 교황이나 국왕이라도 되는 양 굴었소. 단단히 손 좀 봐주려 했는데 수고를 덜게 되었소."

"도둑고양이처럼 슬그머니 도망가는군!"

브루스코가 소리쳤다.

"사람들한테 가서 전합시다. 내일 2시부터 3시 반까지 돈 까밀로를 배웅하기 위해 읍내를 얼쩡거리는 자는 신상에 좋지 못할 거라고 말이오!"

다음 날, 오후 1시가 되었다. 돈 까밀로는 가방을 챙겨 들고 제단의 예수님에게 작별 인사를 드리러 갔다.

"모시고 가지 못해 죄송합니다."

돈 까밀로가 한숨을 쉬었다.

"나는 늘 네 곁에 있을 거다. 안심하고 떠나거라."

예수님이 대답했다.

"저를 산골 마을로 보낼 만큼, 정말 제가 그렇게 큰 죄를 지은 겁니까?"

돈 까밀로가 눈물을 글썽이며 물었다.

"그렇다."

"제가 모든 사람을 원수로 만들었군요."

돈 까밀로는 한숨을 내쉬었다.

"실제 모든 사람을 적으로 만들었다. 돈 까밀로 너 자신까지도. 자신도 네가 한 짓을 용납 못 하지 않았느냐?"

예수님이 꾸짖듯 말했다.

"그 말씀도 사실입니다. 제 따귀를 때리고 싶은 심정입니다."

돈 까밀로가 인정했다.

"네 손을 항상 제자리에 두어라, 돈 까밀로. 그리고 여행 잘 하거라."

공포심이 도시에서 한 시간에 90킬로미터의 속도로 퍼진다면 산골 마을에서는 180킬로미터의 속도로 퍼지는 법이다.

읍내는 개미 새끼 한 마리도 보이지 않을 만큼 텅텅 비었다. 돈 까밀로는 기차에 올랐다. 그는 나뭇가지 뒤로 사라지는 성당의 종탑을 바라보며 마음이 매우 슬퍼졌다.

"개새끼 한 마리도 나를 기억해 주지 않는구나."

그는 혼자 중얼거리며 한숨을 지었다.

"이건, 내 의무를 다하지 않았다는 것을 여실히 보여주는 거야. 내가 얼마나 나쁜 인간인지 증명해 주는 셈이고 말이야."

완행열차는 정거장마다 멈춰 섰다. 포스케토에 정차했을 때였다. 그곳은 읍내에서 6킬로미터 떨어진 곳으로 집이 넉 채뿐인 작은 마을이었다. 그런데 뜻밖에도 돈 까밀로가 탄 객실로 사람들이 물밀 듯이 들어와서 그를 차창가로 데려갔다. 차창 밖에는 마을 사람들이 구름같이 몰려들어 돈 까밀로를 향해 박수를 치거나 꽃을 던지며 야단법석이었다.

"뻬뽀네의 부하들이 만약 신부님이 떠나실 때 자기들 눈에 띄면 몽둥이찜질을 해줄 거라고 했습니다. 그래서 그놈들을 피해 신부님을 배웅하기 위해 모두 여기까지 나왔습니다."

우체부가 설명했다.

돈 까밀로는 예상 밖의 일에 어리둥절했고 함성에 정신을 차릴 수가 없었다. 기차가 다시 떠나기 시작할 때쯤, 객차 안은 꽃, 술병, 짐꾸러미, 보따리, 소포들로 가득했다. 선반 위에는 다리가 묶인 암탉이 푸드덕거리고 있었다. 하지만 돈 까밀로의 가슴 속에는 가시 하나가 박혀 있었다.

"마을 사람들이 나 때문에 목숨을 걸고 여기까지 오다니! 그놈은 나를 쫓아내는 것으로도 부족했나?"

기차는 15분 뒤, 읍의 마지막 마을인 포스코플란케에 정거했다. 돈 까밀로는 어디선가 자기를 부르는 소리를 들었다. 차창 밖 바로 앞에 읍장 빼뽀네와 그 부하들이 모두 모여 있었다.

빼뽀네가 다음과 같은 연설을 하였다.

"존경하는 신부님께서 우리 행정구역인 읍내를 빠져나가기 전에 인민들의 작별 인사를 전해드리기 위해 나왔습니다. 아울러 신부님이 빨리 쾌유하시길 기도하겠습니다. 하루빨리 돌아오셔서 신부님의 영적 사명을 수행하시길 간절히 바랍니다."

기차가 다시 움직이기 시작하자 빼뽀네는 정중하게 모자를 벗어 올렸다. 돈 까밀로도 모자를 벗어 높이 치켜들고 르네상스 시대의 석상처럼 창가에 서 있었다.

푼타로사 성당은 산꼭대기에 우뚝 서 있었다. 마치 그림엽서에 나오는 풍경처럼 아름다웠다. 산 위에 도착하자마자 돈 까밀로는 소나무 숲의 신선한 공기를 가슴 가득 들이마시며 흡족한 듯 소리쳤다.

"이 산 위에서 조금만 쉬고 나면 세자리로 돌아갈 수 있겠지. 곧 다시 돌아가 사제로서의 영적 사명을 수행할 수 있을 거야."

돈 까밀로는 진지하게 말했다. 왜냐하면 빼뽀네가 한 그 말은 저 유명한 키케로의 연설 전부를 합쳐놓은 것보다 더 훌륭하게 여겨졌기 때문이다.

돌아온 돈 까밀로

'정치적인 병' 으로 휴양을 떠난 돈 까밀로의 후임 신부는 키가 작고 젊었다. 그는 자신이 맡은 책무를 너무나 잘 알고 있었다. 그 신부는 주렁주렁 여문 어휘의 포도밭에서 갓 수확한 듯한 동그랗고 싱그러운 낱말들을 우아하게 잘 구사하는 사람이었다. 그는 자신이 일시적으로 성당을 맡고 있다는 것도 잘 알고 있었다. 하지만 그는 성당에 작은 변화를 불러일으켰다.

사람들은 자신의 습성을 잘 버리지 못한다. 마치 호텔에서 하룻밤 묵을 때에도 왼쪽에 있는 탁자를 오른쪽으로 옮겨놓고, 오른쪽에 있는 의자를 왼쪽으로 옮겨 놓으려 하는 것처럼 말이다. 우리 인간은 자신만의 미학과 균형 감각, 질량과 색채 감각을 가지고 있기 때문이다. 그래서 눈에 거슬리는 불균형을 바로잡지 않으면 몹시 불편해한다.

젊은 신부가 성당을 맡고 나서 첫 번째로 맞는 일요일이었다. 주일 미사를 집전하는 동안 두 가지 중요한 변화가 사람들 눈에 띄었다. 예전에는 올망졸망한 꽃으로 장식해 놓은 커다란 촛대가 제단 왼쪽에 있었다. 그런데 그 촛대가 제단 오른쪽 네모난 성녀상 앞으로 옮겨가 있었다. 게다가 성녀상은 예전에 못 보던 것이었다.

새로 부임한 신부에 대한 호기심으로 마을 사람들 대부분이 미사에 참석했다. 빼뽀네와 공산당 간부들도 맨 앞줄에 앉아 있었다.

"보셨어요?"

브루스코가 촛대를 가리키며 빼뽀네에게 말했다.

"개혁인데요!"

"흠!"

신경이 잔뜩 날카로워져 있던 빼뽀네가 투덜거렸다. 신부가 강론을 하려고 강론대로 다가서자 빼뽀네의 신경은 점점 더 곤두섰다. 그는 더 이상 참을 수 없었는지 신부가 강론을 시작하기 전에 자리를 박차고 일어나 제단 쪽으로 성큼 걸어갔다. 그러고는 커다란 촛대를 들어올려 원래 있던 자리로 갖다놓았다.

제자리로 돌아온 뻬뽀네는 팔짱을 끼고 두 다리를 벌린 채 떡 버티고 서서 신부를 노려보았다.

"잘했어!"

반동분자들을 포함한 신자들 모두가 소리쳤다. 벌린 입을 다물지 못하고 뻬뽀네의 행동을 지켜보던 신부의 안색이 하얗게 질렸다. 그는 더듬더듬 강론을 대충 끝내고 미사를 마쳤다.

미사가 끝난 뒤 신부가 성당 마당으로 나오자 뻬뽀네와 그의 부하들이 신부를 기다리고 있었다. 성당 마당에는 사람들로 꽉 차 있었는데 모두 성난 얼굴로 말없이 서 있었다.

"말씀 좀 해보시오, 신부님. 도대체 제단 오른쪽 기둥에 걸어 놓은 그 새로운 인물은 누구요?"

뻬뽀네가 신부를 내려다보며 물었다.

"카시아의 성녀 리타…."

신부가 더듬거리며 대답했다.

"이 마을에선 카시아의 리타 성녀 따위는 필요 없소. 우린 옛날 그대로가 편하오."

뻬뽀네가 불만스럽다는 표정으로 말했다. 신부는 몹시 못마땅한 표정을 지었다. 그리고는 퉁명스럽게 내뱉었다.

"그건 내 권한에 속하는 것입니다."

뻬뽀네는 신부의 말이 채 끝나기도 전에 잘라 말했다.

"아하, 신부님이 그럴 권리를 갖고 있다 이 말이오? 그럼 까놓고 얘기할까요? 당신 같은 신부가 이 마을에서 할 일은 아무것도 없소!"

젊은 신부는 깜짝 놀라 숨이 턱 막혔다.

"내가 여러분에게 무슨 짓을 했다고 이러십니까?"

"당신이 한 짓을 말해 주겠소! 당신은 위법 행위를 저질렀소. 전임 신부님이 민중의 뜻을 헤아려 애써 만들어놓았던 질서를 뒤엎으려 했소!"

"잘한다!"

공산당원과 기독교민주당원을 포함한 마을 사람들 모두가 동조했다. 신부는 웃으려고 애를 쓰며 말했다.

"그렇다면…, 예전대로 해 놓으면 될 거 아니오. 그렇지 않습니까?"

"안 되지!"

빼뽀네는 모자를 뒤로 젖히고 커다란 주먹을 허리춤에 대며 말했다.

"왜요, 안 되는 이유가 뭡니까?"

빼뽀네는 인내의 한계를 느꼈다.

"좋소. 그렇게 알고 싶다면 알려드리지. 내가 당신을 한 대 갈긴다면 당신은 15미터쯤 멀리 나가떨어질 것이오. 하지만 예전 신부님은 내가 한 대 갈긴다 해도 1센티미터도 꿈쩍하지 않을 것이기 때문이오!"

빼뽀네는 사실을 정확히 설명하지 않았다. 그가 돈 까밀로를 한 대 친다면, 돈 까밀로는 여덟 대로 돌려줬을 테니까 말이다.

간단한 설명이었지만 뻬뽀네의 말은 모든 사람에게 분명하게 전해졌다. 젊은 신부만 어안이 벙벙한 표정으로 그를 쳐다보고 있었다.

"실례지만, 왜 저를 갈겨주고 싶은 거죠?"

신부가 기어들어가는 목소리로 물었다.

마침내 뻬뽀네는 인내심을 잃었다.

"누가 당신을 때려주고 싶댔소? 당신도 공산당을 조롱하기 시작한 거요? 난 개념을 설명하기 위해 단순 비교를 한 거요. 내가 이성을 잃고 당신 같은 대타 신부에게 손찌검을 해야 이해하겠소?"

'대타 신부'라는 말이 거슬렸는지 젊은 신부는 160센티미터 정도밖에 안 되는 조그마한 몸을 일으켜 세우더니 목에 핏대를 세우며 말했다.

"대타든 아니든 주교님이 나를 보냈으니 주교님이 원할 때까지 난 여기에 남아 있을 거요. 성당 일에 당신은 절대 이래라 저래라 할 수 없소. 리타 성녀님도 지금 있는 자리에 그대로 있을 거요. 촛대도 마찬가지고. 내가 어떻게 하나 두고 보시오."

그는 성당 안으로 들어가 촛대가 있는 곳으로 성큼성큼 걸어갔다. 자기보다 무거운 촛대와 한바탕 씨름을 벌이다가 간신히 제단 오른쪽 성녀상 앞으로 다시 옮겨놓았다.

"자, 보시오."

그는 위풍당당하게 말했다.

"좋소!"

성당 문 앞에서 그 장면을 지켜보던 빼뽀네가 소리쳤다. 그러고는 돌아서서, 성당 마당에 모여 성난 얼굴로 말없이 지켜보는 사람들에게 말했다.

"인민들은 누구나 자기 생각을 말할 권리가 있다! 모두 읍사무소로 가서 항의 집회를 엽시다!"

"좋소!"

사람들이 소리쳤다. 빼뽀네는 사람들을 헤치고 맨 앞에 섰다. 그들은 대열을 만들어 빼뽀네를 따라가며 막대기를 흔들었다. 읍사무소 앞에 도착하자 함성은 더욱 커졌다. 빼뽀네는 위원회 회의실 발코니를 향해 주먹을 높이 들며 소리쳤다.

"대장, 벼락이라도 맞아야 정신을 차리겠습니까! 소리 좀 그만 지르세요! 읍장의 체통을 지키세요!"

브루스코가 빼뽀네의 귀에 대고 소리쳤다.

"그 망할 놈의 신부 때문에 나도 나를 주체하시 못하겠어!"

빼뽀네는 인민의 집 안으로 들어가더니 다시 발코니에 모습을 나타냈다. 광장에 모여 있던 군중 모두가 박수갈채를 보냈다.

"동지 여러분, 읍민 여러분! 우리는 자유인으로서의 권위를 훼손하는 이 폭거를 더 이상 참고 볼 수가 없소! 가능한 한 질서와 법에 따라 행동합시다. 우리는 우리의 목적을 달성시키기 위해 대포를 쏠 수도 있소! 하지만 우선 주교관에 대표단을 보내 우리 인민의 의사를 민주적으로 전합시다!"

빼뽀네가 소리쳤다.

"좋소! 빼뽀네 읍장 만세!"

사람들이 휘파람을 불며 환호했다. 그 환호는 빼뽀네가 적절한 조처를 할 것임을 믿어 의심치 않는다는 뜻이었다.

읍의 대표단을 이끌고 주교 앞에 서기는 했지만 빼뽀네는 막상 입이 떨어지지 않았다. 하지만 곧 용기를 내어 말을 시작했다.

"주교님, 주교님께서 저희에게 보내주신 신부님은 우리 읍의 전통과는 맞지 않는 분입니다."

주교가 고개를 들어 빼뽀네의 얼굴을 쳐다보았다.

"자세히 말해 보시게. 무슨 일이 있었나?"

빼뽀네는 난처한 표정을 지으며 양팔을 벌렸다.

"이거 참! 사실 뭐 별로 심각한 일은 아닙니다…. 그분이 나쁜 일을 저질렀다는 건 아니고요…. 문제는 결국… 주교님, 그 신부님의 키가 너무 작아서요. 말하자면… 반쪽이란 말입니다. 신부님이 제의를 입고 나선 모양은… 죄송한 말씀입니다만…, 두꺼운 외투가 네 벌이나 걸려 있는 옷걸이를 보는 느낌입니다."

늙은 주교는 머리를 크게 저었다.

"자네들은 성직자의 가치를 자와 저울로 평가하는가?"

주교가 점잖게 물었다.

"아닙니다, 주교님. 저희는 야만인이 아닙니다! 하지만 눈으로 보이는 외모라는 것도 중요합니다. 이런 점에서 종교적인 일은 의사의 경우와 같습니다. 육체적으로도 건장하고 정신적으로도 믿음직해야 호감이 가는 법 아닙니까?"

주교는 한숨을 내쉬었다.

"알았네, 알았어. 내 다시 찬찬히 생각해 봄세. 하지만 자네들은 키가 탑만큼 큰 거인 신부를 갖고 있지 않았었나? 나한테 와서 그를 당장에 내쫓아달라고 부탁한 건 바로 자네였네!"

뻬뽀네는 이마를 찡그렸다.

"주교님, 그땐 전쟁이라도 벌어질 만큼 상황이 안 좋았기 때문입니다. 그만큼 위급한 상황이었다는 말입죠. 인간으로서 그 신부는 깡패 같은 무법자였습니다. 마치 독재자처럼 우리 모두를 벼랑 끝으로 몰아넣었으니까요."

뻬뽀네가 진지하게 말했다.

"알고 있네, 알고 있어. 지난번에 와서 말하지 않았나? 그래서 자네들도 알다시피 멀리 떠나 보냈단 말이야. 또 나도 그가 부도덕한 사람인 줄을 알고 있고…."

주교가 고개를 끄덕이며 말했다.

"잠깐만! 주교님. 죄송합니다. 우리는 그 신부님이 부도덕한 사람이라고 말한 적이 한 번도 없습니다!"

브루스코가 끼어들었다.

"부도덕한 사람이 아니라 해도, 어쨌든 돈 까밀로가 신부 자격이 없다는 생각이 들어서…."

주교가 말을 이었다.

"저, 죄송합니다만."

이번엔 뻬뽀네가 주교의 말을 가로막았다.

"저희는 돈 까밀로가 신부 자격이 없다고 말씀드린 적이 한 번도 없습니다. 저희는 그저 그분이 인간으로서 커다란 결점이 있다고 말씀드렸을 뿐인데요."

"바로 그거야. 신부도 인간인 이상 결점이 있게 마련인데, 그 결점 때문에 이웃 사람들이 위협을 느낀다면 곤란하지. 그래서 돈 까밀로를 푼타로사의 산꼭대기로 보낸 걸세. 신부직을 계속 유지하게 해야 할지 말아야 할지를 우리는 지금 지켜보고 있는 중일세."

뻬뽀네는 부하들과 잠시 의논을 한 뒤 돌아서며 말했다.

"주교님, 주교님께서 그렇게 해야 할 특별한 이유가 있다면 당연히 그래야겠죠. 하지만 저희는 전임 신부님이 돌아올 때까지 절대로 성당에 나가지 않을 거라는 사실을 말씀드리지 않을 수 없습니다."

뻬뽀네는 창백한 얼굴에 땀을 흘리며 낮은 목소리로 말했다. 늙은 주교가 양팔을 벌렸다.

"아니 이보게, 지금 제정신으로 하는 말인가? 이것은 하느님에 대한 공갈 협박일세!"

주교가 놀라며 목소리를 높였다.

"공갈 협박이라니 당치도 않은 말씀입니다. 절대 공갈이 아닙니다. 저희는 그저 마음 내키는 대로 집에 있는 거고, 사실 교회에 나가야 한다는 법도 없지 않습니까? 민주국가의 권리인 자유권을 행사하는 것뿐입죠. 돈 까밀로 신부가 잘했는지 못했는지를 평가할 수 있는 사람은 20년 동안 함께 살아온 저희들이 더 잘 알 수 있지 않겠습니까?."

빼뽀네가 구구절절한 설명을 늘어놓았다.

"민심이 천심이다."

주교는 한숨을 쉬며 작은 목소리로 말했다. 그러고는 어이없다는 표정으로 한 마디 덧붙였다.

"하느님의 뜻인가 보네. 내가 자네들의 신부를 다시 데려오도록 하지. 하지만 다음에 그 사람이 주먹을 휘두르는 일이 있더라도 다시 와서 불한당이니 뭐니 하지 말게!"

빼뽀네가 웃었다.

"주교님! 저희가 돈 까밀로의 주먹을 무서워해서 그런 게 아닙니다. 지난번에 그렇게 말씀드렸던 건 순전히 정치적인 조치였습니다. '붉은 가죽' 이 신부님의 머리에 폭탄을 던지는 것 같아 그걸 피하기 위해서였죠."

"누가 '붉은 가죽' 이오?"

주교가 말했다. 그러자 당시 돈 까밀로에게 톡톡히 당했던 '지고토가 자리에서 벌떡 일어나 설명했다.

"폭탄을 던질 생각은 조금도 없었어요. 아무리 신부님이라 해도 의자를 들어 남의 머리통을 때려서는 안 된다는 걸 알려주려고 사제관 문 앞에다 화약을 터뜨렸을 뿐이죠. 내 머리에 긴 의자를 휘두르는 꼴은 못 보겠다는 뜻을 알려주려고요."

"아, 자네가 화약을 터뜨린 사람이로구먼?"

주교가 짐짓 엄숙하게 말했다.

"예, 주교님. 주교님은 이해하실 겁니다. 의자로 머리통을 얻어맞다 보면 어리석은 생각도 품는 것 아니겠습니까?"

지고토가 변명하듯 말했다.

"그 심정 충분히 이해하네."

주교는 고개를 끄덕이며 말했다. 나이가 지긋한 분이라 주교는 사람들을 올바른 방향으로 이끄는 수완이 있었다.

돈 까밀로는 열흘 뒤에 돌아왔다.

"잘 지내셨소?"

역에서 나온 돈 까밀로를 거리에서 만난 뻬뽀네가 물었다. 돈 까밀로는 못 들은 체하고 걷기만 했다.

"휴가는 재미있었습니까?"

"웬걸, 산꼭대기라 별로 재미있는 일이 없더군. 다행히 자네가 준 카드가 있어 그걸로 세월을 보냈지."

돈 까밀로는 주머니에서 카드 다발을 꺼내 보이며 말했다.

"받게. 이젠 소용 없는 물건일세."

돈 까밀로는 뻬뽀네에게 카드를 건네주는 척하다가 마치 빵을 자르듯 카드를 두 조각내 버렸다. 뻬뽀네의 얼굴이 순식간에 일그러졌다.

"오! 그 사이 많이 늙었구려, 읍장 나리."

돈 까밀로는 붉으락푸르락하는 뻬뽀네의 얼굴을 바라보며 그렇게 비꼬았다.

"신부님, 누가 당신을 돌아오게 했는지 모르지만 벼락이나 맞아 죽어 버렸으면 좋겠소!"

뻬뽀네는 꽥 소리를 지른 후 우울한 얼굴로 사라졌다.

돈 까밀로는 예수님에게 드릴 말씀이 한 보따리만큼 있었다.

그는 얘기를 끝내고 나서 예수님에게 물었다.

"제 후임 신부는 어떤 사람이었습니까?"

돈 까밀로는 짐짓 무관심한 척했다.

"교양 있고 상냥한 마음을 가진 훌륭한 청년 신부였다. 자신에게 선행을 베푼 사람 앞에서 카드 다발을 박박 찢어 자랑스럽게 인사하는 일 따위는 하지 않는 사람이지."

"예수님."

돈 까밀로는 멋쩍은 듯이 양팔을 벌렸다.

"뻬뽀네가 저한테 베푼 선행은 아무것도 없습니다. 그리고 그 작자한테는 그런 식으로 감사 인사를 해야 할 필요가 있습니다. 장담하건대 지금쯤 뻬뽀네는 제 부하들을 모아놓고 이렇게 떠들어 대고 있을 겁니다. '알겠나? 카드 다발을 그 놈의 자식이 찢어버렸어! 이렇게 짝짝 말이야! 하고 말입니다. 속으로는 은근히 기뻐하면서 말이에요. 저하고 내기하시겠습니까?"

"아니, 싫다."

예수님이 한숨을 쉬며 대답하셨다.

"내기하지 않겠노라. 뻬뽀네가 지금 그렇게 말하고 있으니 말이다."

축구 시합

1년 동안 끌어왔던 피 튀기는 싸움이 마침내 돈 까밀로의 승리로 돌아갔다. 뻬뽀네의 '인민의 집' 이 미처 다 완성되기도 전에 돈 까밀로의 '청소년 회관' 이 완공된 것이다.

청소년 회관은 훌륭한 시설을 두루 갖추고 있었다. 그곳에는 공연을 위한 커다란 홀, 강연장, 독서실 그리고 도서관과 겨울 스포츠 게임 연습을 위한 체육관이 있었다. 체육관에는 체조실, 댄스홀, 수영장이 마련되었다. 바깥에는 회전목마와 그네가 딸린 놀이터도 있었다. 물론 아직 내부 시설까지 다 완성된 것은 아니었다.

축성식을 가지려고 돈 까밀로는 근사한 이벤트를 준비했다.

성가경연대회와 축구시합이 그것이었다. 돈 까밀로는 이미 가공할 만한 축구단을 만들어놓은 상태였다. 그는 축구단에 많은 열정을 쏟아부었다. 8개월이라는 혹독한 훈련 기간에 그가 열한 명의 선수에게 퍼부은 발길질 횟수를 따진다면 그들이 축구공을 찬 횟수를 합한 것보다 훨씬 많을 정도였다.

빼뽀네는 그 사실을 알고 있었기 때문에 심기가 무척 불편했다. 인민을 대표한다는 공산당이 인민의 이름으로 벌이는 돈 까밀로와의 축구시합에서 진다는 것은 있을 수 없는 일이었다. 더군다나 돈 까밀로가 '마을에서 가장 무식한 사회 계급'을 동정해 자신의 '천하무적' 팀과 겨눌 수 있는 기회를 '불도저' 팀에 허락한다는 따위의 말을 알려오자, 빼뽀네는 약이 오를 대로 올라 자신의 축구팀을 소집했다.

그는 열한 명의 공산당 축구선수들을 벽 앞에 정렬시킨 다음 비장하게 연설을 시작했다.

"우리는 신부의 축구팀과 싸우게 될 것이다. 이기지 못하면 너희 얼굴을 모두 묵사발로 만들어 놓겠다! 탄압받는 인민의 명예를 걸고 싸우기를 당의 이름으로 명령한다!"

"반드시 승리하겠습니다!"

열한 명의 '불도저' 축구부원들은 진땀을 흘리며 외쳤다. 그 소식을 듣자 돈 까밀로도 '천하무적' 팀을 불러다가 일장 훈시를 늘어놓았다.

"우리는 저놈들처럼 무례하고 야만적인 사람들이 아니다. 그러니 점잖고 신사답게 말하겠다. 하느님의 도움으로 우리는 그들을 6대0으로 격파하게 될 것이다. 난 협박 따윈 하지 않겠다. 단지 교회의 명예가 여러분 손에, 아니 여러분의 발에 달렸다는 사실을 상기시켜주고 싶다. 각자 자기의 의무를 다하기 바란다. 혹시 최선을 다해 뛰지 않는 선수가 있다 해도 난 얼굴을 갈기는 빼뽀네식 비극 따윈 저지르지 않겠다! 대신 엉덩이가 부서지도록 발길질을 해줄 것이다!"

축성식 행사에 마을 사람들 모두가 참석했다. 빼뽀네는 요란한 붉은 목도리를 두른 부하들을 이끌고 맨 앞줄에 자리 잡았다. 그는 축하 연설을 할 때 읍장의 위치에서 돈 까밀로의 노고를 치하했다. 그러나 인민의 대표자로서 이렇게까지 꼼수를 부려 행사를 한다고 정치 선전에 유리한 것은 아니라는 뜻의 말을 언뜻 비쳤다.

성가대가 합창을 시작했다, 빼뽀네는 옆에 앉은 브루스코에게 노래가 가슴을 발달시켜 주는 스포츠라도 되는 모양이라고 그들을 비꼬았다. 이 말에 대해 브루스코는 아주 점잖게, 저 기독교 합창단원들이 노래를 부르며 가슴만 움직일 것이 아니라 팔도 함께 흔든다면 자기네 공산당처럼 몸이 더 튼튼해질 거라고 맞장구를 쳤다.

또 빼뽀네는 농구 시합을 보면서, 굴렁쇠 굴리기가 얼마나 신체 발달에 도움을 주며 그것처럼 재미있는 경기가 없는데 어째서 그것이 빠졌는지 안타깝다는 말을 했다. 그런데 그 말을 어찌나 큰 소리로 떠들었는지 70미터나 떨어진 곳에 서 돈 까밀로가 벌떡 일어나서 그를 노려보았을 정도였다. 하지만 돈 까밀로는 축구 시합에서 이겨 앙갚음해줄 생각으로 입을 꾹 다물고 참아냈다.

결전의 순간이 왔다. '천하무적' 팀 선수 열한 명은 가슴에 검은 글씨로 팀의 이니셜인 'ㅊ' 자를 써넣은 흰색 셔츠를 입었다. '불도저' 팀 선수 열한 명도 'ㅂ' 자와 함께 낫과 망치가 새겨진 붉은색 셔츠를 입었다. 하지만 사람들은 그런 상징에는 아랑곳없이 자기들이 응원하는 팀에 환호를 보냈다.

"뻬뽀네 만세!"

"돈 까밀로 만세!"

뻬뽀네와 돈 까밀로는 마주 보고 정중하게 인사를 교환했다. 주심은 양쪽 편과 아무 상관 없는 사람이었다. 태어날 때부터 정치의 '정' 자도 모르는 시계방 주인 비넬라였다.

시합이 시작된지 10분이 지났을 때 시체처럼 하얗게 질린 경찰서장이 순경 두 명을 데리고 뻬뽀네 앞에 나타났다.

"읍장님, 경찰에 전화해서 지원 병력을 부를까요?"

서장이 더듬거리며 말했다.

"아마 1개 사단쯤 불러야 할걸. 저 호랑말코 같은 놈들이 거칠게 노는 걸 그만두지 않는 한, 경찰이 출동해도 사람들의 흥분을 막지 못할 거야! 국왕 폐하도 절대 막지 못할 거요!"

빼뽀네는 흥분한 나머지, 국왕 폐하는 오래전에 없어지고 지금은 공화국이 됐다는 사실마저 잊은 채 소리쳤다. 경찰서장은 옆에 서 있는 돈 까밀로를 향해 돌아섰다.

"신부님 생각은…."

서장은 더듬거리면서 말했다.

돈 까밀로가 서장의 말을 가로막았다.

"저 빌어먹을 빨갱이들이 우리 선수들의 정강이를 걷어차 부상을 입히는 짓을 그만두지 않는 한, 제아무리 미국이 개입한다 해도 이 싸움을 막지는 못할 거야!"

"알겠습니다."

경찰서장은 부하 두 명을 이끌고 경찰서에 바리케이드를 치러 갔다. 그는 이 시합이 끝나면 틀림없이 굉장한 소동이 벌어지리라는 사실을 잘 알고 있었기 때문이다.

첫 번째 골은 '천하무적' 팀이 넣었다. 종탑이 다 흔들릴 만큼 커다란 함성이 일어났다. 빼뽀네는 돈 까밀로를 돌아보며 금방이라도 주먹을 날릴 태세였다. 그 모습을 보자 돈 까밀로는 주먹을 쥐며 수비 자세를 취했다. 충돌 직전, 돈 까밀로는 재빨리 눈을 돌렸다. 수많은 관중의 눈이 자기와 빼뽀네에게 쏠렸기 때문이다.

돈 까밀로는 애써 표정을 누그러뜨리며 속삭였다.

"좋소. 나도 인민을 위해서 참겠소."

빼뽀네가 분노를 삼키며 대답했다.

"나는 우리의 신앙을 위해서 참겠네."

돈 까밀로가 말했다. 다행히 일은 터지지 않았다. 하지만 득점 없이 전반전이 끝나자 뻬뽀네는 씩씩거리며 '불도저' 팀을 집합시켰다.

"이 한심한 놈들아!"

그는 분노에 찬 목소리로 말하며, 공격수인 스미르초의 목을 움켜잡았다.

"더러운 배신자, 우리가 빨치산이었을 때 내가 세 번이나 네 목숨을 구해 줬다는 사실을 잊어버렸나? 후반전 시작 5분 안에 골을 넣지 못하면 네 녀석의 숨통을 끊어 놓겠다!"

스미르초는 후반전이 시작되자 공과 함께 필사적으로 달렸다. 그는 머리와 다리 그리고 무릎과 엉덩이를 써가며 사력을 다해 달렸다. 숨이 턱에 차고 심장이 터지도록 축구공을 붙들고 늘어진 끝에 후반 4분 만에 골을 터뜨렸다. 골이 터지자 스미르초는 땅에 쓰러져 움직이지 않았다.

돈 까밀로는 자기가 무슨 일을 저지를 것만 같아 일찌감치 축구장 반대편으로 몸을 피했다. 천하무적 팀의 골키퍼는 겁에 질려 바들바들 떨었다.

이후 양 팀은 일진일퇴를 거듭하며 팽팽하게 맞섰다. 발 재간이 뛰어난 '천하무적' 팀은 돈 까밀로의 독려에 힘입어 시간이 지날수록 맹공격을 퍼부었다. 그러나 '불도저' 팀의 수비수들이 빗장 수비를 펼치는지라 도무지 뚫고 들어갈 틈이 생기지 않았다.

경기가 끝나기 30초 전, 주심이 파울을 알리는 호루라기를 불었다. 심판은 '불도저' 팀에게 페널티 킥을 주었다.

공이 발을 떠났다. 제아무리 날고 기는 골키퍼라도 그런 각도의 공을 막아낼 수는 없었다. 공은 네트 깊숙이 날아가 꽂혔다.

경기가 끝났다. 뻬뽀네는 승리를 만끽할 틈도 없이 황급히 부하들과 선수들을 이끌고 공산당 본부로 돌아갔다. 주심은 비정치적 인물이니까 아무 탈이 없을 터였다.

돈 까밀로는 시합에 졌다는 사실이 도저히 믿기지 않았다. 성당으로 달려가 제단 앞에 무릎을 꿇고 앉았다.

"주님, 왜 저를 버리셨나이까? 저는 졌습니다."

돈 까밀로가 억울하다는 표정으로 말했다.

"누가 누구를 돕고 누구를 버린단 말이냐? 네 선수들의 다리도 스물두 개고, 저쪽 선수들의 다리도 스물두 개다. 돈 까밀로야, 공평한 시합 아니었더냐? 모든 다리는 평등하느니라. 나는 다리가 하는 일에 마음을 쓰지 않는다. 내 관심은 영혼에 있느니라. 나는 육체를 땅에 남기고 하늘나라로 온 사람 아니더냐? 돈 까밀로, 아직도 정신을 차리지 못했느냐?"

돈 까밀로가 슬픈 얼굴로 대답했다.

"저는 예수님께서 우리 선수들의 다리를 돌봐주시리라고 생각하지 않았습니다. 제 선수들의 다리가 상대편 선수들의 다리보다 훨씬 훌륭하니까요. 다만 부정직한 주심이 반칙을 하지도 않은 우리 선수들에게 파울을 주는 것을 왜 막지 않으셨느냐는 겁니다."

"돈 까밀로, 신부들도 미사를 할 때 실수를 하지 않더냐? 사람이란 자기도 모르는 사이에 실수하는 법이야. 왜 그걸 인정하지 않느냐?"

"네, 누구나 실수를 할 수 있다는 걸 인정합니다. 하지만 운동 경기에서 심판의 실수는 문제가 다르죠. 축구공을 몰고 가는데…."

"뻬뽀네보다 심하진 않지만 돈 까밀로 역시 어리석도다. 게다가 저 멍청한 풀미네보다 더 어리석은 소리를 하는구나."

예수님이 혀를 차면서 말했다.

"그 말도 맞는 말씀이십니다."

돈 까밀로는 예수님의 말을 인정했다.

"하지만 주심은 사기꾼입니다."

그때 무시무시한 함성이 들려왔다. 그 소리는 점점 더 가까이 다가왔다. 잠시 후 한 사내가 겁을 잔뜩 집어먹은 표정으로 헐레벌떡 뛰어왔다. 축구 심판을 맡았던 비넬라였다.

"저를 죽이려 합니다. 신부님, 제발 저를 살려주십시오!"

사내는 훌쩍이며 말했다. 그 뒤로 성난 군중이 성당 안으로 들어오고 있었다. 돈 까밀로는 50킬로그램이나 되는 청동 촛대를 양손에 움켜쥐고 머리 위로 번쩍 치켜들었다.

"하느님의 이름으로 명하노니 썩 물러들 가라! 그렇지 않으면 머리통이 박살 날 거다! 성당 안으로 들어온 사람은 신성하니 어느 누구도 손댈 수 없다!"

돈 까밀로가 고함을 쳤다.

사람들은 주춤주춤 뒤로 물러났다.

"부끄럽지 않느냐, 고삐 풀린 망아지 같은 자들아! 어서 마구간으로 돌아가 그대들의 짐승 같은 행실을 용서해 달라고 하느님께 빌어라."

사람들은 모두 머리를 숙였다. 모두 당황해서 입을 다물고 그 자리를 물러가려고 했다.

"성호를 그어라!"

돈 까밀로가 외쳤다. 그 커다란 손에 촛대를 움켜잡고 태산처럼 우뚝 서 있는 모습이 마치 거인 삼손 같았다.

모두 말없이 성호를 그었다.

"그대들이 짐승만도 못한 증오심을 퍼부었던 사람과 그대들 사이에는 지금 각자 제 손으로 그은 십자가가 놓여 있다. 이 성스러운 십자가를 넘어가는 자는 하느님을 모독하는 것이다. 자 어서 돌아들 가라!"

돈 까밀로는 성당 안으로 들어와 자물쇠를 채웠다. 비넬라는 맥없이 의자에 주저앉아서 가쁜 숨을 몰아쉬고 있었다.

"고맙습니다, 신부님."

비넬라가 고개를 숙였다.

돈 까밀로는 대답하지 않았다. 그는 성당 안을 서성이더니 비넬라 앞에 멈춰 섰다.

"비넬라!"

돈 까밀로가 떨리는 목소리로 말했다.

"비넬라, 여기 나와 하느님 앞에서는 거짓말하지 않겠지? 반칙은 없었다! 무승부일 경우에 파울 선언을 하라고 뻬뽀네, 그 악당이 네게 얼마를 줬느냐?"

"2,500리라입니다."

"으흑!"

돈 까밀로는 비넬라의 코앞에 주먹을 들이대며 씩씩거렸다.

"하, 하지만…."

비넬라가 더듬거렸다.

"썩 꺼져라!"

돈 까밀로가 문을 가리키며 소리쳤다. 비넬라는 생명의 위협을 느끼자 번개처럼 도망치고 말았다. 혼자 남은 돈 까밀로는 예수님에게 돌아서며 말했다.

"주님, 보셨죠. 빌어먹을 놈이 뒷거래했을 거라고 제가 말씀드리지 않았습니까? 이래도 제가 화를 낼 까닭이 없다는 말씀입니까?"

"아니다, 돈 까밀로. 잘못은 네게 있느니라. 너도 똑같이 비넬라에게 2,000리라를 주지 않았느냐. 뻬뽀네가 너보다 500리라를 더 주자 그자는 뻬뽀네의 제의를 받아들인 것뿐이다."

예수님이 눈을 찡긋하며 말씀하셨다.

돈 까밀로는 얼굴이 붉어지면서 양팔을 벌렸다.

"예수님, 얘기가 그렇게 되면 제가 죄인이 되는 셈이군요?"

"맞다, 신부인 네가 뒷거래를 제의하자 그는 그것을 정당한 거래로 생각했다. 둘 다 정당한 거래이니 비넬라로선 돈을 더 많이 주는 쪽을 택한 것뿐이다."

돈 까밀로는 고개를 숙였다.

"만약 비넬라가 지금 우리 쪽 사람들한테 몰매를 맞았다면 그 잘못은 전적으로 제게 있겠군요?"

"그렇다. 그자를 처음 유혹의 덫으로 끌어들인 게 너니 말이다. 하지만 만약 비넬라가 네 제의를 받아들여 너희 쪽에 유리하게 파울을 주었다면 네 죄는 더더욱 커졌을 거다. 공산당원들이 그를 때려죽였을 테니까. 네 힘으론 그들을 말릴 수 없었을 것이니라."

돈 까밀로는 잠시 생각에 잠겼다.

"그렇다면 저자들이 이긴 게 다행이군요."

"바로 그거다, 돈 까밀로."

"예수님, 그럼 저희 팀이 지게 해주신 것에 감사드려야 하겠군요. 제 부정의 죄로 패배를 겸허히 받아들이겠으니 예수님도 제가 진심으로 회개했다고 생각해 주십시오. 저로선 우리 팀이 지는 걸 보고도 화를 내지 못하니까요. 사실 자랑같지만 우리 팀은 B리그에서도 뛸 수 있습니다. '불도저' 같은 팀하고는 게

임이 안 되죠. 그런데 생각해 보십시오, 그런 팀한테 지다니 가슴이 터지고 하느님을 탓할 일이 아니겠습니까?"

"돈 까밀로야, 너무 억울하게 생각하지 마라."

예수님이 위로하셨다.

"현재의 제 마음을 모르실 겁니다."

돈 까밀로가 한숨을 내쉬었다.

"스포츠는 아주 특별한 것입니다. 열심히 운동해서 이기고자 하는 승리욕! 그런 열정과 욕망은 운동해본 사람만 압니다. 안 해본 사람은 죽었다 깨어나도 모를 겁니다. 이해하시겠습니까?"

"알고말고, 불쌍한 돈 까밀로. 네 심정 이해하고도 남는다. 설욕전은 언제 할 생각이냐?"

돈 까밀로는 그 말에 가슴이 벅차오르는 것을 느끼며 벌떡 일어섰다.

"맞습니다. 다시 붙으면 우리 팀이 6대0, 총알 같은 강슛으로 여섯 골을 넣을 겁니다! 얼마나 순식간에 들어가는지 저 고백실을 맞혀 볼 테니 잘 보십시오!"

돈 까밀로는 모자를 공중으로 던져올리더니 몸을 날려 힘껏 걷어찼다. 모자는 고백실 안으로 번개같이 들어갔다.

"골인!"

예수님이 웃으며 말씀하셨다.

기이한 복수전

스미르초가 자전거를 타고 오더니 미국식으로 자전거에서 뛰어내렸다. 미국식이란 카우보이가 말 위에서 뛰어내리듯이 안장 뒤로 훌쩍 뛰어내리는 방법이다. 돈 까밀로는 성당 앞 의자에 앉아 신문을 읽고 있다가 고개를 들었다.

"자네의 그 바지는 스탈린이 준 것인가?"

돈 까밀로가 점잖게 물었다. 스미르초는 말없이 편지 한 통을 건네준 뒤 모자챙에 살짝 손을 대며 인사를 하고는 자전거에 올라탔다. 그러고는 성당 모퉁이를 돌아갈 때쯤 자전거를 세우더니 "교황이 줬소이다" 하고는 번개같이 도망쳐 버렸다.

돈 까밀로는 그 편지를 기다리고 있었다. 그것은 인민의 집

축성식과 축하 행사 초대장이었다. 일정을 보니 연설, 악기 연주, 다과회가 잡혀있었고 오후에는 지부당 헤비급 챔피언 바고티 미르코와 공산연맹 헤비급 챔피언 고르리니 안테오의 권투 시합이 준비되어 있었다.

돈 까밀로는 제단의 예수님에게 의논하러 갔다.

"예수님."

그는 편지를 읽은 뒤에 흥분한 얼굴로 말했다.

"이런 뻔뻔한 짓이 있습니까! 뻬뽀네가 망나니가 아니고서야 어찌 '불도저' 팀과 '천하무적' 팀의 설욕전 대신 주먹질을 프로그램에 넣는단 말입니까! 내 당장 가서…."

"뻬뽀네와 싸울 생각일랑 아예 하지 마라. 네가 잘못 생각하고 있는 거다."

예수님이 말렸다.

"뻬뽀네가 너와 다른 행사를 준비하고 싶어하는 건 당연하다. 또 뻬뽀네가 이런 축성식 행사를 패배로 장식하고 싶어하지 않는 것도 당연하다. 비록 그의 지부당 챔피언이 시합에 진다해도 나쁠 게 없지 않으냐. 이쪽도 공산당이요 저쪽도 공산당이니까 말이다. 한솥밥을 먹는 식구나 마찬가지 아니더냐. 하지만 네 축구팀과의 시합에서 지게 되면 당의 명예에 손상을 입을 게 뻔한 일이다. 돈 까밀로, 뻬뽀네가 축구 시합을 꺼리는 마음을 이해해 주어야 한다."

"하지만 전 뻬뽀네 축구팀과의 시합을 준비해 왔습니다. 제가 얼마나 그 설욕전에 공을 들였는지 예수님도 잘 아시지 않습니까?"

돈 까밀로가 소리쳤다.

"돈 까밀로, 넌 성당의 대변인이 아니다. 네 선수들도 교회의 명예를 지키고자 뛴 건 아니었다. 넌 혹시 지난 번 축구시합에서 진 것을 우리 기독교의 패배라고 여기는 건 아니냐?"

예수님이 조용히 다독거리셨다.

돈 까밀로는 쓴웃음을 지으며 항의했다.

"예수님, 그렇게 짐작하셨다면 오해하신 겁니다. 전 다만 뻬뽀네가 스포츠 정신에 어긋난 행동을 한다고 말씀드린 겁니다. 그렇다면 좋습니다. 뻬뽀네가 자랑하는 챔피언이 3라운드에서 강펀치를 맞고, 자기 이름이 뭔지도 모를 정도로 뻗어버릴 때 제가 실컷 웃는 것만은 용서해 주시겠지요?"

"그래, 그건 용서해 주마, 돈 까밀로. 하지만 아무 원한도 없는 두 사람이 서로 치고받고 하는 광경을 보고 즐기는 것만은 용서하지 못한다."

"즐기다니요, 말도 안 됩니다. 그런 짐승만도 못한 시합에는 참석하지 않을 겁니다. 인민의 머릿속에 뿌리를 내린 폭력에 대한 숭배를 조장하는 것이니까요. 전 예수님 생각에 전적으로 동감합니다. 스포츠 정신이 폭력에 밀려나는 것 역시 저는 비난합니다."

"훌륭하구나, 돈 까밀로. 주먹 단련하고자 이웃에게 주먹질을 해서야 쓰겠느냐. 권투 글러브를 끼고 톱밥 자루나 가죽 부대를 매달아 놓고 몸을 풀면 될 일인데 말이다."

"옳은 말씀입니다."

돈 까밀로는 급히 성호를 긋고 재빨리 나가려 했다.

"돈 까밀로, 궁금한 게 하나 있다."

"…."

"요즘, 네가 다락방 천장에 고무줄로 매달아 놓고 시간만 나면 쳐대는 그 가죽 주머니 이름이 도대체 뭐냐?"

"네, '펀칭 볼' 이라고 하나 봅니다."

돈 까밀로가 걸음을 멈추고 그런 것은 왜 묻느냐는 듯 우물거렸다.

"그게 무슨 뜻이냐?"

"전 영어를 잘 모릅니다."

돈 까밀로가 밖으로 사라지며 대답했다.

돈 까밀로가 '인민의 집' 축성식에 참석하자 뻬뽀네가 직접 나서 이곳저곳을 안내했다. 정말 훌륭한 건물이었다.

"어떻습니까?"

좋아서 입이 귀에 걸린 뻬뽀네가 물었다.

"잘 지었군!"

돈 까밀로가 고개를 끄덕였다. 그러고는 눈을 옆으로 흘겨보면서 한마디 덧붙였다.

"진실을 말해 보게. 브루스코처럼 동네 공사판 반장이나 했던 얼치기 목수가 이렇게 훌륭한 건물을 설계했다니 믿기지 않는걸."

"그건, 사실…."

빼뽀네가 기어들어가는 소리로 얼버무렸다. 실제로 그는 도시의 일급 건축가에게 설계를 맡기느라 엄청난 돈을 썼던 것이다.

"창문을 아래쪽에 낸 아이디어도 나쁘지 않군. 방 천장이 낮아도 조화가 되고 말이야. 좋아, 좋아. 이건 창고인가?"

돈 까밀로가 건물을 살피며 말했다.

"회의실이오."

"아하! 그럼 무기 창고와 반동분자들을 가둘 감옥은 지하실에 만들었나?"

"아니요. 우리한테 대항하는 반동분자는 하나도 없소. 괜시리 떠도는 풍문일 뿐이오. 만일 무기 창고가 필요하면 신부님 것을 빌려 쓸 생각이오."

빼뽀네가 딴청을 피우며 말했다.

"좋은 생각이네."

돈 까밀로도 엉뚱한 곳을 쳐다보며 대답했다.

"자네가 맡긴 기관총을 내가 얼마나 소중히 보관하고 있는지 자네도 봤으니까 말일세, 읍장 동무."

두 사람은 커다란 초상화 앞에 다다랐다. 풍성한 콧수염을 길게 기르고 작은 안경에 파이프 담배를 문 남자의 사진이었다.

"자네 쪽 죽은 당원 중 한 명인가 보지?"

돈 까밀로가 안됐다는 표정으로 물었다.

"아니, 시퍼렇게 살아 있는 우리 당원의 초상화요. 만일 그분이 여기 오게 되면 당신을 종탑 피뢰침 꼭대기에 앉혀놓을 것이오."

참다못한 뻬뽀네가 퉁명스레 말했다.

"나 같이 보잘것없는 신부에게는 너무 높은 자리군. 마을에서 제일 높은 자리는 당연히 읍장님 차지가 돼야지. 나는 언제든 뻬뽀네 씨가 그 자리에 앉을 수 있도록 양보하겠네."

"오늘 권투 시합에 참석해 주실 테죠?"

"초대는 고맙네. 하지만 나는 그런 자리엔 어울리지 않는 사람일세. 그냥 나는 사제관에서 대기하고 있겠네. 혹시 자네 쪽 챔피언의 장례미사가 필요하거든 지체 말고 알려주게. 내 금방 달려올 테니까."

*

그날 오후, 돈 까밀로는 한 시간 정도 예수님과 이런저런 얘기를 나누었다.

"졸려서 이만 자러 가야겠습니다. 단비를 내려주셔서 감사했습니다. 덕분에 곡식이 잘 여물 것 같습니다."

"그리고 그 덕에 뻬뽀네의 축하 행사에도 지장을 받을 거고?"

예수님이 덧붙이셨다.

"그런 계산도 하지 않았느냐?"

돈 까밀로는 고개를 저었다. 그러나 비가 억수같이 쏟아졌는데도 낙성식 축하 행사는 전혀 지장이 없었다. 읍내의 모든 마을과 이웃 마을에서까지 사람들이 몰려와서 인민의 집 체육관은 북새통을 이루었다. 공산연맹 챔피언은 유명한 선수였고 바고티 역시 이 지역에서 알 만한 사람은 다 아는 선수였다. 게다가 도시 대 시골의 시합이어서 더욱 흥미진진했다.

뻬뽀네는 링 아래 맨 앞줄에 앉아 꽉 들어찬 사람들을 보며 흥겨워하고 있었다. 그는 바고티가 케이오를 당할 리는 없으며 기껏해야 판정패를 당하거나 운이 좋으면 이길 수도 있다고 생각했다.

4시 정각, 천둥처럼 요란한 박수소리와 천장이 무너질 듯한 함성과 함께 1라운드 공이 울렸다. 사람들은 열광의 도가니에 빠져들었다. 금방 드러났지만, 공산연맹 챔피언은 바고티보다 실력이 한 수 위였다. 하지만 바고티가 몸이 더 날래서 첫 라운드는 정말 숨 막히는 대결이었다. 뻬뽀네의 두 손이 땀에 흥건히 젖을 만큼 접전이었다. 그는 다이너마이트를 삼킨 사람처럼 펄쩍펄쩍 뛰었다.

2라운드는 바고티가 유리한 듯했다. 그는 먼저 맹렬한 공격을 펼쳤다. 하지만 갑자기 바고티가 돌덩어리처럼 쓰러지고 말았다. 심판이 카운트를 세기 시작했다.

"이 게임은 무효야! 벨트 아래를 쳤다고!"

빼뽀네가 의자에서 벌떡 일어서며 소리쳤다. 공산연맹 챔피언은 빼뽀네 쪽으로 돌아서더니 빙그레 웃었다. 그는 그렇지 않다고 고개를 흔들며 주먹으로 자신의 턱을 톡톡 쳤다.

"아니야!"

빼뽀네가 흥분해서 소리치자 사람들도 웅성거리기 시작했다.

"모두가 봤어! 네 녀석이 벨트 아래의 급소를 치니까 바고티가 아파서 허리를 숙였어. 너는 그 틈을 이용해 턱을 친 거야. 이건 반칙이야!"

그래도 공산연맹 챔피언은 빼뽀네를 향해 웃으면서 어깨를 으쓱했다. 그 사이 심판은 열까지 세고 나서 챔피언의 손을 막 들어 올리려고 했다.

그 순간 비극이 일어났다.

빼뽀네가 모자를 던지더니 링 위로 뛰어 올라가는 게 아닌가. 그는 주먹을 불끈 쥐고 챔피언에게 다가갔다.

"내가 진짜 주먹맛 좀 보여주마!"

빼뽀네가 으르렁거렸다.

"뭉개버려라, 빼뽀네!"

흥분한 사람들이 미친 듯이 소리쳤다. 챔피언이 수비 자세를 취하자 빼뽀네는 탱크처럼 밀고 들어가 주먹을 날렸다. 그는 너무 흥분한 나머지 물불을 가리지 않고 달려들었다. 상대 선수는 쉽게 주먹을 피했고 빼뽀네의 턱을 향해 카운터펀치를 날렸다. 빼뽀네가 몸을 그대로 노출한 채 허술하게 서 있었기 때문에 챔피언의 주먹은 쉽게 빼뽀네의 턱을 정통으로 맞혔다. 마치 톱밥주머니를 치는 것 같았다.

빼뽀네는 솜자루처럼 맥없이 나가떨어졌다. 일순간 군중 사이에 실망의 함성이 흘러나오더니 곧 찬물을 끼얹은 듯 조용해졌다. 공산연맹 챔피언은 링 바닥에 널브러져 있는 거인을 측은한 눈길로 바라보다가 여유만만한 웃음을 머금었다.

그때 갑자기 '와' 하는 함성이 우박처럼 쏟아졌다. 또 한 사내가 링 위로 올라왔던 것이다. 그 사내는 젖은 비옷과 모자를 벗지도 않은 채 로프 한쪽 구석 의자 위에 있던 권투 장갑을 집어들었다. 그런 다음 그것을 끼더니 끈을 묶지도 않았다.

사내는 챔피언 앞에 수비 자세를 취하면서 주먹을 날렸다. 챔피언은 날쌔게 몸을 피했지만, 조금 전처럼 주먹을 받아치지는 못했다. 상대방의 허점이 보이지 않았기 때문이다. 챔피언은 3초 동안 공격할 기회를 엿보았다. 그는 가볍게 몸을 놀리며 사내의 주위를 천천히 맴돌더니 가공할 만한 스트레이트 펀치를 날렸다. 하지만 사내는 왼손으로 공격을 막고 빠져나오며 오른손으로 챔피언의 턱에 폭탄 같은 강펀치를 먹였다. 챔피언은 느닷없이 나타난 정체불명의 사내가 휘두른 펀치 한 방에 나가떨어져 버렸다.

마을 사람들은 미친 듯이 열광했다.

종지기가 사제관으로 쏜살같이 달려왔다. 돈 까밀로는 침대에서 벌떡 일어나 문을 열어주었다. 종지기는 무섭게 흥분해서 보고 들은 일을 정신없이 떠들어댔다. 돈 까밀로는 예수님에게 보고를 드리기 위해 제단으로 내려갔다.

"그래? 어찌 되었느냐?"

예수님도 궁금하신 모양이었다.

"한 마디로 엉망진창이었답니다."

"무슨 난투극이라도 일어났단 말이더냐?"

예수님이 눈을 동그랗게 뜨고 물으셨다.

"아닙니다. 2라운드에서 뻬뽀네 쪽 챔피언이 감자자루처럼 엎어졌답니다. 그러자 뻬뽀네가 직접 링 위로 올라가서 챔피언과 맞붙었다나요. 그 친구 멍청하게 주먹을 휘두르며 덤벼들기만 했답니다. 그러다가 보기 좋게 턱에 한 방 맞고 나가떨어졌다는군요."

"그럼 뻬뽀네 쪽은 두 번의 패배를 맛본 셈인가?"

"네, 두 번이나 깨지고 말았지요. 근데 그것으로 끝난 게 아니었거든요."

돈 까밀로가 기분이 좋아 죽겠다는 표정으로 말했다.

"뻬뽀네가 쓰러지자 또 한 사내가 뛰어 올라갔답니다. 이웃 마을에서 온 사람인 듯했는데, 콧수염과 턱수염을 길렀다나요. 그 사내는 수비 자세를 취하고 공산연맹 챔피언을 노리며 달려들었답니다.”

“물론 그 콧수염 사내도 챔피언한테 당해서 길게 드러누웠겠지? 그렇게 해서 그 시합이 끝났다는 말이냐?”

예수님이 혀를 차며 물으셨다.

“아닙니다! 그 사내는 금고처럼 단단했답니다. 챔피언은 가볍게 뛰며 기습 공격을 노리고 라이트 스트레이트를 날렸다지 뭡니까? 그래서 제가 왼손으로 막고 오른손으로 번개처럼 주먹을 날렸습니다. 챔피언은 녹다운됐죠.”

“네가 어떻게 했다고?”

“예? 아니, 제가 뭘 어떻게 하다니요.”

“지금 네 입으로 말하지 않았느냐? ‘제가 왼손으로 막고 오른손으로 번개처럼 주먹을 날렸습니다.’ 라고 말이다.”

“글쎄요…. 전, 그런 말을 한 기억이 없는데요.”

예수님이 고개를 절레절레 흔드셨다.

“그건 챔피언을 때려눕힌 사내가 바로 너라는 사실을 증명해 주는 게 아니겠느냐?”

“제가 아닌 듯합니다. 전 콧수염도 턱수염도 없는걸요.”

“변장했겠지. 신부라는 성직자가 마을 사람들 앞에서 공개적으로 주먹질하는 모습을 보일 수는 없었을 테니 말이다.”

돈 까밀로가 어깨를 으쓱하며 양팔을 벌렸다.

“예수님, 뭐 그럴 수도 있지요. 신부도 육체를 가진 사람이라는 사실을 생각해 주셔야 합니다.”

예수님이 한숨을 쉬었다.

"물론 생각하고 있다. 하지만 신부가 힘을 가진 육체를 가진 존재라면 이성적인 판단을 하는 두뇌도 가졌다는 걸 잊지 말아야지. 육체를 가진 신부가 변장하고 권투 시합에 갔다면 두뇌를 가진 신부는 폭력적인 장면에 동참하는 걸 막았어야 했느니라."

돈 까밀로가 고개를 저었다.

"옳으신 말씀입니다. 하지만 신부에게는 육체와 두뇌 말고 '다른 무엇' 도 있다는 걸 염두에 두셨으면 합니다. 그 '다른 무엇' 이란 반칙을 저지른 자를 응징하고자 하는 마음과 자기 부하들 앞에 널브러져 있는 읍장을 돕고자 하는 마음을 이르죠. 그러니 그 '다른 무엇' 이 육체와 두뇌를 가진 신부를 링 위로 뛰어오르게 했던 거지요."

예수님이 고개를 흔드셨다.

"신부에게도 뜨거운 심장이 있다는 걸 알아 달라는 말이냐?"

"용서하십시오."

돈 까밀로가 고개를 숙이며 말했다.

"예수님께 충고하려는 게 아닙니다. 다만 수염 기른 남자가 누구인지 아무도 모른다는 사실을 말씀드리는 것뿐입니다."

"그래 좋다. 나도 모르는 척하겠노라."

예수님이 다시 한숨을 내쉬며 대답하셨다.

"그나저나 '펀칭 볼' 이 무슨 뜻인지 알아냈느냐?"

"제 영어 실력은 그 뒤로 조금도 늘지 않았습니다, 예수님."

돈 까밀로가 눈을 찡긋거리며 말했다.

"그래, 그럼 그것도 모르는 척해 두마."

예수님이 웃으며 말씀하셨다.

"알아서 좋은 것보다 해가 될 수 있는 일도 가끔 생기는 법이니라. 잘 자거라, 챔피언."

한밤중의 종소리

얼마 전부터 돈 까밀로는 누가 자기를 미행하고 있다는 걸 느끼고 있었다. 그래서 그는 거리를 걸을 때나 산책을 할 때 갑자기 뒤를 돌아보곤 했다. 하지만 미행자를 발견하지는 못했다. 물론 울타리 뒤나 수풀 사이를 꼼꼼히 뒤져 보면 자신을 뒤쫓는 자와 눈이 마주칠 것은 틀림없는 일이었다.

오늘은 저녁 무렵 성당 문 뒤에서 부스럭거리는 소리가 들려 두 번이나 밖으로 나갔다. 쏜살같이 사라지는 그림자를 언뜻 보았다.

"내버려두려무나. 여태껏 눈동자가 사람을 해친 일은 없었지 않았느냐?"

돈 까밀로가 도움말을 부탁하자 십자가 위의 예수님이 말씀하셨다.

"네, 하지만 두 눈 뿐인지, 그 옆에 또 다른 눈동자가 있는지는 알아 봐야 하지 않겠습니까? 이를테면 45구경쯤 되는 총구멍이 있는가를 말이에요."

돈 까밀로가 걱정스럽다는 표정으로 말했다.

"아들아, 마음에 거릴 낄 게 없는 사람은 아무것도 두려워할 필요가 없느니라."

"압니다, 예수님."

하지만 돈 까밀로는 다시 걱정스러운 표정을 지었다.

"문제는 저런 자들은 마음을 노리는 게 아니라 등에다 총을 쏜다는 데 있는 겁니다."

그렇지만 돈 까밀로에게는 달리 좋은 방법이 없었다. 그렇게 시간이 얼마 더 흘렀다.

어느 날 밤 돈 까밀로가 사제관에 혼자 남아 책을 읽고 있는데 문제의 두 눈동자가 보내는 기척이 느껴졌다. 역시 예상했던 대로 눈은 세 개였다. 돈 까밀로가 천천히 고개를 들자 검은 총구멍이 보이고 그다음에 비온도의 두 눈이 나타났다.

"손을 들까?"

돈 까밀로가 차분히 물었다.

"신부님을 해치러 온 게 아닙니다."

비온도가 총을 윗도리 주머니에 넣으면서 대답했다.

"이렇게 갑자기 나타난 저를 보시고, 신부님이 놀라 소리를 지르지나 않을까 염려한 것뿐입니다."

"알겠네. 조용히 문을 두드리면 이런 번거로운 수고를 안 해도 된다는 생각을 하지 못 했나?"

비온도는 그 말에 아무런 대꾸도 않고 창턱으로 가 몸을 기댔다. 그러다 느닷없이 몸을 돌려 돈 까밀로가 앉아 있는 탁자 맞은편으로 다가섰다. 머리카락은 헝클어지고 두 눈은 움푹 꺼졌으며 이마에는 땀이 흥건히 맺혀 있었다. 그는 우물거리면서 입을 열었다.

"신부님, 강둑 오두막에 살던 남자는 제가 죽였습니다."

돈 까밀로는 '토스카나' 시가에 불을 붙이며 말했다.

"강둑 오두막에 살던 남자? 그건 옛날 얘기 아닌가? 정치적 음모가 얽힌 사건이었지. 이미 사면이 된 사건으로 알고 있는데 뭐가 걱정인가? 자넨 법적으로 무죄가 아니었던가 ?"

비온도가 어깨를 떨었다.

"사면 따위엔 관심 없습니다."

그는 초조한 듯이 말했다.

"밤마다 불을 끄고 잠자리에 들라치면 그자가 침대 옆에 나타난단 말이에요. 이게 도대체 무슨 영문인지 모르겠습니다."

돈 까밀로는 파란 담배 연기를 허공으로 내뿜었다.

"뭐 별일 아니지. 간단한 일 아닌가, 비온도? 불을 켜놓고 잠을 자면 될 게 아닌가?"

돈 까밀로가 웃으며 대답했다.

비온도가 벌떡 일어섰다.

“그런 말씀은 뻬뽀네 같은 바보에게나 하십시오! 하지만 저까지 놀리진 마십시오!”

돈 까밀로는 고개를 저었다.

“내가 자네에게 해줄 수 있는 말은 첫째, 뻬뽀네는 바보가 아니야. 그리고 둘째, 난 자네를 위해서 해줄 게 아무것도 없네.”

“초를 사든지, 성당에 기부금을 내겠어요. 대신 신부님은 제 죄를 사해 주셔야 합니다. 법적으론 이미 사면을 받은 것이니까요.”

비온도가 말했다.

“알겠네, 비온도. 문제는 양심의 죄까지 사함을 받아야 한다는 걸세. 그러니 옛날 방식대로 해보세. 사함을 받으려면 먼저 죄를 뉘우치고 죄를 뉘우쳤다는 걸 증명해야 하네. 그 다음엔 속죄를 받을 만한 행동을 해야 하니, 긴 과정이 필요할 걸세.”

돈 까밀로가 부드럽게 말했다.

비온도는 소리 내어 웃으며 탁자를 쳤다.

“참회하라고요? 그놈을 죽인 걸 뉘우치라고요? 한 놈밖에 죽이지 못한 게 한스러울 따름인데요?”

“내 권한 밖의 일일세. 자네 양심이 잘했다고 하면 그걸로 된 게 아니겠나?”

돈 까밀로는 성경책을 펴서 비온도 앞에 놓으며 말했다.

"보게, 우리는 아주 명확한 계명을 갖고 있네. 정치적 사건이라도 예외는 없지. 다섯 번째 계명, 살인하지 마라. 일곱 번째 계명, 도둑질하지 마라."

"그게 저와 무슨 상관인가요?"

비온도가 대들었다.

"상관은 없네."

돈 까밀로의 목소리는 차분했다.

"자네가 전에 했던 말이 기억나서 하는 말이야. 정치를 핑계로 돈을 빼내려고 그 사람을 죽였다고 했던가?"

"난 그런 말을 한 적이 없소!"

비온도가 소리치며 총을 다시 꺼내 돈 까밀로의 얼굴을 겨누었다.

"그렇게 말한 적은 없지만 사실이오. 사실은 사실이고, 만일 누군가에게 이 얘기를 떠벌린다면 신부님을 쏴버리겠소!"

"이런 얘기는 하느님께도 절대 말하지 않을 걸세."

돈 까밀로가 그를 안심시켰다.

"그분은 우리보다 더 잘 알고 계실 테니까 말일세."

비온도는 진정하는 듯했다. 그는 손을 내리며 권총을 바라보았다.

"이런 멍청이! 안전장치가 잠겨 있다는 걸 몰랐다니."

비온도는 허탈하게 웃으며 권총의 안전장치를 풀었다.

"신부님, 침대 곁에 그자가 나타나는 건 더 이상 참을 수가 없는 일입니다. 해결방법은 두 가지지요. 당신이 내 죄를 사해 주든지 아니면 내가 당신을 총으로 쏘든지 말이오."

비온도가 비장한 목소리로 말했다. 권총을 쥐고 있는 그의 손이 가볍게 떨렸다. 돈 까밀로는 약간 긴장한 얼굴로 비온도를 노려보았다.

'예수님.'

돈 까밀로가 마음속으로 말했다.

'이 미친 양은 화가 나서 진짜 쏠 것입니다. 이런 상황에서 죄를 사해 준들 아무런 효력이 없을 텐데, 어찌해야 합니까?'

예수님의 목소리가 들려왔다.

'겁이 나면 죄를 사해 주려무나.'

돈 까밀로는 팔짱을 끼며 심각한 표정으로 말했다.

"못 하겠네, 비온도."

비온도는 이를 악물었다.

"신부님, 저의 죄를 사해 주시오. 그렇지 않으면 쏘겠소!"

"못 하네!"

비온도가 방아쇠를 당기자 방아쇠는 찰칵 소리를 냈다. 하지만 총알은 날아가지 않았다.

그때 돈 까밀로가 한 방을 쏘았다. 그의 총알은 표적을 정확히 맞췄다. 돈 까밀로의 주먹이 불발한 적은 한 번도 없었으니까.

그 길로 돈 까밀로는 종탑으로 뛰어 올라가서, 한밤중인 11시에 20분 동안이나 요란스럽게 종을 울렸다. 사람들은 돈 까밀로가 미쳤나 보다고 수군거렸다. 예수님만 빙그레 웃으며 고개를 흔들 뿐이었다.

비온도는 미친 듯이 들판을 가로질러 강둑으로 뛰어갔다.

강둑에 도착한 그는 검은 강물에 몸을 던지려 했다. 하지만 돈 까밀로의 종소리가 그를 붙잡아 세웠다. 종소리가 마치 자신을 붙드는 신부의 목소리로 들렸기 때문이다. 이것은 진정 기적이었다. 찰칵하고 불발된 총소리는 지상의 소리였지만, 밤 11시에 요란스레 울린 돈 까밀로의 종소리는 하늘나라의 소리였던 것이다.

돈 까밀로와 뻬뽀네의 공동작업

그란데는 끝이 보이지 않을 만큼 굉장히 큰 농장이었다. 암소 100마리가 들어갈 수 있는 축사와 최신식 치즈 공장, 그리고 과수원이 있었다. 모두 바초티 영감의 소유였다. 그는 바디아에 혼자 살고 있었는데 농장의 대식구들은 바조티 영감의 명령에 따라 움직였다.

그런데 어느 날, 농장의 일꾼들이 반기를 들었다. 그들은 뻬뽀네의 지휘 아래 바디아로 몰려들어 갔다. 바초티가 창문 밖으로 머리를 내밀고 소리쳤다.

"하느님께서 너희에게 벼락을 내리실 거다! 이 저주받은 마을에서는 왜 선량한 사람을 가만두지 않는 거냐?"

빼뽀네는 허리춤에 두 손을 척 얹고 창문을 향해 말했다.

"우리는 선량한 사람은 건드리지 않소. 하지만 노동자들의 당연한 권리를 인정하지 않는 악덕 지주는 가만히 놔둘 수 없소!"

"나한테 권리란 법에 적혀 있는 것뿐이다. 난 법에 저촉되는 행위를 조금도 하지 않았어!"

바초티 영감이 반박했다. 그러나 빼뽀네는 파조티가 처우개선책을 받아들일 때까지 그란데의 노동자들은 동맹 파업을 할 거라고 경고했다.

"암소 100마리는 당신 혼자 키워야 할 거요."

빼뽀네가 선언했다.

"좋아, 얼마든지 해봐라!"

바초티는 가볍게 응수했다. 그런 다음 창문을 탁 소리 나게 닫더니 부족한 잠을 채우러 갔다.

이렇게 해서 파업이 시작되었다.

빼뽀네는 파업을 직접 지휘하며 감시조를 만들어 보초를 세우고, 전령을 뽑아 통행을 금지했다. 축사의 문과 창문은 못질을 해서 막아버렸다.

파업 첫날, 먹이를 공급받지 못한 암소들이 음매 하고 울기 시작했다. 둘째 날도 먹이를 주지 않자 암소들은 더욱 크게 울었다. 셋째 날이 되어 배고픔에 갈증까지 더해지자 암소들은 읍 밖에까지 소리가 들릴 정도로 애처롭게 울어 댔다.

그때 농장의 늙은 하녀가 부엌문으로 살그머니 빠져나왔다. 그녀는 보초를 서고 있는 지고토에게 소독약을 사러 읍내에 간다고 말했다.

"주인님이 암소들이 굶어 죽어 썩으면 콜레라가 발생할 테니까 미리 소독약을 준비하라고 하셨습니다."

이 말은, 50년 동안 바초티와 일해 온 나이 든 농장 일꾼들을 동요시켰다. 그들은 옹고집쟁이 바초티 영감의 성격을 잘 알고 있었기 때문이다. 그래서 뻬뽀네는 부하들을 데리고 가서 으름장을 놓았다. 만일 축사에 접근하는 자가 있다면 반역자 취급을 하겠다고 경고했다.

파업 넷째 날 저녁, 그란데의 소치기 영감 자코모가 사제관에 나타났다.

"신부님, 암소 한 마리가 새끼를 낳으려고 고통에 몸부림치고 있습니다. 도와주지 않으면 그 암소는 죽을 겁니다. 하지만 축사에 가까이 갔다간 뼈도 못 추릴 판이라 어쩔 도리가 있어야죠."

돈 까밀로는 제단 앞으로 뛰어가 예수님께 말했다.

"예수님, 저를 붙잡아 주십시오. 안 그러시면 당장 쳐들어가고 말 겁니다!"

십자가 위의 예수님이 말씀하셨다.

"진정해라, 돈 까밀로야."

예수님의 목소리는 부드러웠다.

"폭력으론 아무것도 얻을 수 없다. 사람들을 이성적으로 설득시켜야 하느니라. 폭력을 써서 그들을 자극해선 안 된다."

"지당하신 말씀입니다."

돈 까밀로가 한숨을 내쉬며 말했다.

"물론, 이성적으로 설득시켜야죠. 하지만 이걸 어쩝니까, 그러는 동안 암소들은 죽고 말 텐데요."

예수님이 빙그레 웃으셨다.

"폭력은 폭력을 부르는 법. 폭력을 사용하면 소 100마리는 구할 수 있을망정 사람 한 명을 잃게 되느니라. 설득을 시킨다면 소 100마리를 잃을망정 한 사람의 목숨은 구하게 된다. 네 생각에 폭력이 낫겠느냐, 설득이 낫겠느냐?"

돈 까밀로는 당장 쳐들어가고 싶은 마음을 억누를 수 없을 정도로 화가 나 있었기에 고개를 저었다.

"예수님, 이건 단순히 소 100마리의 문제가 아니라 공공재산에 관한 문제입니다. 소 100마리가 죽는 건 그 고집쟁이 바초티 영감에게만 손해가 되는 게 아닙니다. 착하건 못됐건 모든 사람들한테 손해가 되는 일이지요. 그 결과 점점 더 서로의 반목은 뿌리 깊어질 테고 머지않아 한 사람이, 아니 스무 명 이상이 죽어 나갈 겁니다."

예수님은 돈 까밀로의 말을 인정하지 않으셨다.

"설득으로 한 사람의 죽음을 막을 수 있다면 스무 명의 죽음도 막을 수 있을 것이다. 돈 까밀로야, 믿음을 잃었느냐?"

돈 까밀로는 화가 몹시 나 있었기 때문에 예수님의 말이 채 끝나기도 전에 성당 밖으로 뛰쳐나갔다. 그는 들판을 서성거렸다. 그란데 농장의 암소 100여 마리가 울부짖는 소리가 가까이 들려왔다. 농장에서 진을 치고 있는 감시조의 두런거리는 소리도 들렸다.

10분 뒤, 돈 까밀로는 철조망 아래로 지나가는 커다란 시멘트 관개 수로 안으로 기어들어갔다. 다행히 수로에는 물이 말라 있었다.

'가만보자, 이 수로 끝에서 누가 지키고 섰다가 내 머리를 후려칠지도 모르니 단단히 조심해야겠는걸.'

하지만 수로 끝에는 아무도 없었다. 돈 까밀로는 농장 안으로 이어진 수로를 타고 살금살금 걸어갔다.

"멈춰라!"

갑자기 누군가 소리를 질렀다. 돈 까밀로는 몸을 일으켜 수로 밖으로 재빨리 뛰쳐나갔다. 그는 커다란 나무 뒤로 숨었다.

"손들어, 움직이면 쏜다!"

커다란 나무 뒤에 숨어 있는데 수로 반대편에서 또다시 위협적인 목소리가 들려왔다. 기가 막힐 일이었다. 그때 돈 까밀로의 손에 기다란 쇠몽둥이가 잡혔다. 그는 마치 그 쇳덩어리를 잡고 총처럼 겨누며 대답했다.

"조심해라, 뻬뽀네. 나도 쏠 테니까!"

"아! 또 끼어들 거라고 내 짐작은 했지!"

빼뽀네가 투덜거렸다.

"우리 협상하세. 약속을 어기는 자는 지옥으로 떨어질 거야. 내가 셋을 세면 우리 둘 다 총을 버리고 수로 안으로 뛰어드는 거야. 알겠지? 약속 지켜!"

"그렇게 사람을 못 믿어 가지고 어떻게 신부가 됐는지 모르겠소."

돈 까밀로의 셋 소리에 두 사람은 동시에 수로로 뛰어들었다. 조금 뒤, 두 사람은 수로 끝에 나란히 앉아 있었다. 축사에서 암소들의 처절한 울음소리가 쉬지 않고 들려왔다. 식은땀이 나고 소름이 돋을 지경이었다. 돈 까밀로는 암소들의 울부짖는 소리가 나는 쪽으로 고개를 돌리며 말했다.

"자네에겐 저 울부짖음이 아름다운 노랫소리로 들릴 테지, 안 그런가?"

빼뽀네는 아무런 대꾸도 않고 딴청을 부렸다.

"저 암소들이 죽으면 저 노랫소리도 그칠 테니 섭섭한 일이야. 아예 농장 사람들한테 명령해서 곡식 창고고 뭐고 몽땅 불태워버리지 그러나? 저 바초티 영감의 화를 돋워 보게. 그러면 그는 스위스로 도망가 은행에 맡겨놓은 돈으로 여생을 즐길걸!"

"어디 자기 마음대로 도망을 갈 수 있는지 두고 봅시다!"

빼뽀네가 눈을 부라리며 대답했다.

"그래, 자네 말이 옳아. 살인하지 말라는 다섯 번째 계명은 이제 고리타분한 옛날 얘기니까 집어치움세. 머지않아 어떤 자가 하느님 앞에 서서 심판을 받게 되는 날 이렇게 말할 걸세. '이제 그만하시죠, 하느님 나으리. 그렇지 않으면 뻬뽀네가 총파업을 일으켜 모두들 아무 일도 안 할 겁니다.' 그땐 어떻게 할 건가? 뻬뽀네, 자네는 천사들도 파업으로 이끌 수 있나? 그런 생각을 해보았나?"

뻬뽀네는 송아지를 밴 암소보다 더 큰 목소리로 울부짖었다.

"당신은 신부가 아니야! 비밀경찰 같은 사람이야!"

뻬뽀네가 이를 갈며 말했다.

"그쪽은 자네들이 전공아닌가?"

"신부라는 자가 한밤중에 기관총을 들고 산적처럼 다른 사람 집이나 돌아다녀?"

"그러는 자네는?"

돈 까밀로가 무표정한 얼굴로 물었다.

"난 인민을 위해 일하고 있소!"

"난 하느님을 위해 일하고 있네!"

뻬뽀네는 발로 돌멩이를 찼다.

"신부하고는 얘기가 안 된다니까. 몇 마디 하고 나면 금방 정치 얘기로 빠지니 원!"

"뻬뽀네."

돈 까밀로가 부드럽게 말했다. 하지만 뻬뽀네는 말을 가로막았다.

"나한테 국유 재산이니 뭐니 운운하지 마시오. 안 그러면 하느님이 있다 해도 난 당신을 쏠 거요!"

빼뽀네가 큰 소리로 말했다.

돈 까밀로는 고개를 저었다.

"공산당하고는 얘기가 안 된다니까. 몇 마디 하고 나면 금방 정치 얘기로 빠지니, 원!"

새끼를 밴 암소가 크게 음매 하고 울었다.

"거기 누구냐?"

그때 수로 근처에 있던 누군가가 소리쳤다. 브루스코와 비지오였다.

"물레방앗간 근처를 한 번 더 순찰하고 와!"

빼뽀네가 명령했다.

"알겠습니다, 대장. 그런데 누구랑 얘기하고 계십니까?"

브루스코가 말했다.

"네 녀석과 얘기하고 있지 누구랑 얘기해!"

빼뽀네가 불같이 화를 냈다.

"새끼를 밴 암소가 자꾸만 울어 대는데요."

브루스코가 나지막이 말했다.

"그냥 울다 죽게 내버려 둬. 난 인민의 이익에만 관심 있는 사람이야. 암소 따위엔 관심 없어. 신부한테나 가서 얘기해!"

빼뽀네가 불같이 화를 내며 쏘아붙였다.

"화내지 마십시오, 대장."

브루스코가 투덜거리면서 일행과 함께 자리를 떠났다.

"잘했네, 뻬뽀네. 그럼 가서 인민의 이익을 위해 일해 볼까?"

돈 까밀로가 나지막이 말했다.

"무슨 꿍꿍이속이오?"

돈 까밀로는 수로를 따라 농장을 향해 말없이 걸어갔다. 뻬뽀네는 당장 걸음을 멈추지 않으면 등 뒤에다 총을 쏘겠다고 위협했다.

돈 까밀로가 조용히 말했다.

"뻬뽀네는 노새처럼 우직한 사람이지. 하지만 하느님의 명을 받아 일하는 불쌍한 신부의 등을 쏘지는 않을 거야."

돈 까밀로의 말에 뻬뽀네는 한바탕 욕설을 퍼부었다. 그러자 갑자기 돈 까밀로가 뒤돌아서며 노려보았다.

"그 더러운 말은 그만두게. 안 그러면 자네 면상에 스트레이트를 한 방 먹일 테니까. 공산연맹 챔피언을 때려눕혔던 것처럼 말이야…."

"그런 말 안 해도 벌써 신부님 짓인 줄 다 알고 있소. 하지만 이건 완전히 다른 얘기요."

돈 까밀로는 다시 조용히 걸어갔다. 뻬뽀네는 뒤에서 연신 투덜거리며 총을 쏘겠다고 위협했다. 그들이 축사 가까이 다가가자 누군가 '손들어!' 하고 소리쳤다.

"시끄러워, 나야. 여기는 내가 지킬 테니 너희는 치즈 공장에 나 가 있어!"

빼뽀네가 화를 참지 못하고 빽 소리를 질렀다. 돈 까밀로는 굳게 잠긴 축사문은 거들떠보지도 않았다. 그는 사다리를 타고 축사 위 건초 창고로 올라가 '자코모' 하고 낮은 소리로 불렀다. 좀 전에 사제관으로 와서 암소 얘기를 해주었던 소치기 영감이 나타났다.

돈 까밀로가 전깃불을 켜고 바닥에서 건초더미를 치우자 작은 문 하나가 나타났다.

"내려가 보시오."

돈 까밀로가 자코모에게 말했다. 그는 문을 열고 밑으로 내려가더니 한참 동안 나타나지 않았다.

"새끼가 태어났구먼요. 새끼를 수없이 받아봤기 때문에 이젠 수의사 못지 않은 도사가 됐습죠."

다시 위로 올라온 노인이 넌지시 말했다.

"수고했소, 이젠 집으로 돌아가 보시오."

돈 까밀로가 말하자 자코모는 금방 사라졌다. 돈 까밀로는 다시 문을 열고 건초더미를 굴려 아래로 떨어뜨렸다.

"무슨 꿍꿍이속이오?"

그때까지 한쪽 구석에 숨어 몰래 지켜보고 있던 빼뽀네가 말했다.

"우선 이 건초더미를 밑으로 던지게. 이 일이 끝난 다음 설명해 주지."

빼뽀네는 투덜거리며 건초더미를 굴려 떨어뜨렸다. 그러고는 잠시 뒤 돈 까밀로가 축사 아래로 내려가자 그 뒤를 따라갔다. 돈 까밀로는 오른쪽 여물통 가까이 건초더미를 가져가더니 건초를 묶고 있던 두 줄짜리 철사를 끊었다. 그리고 건초를 풀어헤쳐 소들 앞에 놓았다.

"자네는 왼쪽 여물통에 건초를 나누어 주게."

"차라리 나를 죽이시오, 죽여!"

뻬뽀네는 투덜거리면서 건초더미를 집어들고 왼쪽 여물통으로 가져갔다. 두 사람은 소치기처럼 묵묵히 일했다. 건초를 주고 나자 물을 주는 일이 남았다. 현대식 축사여서 복도 한쪽에 여물통이 있고 벽을 따라 물통이 설치되어 있었다. 두 사람은 100마리의 소들을 물에서 떼어내어 한 줄로 정렬시키기 위해 팔이 부서지도록 소뿔을 막대기로 때려야 했다. 그렇지 않으면 소들이 서로 먼저 물을 먹으려고 치고받는 일이 생길 것이었기 때문이다.

일이 다 끝났을 때 축사 안은 여전히 어두웠다. 밖에서 못질을 해서 창의 나무 덧문을 모두 막아놓았으니 그럴 수밖에 없었다.

"오후 3시로군."

돈 까밀로가 시계를 보면서 말했다.

"밖으로 나가려면 저녁 무렵까지 기다려야겠는걸."

뻬뽀네는 화가 나서 손톱을 잘근잘근 씹었다. 하지만 그렇게 마음을 진정시킬 수밖에 다른 도리가 없었다.

저녁이 될 때까지 돈 까밀로와 뻬뽀네는 낡은 등잔불 아래서 카드놀이를 했다.

"아이고 배고파, 생각 같아서는 주교라도 삼켜버리겠소!"

빼뽀네가 신경질적으로 소리쳤다.

"소화하기 힘들걸, 읍장 나리."

돈 까밀로가 빈정거리듯 응수했다. 하지만 그 역시 배가 고파 앞이 노랬기 때문에 추기경이라도 삼켜버릴 지경이었다.

"그렇게 배고프다고 떠들지 말고 그동안 저 소들이 얼마나 배가 고팠을지 생각해보게."

두 사람은 축사 밖으로 나가기 전에 다시 한 번 건초를 여물통에 넣어주었다. 빼뽀네는 인민을 배신하는 행위이기 때문에 죽어도 하지 않겠다고 버텼다. 하지만 돈 까밀로는 들은 체도 하지 않았다.

밤사이 소들의 울음이 사라지고 축사는 무덤처럼 정적에 잠겼다. 바초티 영감은 울음소리가 들리지 않자 깜짝 놀랐다. 울 힘도 없을 만큼 소들이 죽음 직전까지 간 모양이라고 생각하고 겁에 질렸다. 바초티는 결국 다음 날 아침 빼뽀네와 협상하러 내려왔다. 양쪽 모두 조금씩 양보하자 일은 순조롭게 타결되었다.

그날 오후, 빼뽀네가 성당에 나타났다.

돈 까밀로는 부드럽게 말했다.

"어떤가? 자네들 혁명가들도 항상 돈 까밀로의 충고에 귀를 기울여야 한다고 생각지 않나? 이번 일처럼 말이야."

빼뽀네는 팔짱을 낀 채, 이 능청스런 신부를 바라보았다.

"신부님, 내 기관총 말이오…."

빼뽀네가 말했다.

"자네 기관총? 무슨 말인지 모르겠는걸. 기관총을 가지고 있었나?"

돈 까밀로가 웃으며 대답했다.

"그래요, 가지고 있었소. 하지만 축사에서 나올 때 신부님이 내 머릿속이 복잡한 틈을 타서 훔쳐가지 않았소?"

"아, 그러고 보니 생각이 나는군. 그런 것도 같아."

돈 까밀로가 능청스럽게 대답했다.

"미안하네, 빼뽀네. 내가 늙었나 보이. 총을 어디다 뒀는지 도무지 기억이 나질 않네."

"신부님은 이번까지 두 번씩이나 내 총을 훔쳤소!"

얼굴이 시뻘겋게 달아오른 빼뽀네가 소리쳤다.

"그랬나? 너무 화내지 말게. 자넨 또 다른 총을 구하면 될 거 아닌가. 자네가 총을 몇 자루나 더 가지고 있는지 아는 사람은 아무도 없으니까."

"정말 골치 아픈 신부로군. 당신은 선량한 기독교 신자를 회교도로 개종시켜버리고 말 사람이오!"

"그럴지 모르지. 하지만 자네하고야 관계없지 않은가? 자네는 선량한 기독교인이 아니니까 말일세."

빼뽀네가 땅바닥에 모자를 집어 던졌다. 돈 까밀로는 빼뽀네의 행동에는 아랑곳하지 않고 말을 이었다.

"자네가 선량한 신자라면 내가 자네와 인민을 위해 한 일에 대해서 틀림없이 감사했을 걸세."

뻬뽀네는 모자를 다시 집어쓰더니 문을 향해 걸어갔다. 그러고는 문에서 휙 돌아서며 말했다.

"당신은 내게서 총 두 자루뿐 아니라 20만 자루라도 훔쳐갈 위인이오. 언젠가 폭동이 일어나면 75밀리 박격포로 이 악마의 집을 날려버릴 거요!"

"그래? 그럼 나는 81밀리 박격포로 대응 포격을 해주겠네."

돈 까밀로가 씩 웃으며 대답했다.

뻬뽀네는 성당 앞을 지날 때 열린 문틈으로 제단을 보았다. 그리고 아무도 보는 사람이 없자 황급히 모자를 벗었다가 곧바로 다시 썼다. 하지만 예수님은 그 모습을 똑똑히 보고 계셨다. 돈 까밀로가 성당 안으로 들어가자 예수님이 말씀하셨다.

"뻬뽀네가 지나가다가 내게 인사를 하더구나."

예수님은 무척 기분이 좋아 보이셨다.

"조심하십시오, 예수님. 예수님께 입을 맞추고 나서 은전 몇 푼에 예수님을 팔아버린 사람도 있습니다. 예수님께 인사했던 그 인간은 겨우 3분 전에 폭동이 일어나면 75밀리 박격포로 하느님의 집을 날려버리겠다고 으름장을 놓았으니까요!"

"그래, 너는 뭐라고 대꾸했느냐?"

"답례로 81밀리 박격포를 준비해 인민의 집을 날려버리겠다고 했죠."

"알겠다, 돈 까밀로. 문제는 네가 81밀리 박격포를 진짜 가지고 있다는 게로구나."

돈 까밀로는 쩝 하는 표정으로 양팔을 벌렸다.

"예수님, 아무리 낡은 잡동사니라도 추억이 담긴 물건은 간직하고 싶은 게 사람 아닙니까? 아마도 사람이란 누구라도 조금씩은 감상적인 구석이 있나 봅니다. 또 그런 물건은 다른 사람의 집에 있느니 차라리 제집에 있는 편이 낫지 않겠습니까?"

돈 까밀로가 딴청을 부리며 말했다.

"돈 까밀로 네 말은 언제나 옳았다. 네가 바보짓만 저지르지 않는다면 말이다."

예수님이 웃으며 말했다.

"그런 걱정은 하지 마십시오. 저한테는 이 세상에서 제일 훌륭한 조언자가 있으니까요."

돈 까밀로가 그렇게 말하자 예수님도 말문이 막혀 더는 아무런 대꾸를 못 하셨다.

십자가 행렬

해마다 마을 축제 때가 오면, 성당에서는 제단의 예수님을 모시고 행렬을 펼치곤 했다. 이 행사는 마을 앞을 흐르는 강둑까지 가서 강물이 탈을 일으키지 않도록 신부가 강물에 강복을 주는 것이었다.

올봄에도 예년처럼 행사 준비가 순조롭게 치러지는 듯했다. 돈 까밀로가 행사의 최종 점검을 하고 있는데 브루스코가 갑자기 사제관에 나타났다.

"지부당 서기장님의 전갈을 갖고 왔습니다. 지부당 전체가 깃발을 들고 행렬에 참여한다는 걸 알려드리랍니다."

"뻬뽀네 서기장께 고맙다고 전하게. 지부당 전체가 참석한다니 기쁘기 그지없네. 하지만 깃발은 집에 놔두고 오면 고맙겠다고 전해 주게. 성스런 행렬에 정당 깃발이 보여서야 쓰겠나? 이것은 내가 주도하는 행사일세."

브루스코가 떠난 지 얼마 되지 않아 뻬뽀네가 시뻘게진 얼굴로 씩씩대며 나타났다.

"다른 사람들처럼 우리도 신자요!"

뻬뽀네는 허락도 구하지 않고 사제관 안으로 들이닥치며 소리쳤다.

"우리가 남들과 다른 점이 뭐요?"

"모자도 벗지 않고 남의 집에 들어오는 게 다른 점이지."

돈 까밀로가 눈을 흘기며 대답했다. 뻬뽀네는 모자를 휙 벗어들었다.

"이젠 다른 사람들과 똑같아졌네."

돈 까밀로가 말했다.

"왜, 우린 깃발을 들고 행렬에 참가할 수 없다는 것이오? 우리 당기가 뭐가 어때서? 도둑놈이나 살인자의 깃발이라도 된다는 말이오?"

뻬뽀네가 소리쳤다.

"아닐세, 읍장 동지."

돈 까밀로가 시가에 불을 붙이며 말했다.

"정당의 깃발은 행렬에 참가할 수가 없네. 이건 종교 행사지 정당 행사가 아니지 않은가."

"그럼 기독교 단체의 깃발도 없어야 할 거 아니오!"

"왜 그래야 하지? 기독교 단체는 정당이 아니야. 그리고 내가 대표로 있지 않나. 이 기회에 자네와 자네 동지들도 가입해 줬으면 하네."

빼뽀네가 어처구니없다는 듯이 큰 소리로 웃었다.

"신부님이나 우리 당에 입당해서 그 시커먼 영혼을 구원받으시오."

빼뽀네의 말에 돈 까밀로는 어이없다는 듯이 팔을 벌렸다.

"그럼 이렇게 하세. 각자 자기 있던 곳에 남아 있는 걸로 말이야. 예전처럼 친구 사이로 남아 있도록 하지."

돈 까밀로가 웃으며 말했다.

"신부님과 내가 언제 친구로 지낸 적이 있었소?"

빼뽀네는 여전히 잔뜩 부은 얼굴로 말했다.

"우리가 산에서 함께 저항 운동을 할 때는 친구가 아니었나?"

"흥, 그거야 단순히 전략상 동맹을 맺었을 뿐이지. 승리를 위해서는 신부와도 동맹을 맺을 수 있는 거니까."

"알겠네. 하지만 행렬에 참여하고 싶다면 당기는 집에 두고 와야 하네."

돈 까밀로가 조용히 말했다.

빼뽀네는 이를 갈며 말했다.

"당신이 항상 대장 노릇을 할 수 있다고 생각한다면 큰 오산이오, 신부! 우리에게 깃발을 못 가지고 나가게 한다면 행렬은 힘들 거요."

돈 까밀로는 크게 마음을 쓰지 않았다. '설마 해보는 말이겠지' 하고 속으로 생각했다. 실제로 행렬이 있는 일요일까지 빼뽀네는 아무런 반응을 보이지 않고 조용했다. 그런데 주일 미사가 시작되기 한 시간 전이었다. 사람들이 허둥지둥 사제관으로 몰려왔다. 아침 일찍 빼뽀네의 부하들이 집집마다 돌아다니며 행렬에 참석하면 신상에 해로울 거라고 협박하더라는 것이었다.

"나한테는 아무런 말도 없었는데…. 그런 말에 신경 쓸 것 없소."

돈 까밀로는 별것 아니라는 듯 넘겨버렸다. 행렬은 미사가 끝난 다음에 있을 예정이었다. 돈 까밀로가 제의실에서 옷을 갈아입고 있는데 신자들이 나타났다.

"어쩌시려는 겁니까?"

"행렬을 해야지요."

돈 까밀로가 조용히 대답했다.

"저자들은 행렬에 폭탄을 던지고도 남을 자들입니다."

사람들이 그를 막아서며 말했다.

"신부님은 당신의 양떼들을 위험에 빠지게 하시렵니까? 저희 생각에는 행렬을 연기하는 게 좋을 듯합니다. 경찰에 도움을 요청한 다음, 그들이 온 뒤에 행렬을 시작하는 게 좋을 것 같은데요."

돈 까밀로는 고개를 끄덕이며 대답했다.

"옳은 말이오. 그럼 우리의 순교자들에게 그렇게 행동하는 게 아니었다고 할 걸 그랬소이다. 금지된 신앙을 전파하러 가서 쓸데없이 죽을 것이 아니라 경찰들이 올 때까지 기다렸어야 했다고 말이오."

돈 까밀로는 그렇게 말하면서 문 쪽을 가리켰다. 사람들은 투덜거리며 밖으로 나갔다. 잠시 후 마을 노인들이 떼를 지어 성당 안으로 들어왔다.

"우리는 참가하겠소, 돈 까밀로 신부님."

"아니오, 어르신들은 당장 댁으로 돌아가십시오! 하느님께서는 여러분들의 뜻을 고맙게 받아주실 거요. 이번 사태는 너무 위험하기 때문에 노인, 부녀자, 어린이들은 집에 남아 있어야 합니다."

용감한 신자들 몇몇이 행렬에 참가하려고 성당 마당에 남아 있었다. 하지만 부루스코가 공중에 쏜 몇 발의 총소리에 놀라 그들마저도 뿔뿔이 흩어지고 말았다. 돈 까밀로가 성당 문앞에서 살펴보니 성당 마당은 방금 정리한 당구대처럼 깨끗하게 텅 비어 있었다.

"그럼 가볼까, 돈 까밀로?"

예수님이 제단에서 말씀하셨다.

"이렇게 날씨가 화창하니 뽀 강의 경치가 아주 멋질 거다. 어서 가서 보고 싶구나."

"네, 가시지요. 하지만 불행히도 이번 행렬에는 저 혼자 모시고 가야 되겠습니다. 그래도 괜찮으신지요."

돈 까밀로가 물었다.

"너만 있다면 천군만마를 얻은 거나 다름없느니라."

돈 까밀로는 재빨리 십자가 밑동을 받치기 위해 가죽 벨트를 착용했다. 제단에서 커다란 십자가를 내려 받침대에 고정시키고 나니 한숨이 나왔다.

"이 십자가를 조금만 더 작고 가볍게 만들 걸 그랬습니다."

"내 앞에서 그런 말을 할 수 있느냐. 십자가를 지고 높은 산에까지 올라간 나한테 말이다. 더구나 난 너처럼 튼튼한 어깨도 없었노라."

몇 분 뒤 돈 까밀로는 거대한 십자가를 지고 당당하게 성당 밖으로 나왔다.

마을은 텅 비어 있었다. 사람들은 집 안으로 숨어들어, 창틈으로 몰래 밖을 살펴보고 있었다.

'페스트로 전멸한 도시에 검은 십자가를 지고 혼자서 헤매고 다녔다는 어느 신부님 생각이 나는구먼.'

돈 까밀로는 우렁찬 목소리로 찬미가를 부르기 시작했다. 고요한 정적 속에서 노랫소리가 크게 울려 퍼졌다. 그는 광장을 가로질러 마을 중심가를 향해 걸어갔다. 그곳 역시 조용하고 텅 비어 있었다. 강아지 한 마리가 골목길에서 뛰어 나오더니 돈 까밀로의 뒤를 깡총깡총 따라왔다.

"저리 가라!"

돈 까밀로가 빽 소리를 질렀다.

"내버려둬라. 그래야 빼뽀네가 행렬에 개 한 마리도 없었다고 말하지는 못할 게 아니냐."

돈 까밀로는 마을 끝에 다다랐다. 거기서 굽은 길을 따라 조금 더 가면 강둑이었다. 그런데 돈 까밀로가 그 길로 들어서자 뜻밖에도 길이 막혀 있었다. 200여 명쯤 되는 장정들이 길을 막고 팔짱을 낀 채 버티고 서 있었던 것이다. 맨 앞에는 빼뽀네가 옆구리에 주먹을 척 얹고 서 있었다.

돈 까밀로는 장갑차처럼 돌진하고 싶었다. 하지만 그는 인간 돈 까밀로에 불과했다. 빼뽀네와의 거리가 1미터쯤 되자 돈 까밀로는 멈춰 설 수밖에 없었다. 그는 가죽 받침대에서 십자가를 떼어내 곤봉을 쥐듯 높이 쳐들었다.

"예수님, 꼭 붙잡고 계십시오. 조금만 휘두르겠습니다!"

돈 까밀로가 비장한 얼굴로 예수님에게 말씀드렸다. 하지만 십자가를 휘두르지 않아도 될 일이 일어났다. 상황이 위급하다는 걸 짐작한 사람들이 길 가장자리 쪽으로 물러섰기 때문이다. 마술처럼 사람들 사이로 길이 뻥 뚫렸다.

길 한복판에 빼뽀네만이 두 다리를 떡 벌리고 서 있었다. 돈 까밀로는 가죽 받침대에 십자가를 다시 꽂고 빼뽀네를 향해 똑바로 걸어갔다. 뻬뽀네도 순순히 길을 비켜주었다.

"신부님한테 길을 비켜주는 게 아니오, 저 양반한테 길을 비켜드리는 거지."

뻬뽀네가 십자가를 가리키며 말했다.

"그럼 그 모자부터 벗어라!"

돈 까밀로가 소리치자 뻬뽀네는 엉겁결에 모자를 벗었다. 돈 까밀로는 위풍당당하게 뻬뽀네의 부하들 사이를 걸어갔다. 강둑에 도착하자 그는 걸음을 멈추었다.

"예수님, 이 마을에서 몇 안 되는 선량한 신자들의 집이 노아의 방주처럼 두둥실 뜰 수만 있다면, 강둑을 터뜨리고 홍수를 일으켜 마을 전체를 물에 잠기게 해달라고 기도하겠사옵니다. 하지만 몇 안 되는 선량한 신자들도 저 많은 악당과 똑같은 벽돌집에 살고 있나이다. 선량한 사람들이 불한당 같은 뻬뽀네 읍장과 하느님을 모르는 저 흉악한 패거리의 잘못 때문에 고통을 겪는 건 옳지 않사옵니다. 그러니 홍수로부터 마을을 구하시고 마을의 번영을 축복해 주시옵소서."

돈 까밀로가 간절하게 기도했다.

뻬뽀네가 그의 등 뒤에서 큰 소리로 응답했다.

"아멘."

돈 까밀로의 뒤를 졸졸 따라왔던 뻬뽀네의 부하들 역시 일제히 숙연한 목소리로 기도했다. 고요히 흘러가는 강물 위에 축복을 마친 돈 까밀로는 몸을 돌려 발걸음을 옮기기 시작했다.

성당 마당에 도착한 그는 예수님이 강을 향해 마지막 축복을 내리시도록 몸을 돌렸다.

그때 돈 까밀로는, 뻬뽀네와 그의 부하들과 마을 사람들 모두가 한데 모여 있는 것을 보았다.

거기에는 무신론자인 약사도 끼어 있었다. 그는 하느님을 이토록 가깝게 느끼게 해준 돈 까밀로 같은 신부를 지금껏 만나본 적이 없었다.

집회

길 모퉁이에 붙어 있는 벽보를 본 빼뽀네는 펄쩍 뛰었다. 거기에는 도시의 신사가 자유당의 초대로 광장에서 집회를 열 것이라는 내용이 적혀 있었다.

"누가 우리 공산당의 요지에 감히 이따위 도전을 해 오느냐? 좋아, 누가 이 마을의 주인인지 똑똑히 보여주겠다!"

그는 곧 부하들을 소집해 이 가당치도 않은 사건을 면밀히 분석하고 연구했다. 하지만 자유당사에 불을 지르자는 제안은 곧바로 묵살되었다. 집회를 못 열게 하자는 의견도 마찬가지였다.

"이게 민주주의의 약점이란 말이야! 어떤 놈팡이라도 공공장소에서 떠들어댈 권리가 있으니까!"

빼뽀네가 이를 갈며 결론을 내렸다. 그들은 질서와 법률에 따라 행동하기로 결정했다. 모든 힘을 총동원하고, 적의 기습 공격을 막기 위한 파수단도 구성했다. 또 전략 거점을 확보하고 본부 수비를 강화했다. 여차하면 이웃 마을에서 지원 병력을 부를 전령도 대기시켰다.

"여기서 그놈들이 공공 집회를 연다는 사실은 우리를 이길 수 있다고 생각했기 때문이야. 이번에야말로 단단히 준비 해서 본때를 보여주자."

빼뽀네는 마을 진입로를 따라 보초를 세우고 수상쩍은 움직임을 보고하도록 했다. 아침부터 저녁까지 감시했지만, 하루 종일 고양이 새끼 한 마리도 보이지 않았다.

밤중에 스미르초는 자전거를 탄 수상쩍은 사내를 발견하고 조사했으나 단순한 술주정뱅이에 지나지 않았다. 집회는 일요일 오후에 열기로 되어 있었다. 그런데 오후 3시까지 아무도 나타나지 않았다.

"그놈들은 3시 35분 열차로 도착할 모양이다."

빼뽀네는 그렇게 확신하고 역 부근에 부하들을 배치했다.

마침내 기차가 도착했다. 그런데 기차에서는 작은 가방을 든 키가 작고 빼빼 마른 사내 하나가 내릴 뿐이었다.

"무언가 소문을 듣고 겁이 나서 집회를 포기한 건가?"

빼뽀네가 웃음 띤 얼굴로 말했다. 그때 기차에서 내린 작은 남자가 다가왔다. 그는 세련되게 인사하면서 빼뽀네에게 자유당 본부가 어디에 있는지 가르쳐달라고 물었다.

빼뽀네는 순간 당황한 얼굴로 그를 쳐다보았다.

"자유당 본부요?"

"네, 20분 후에 연설 해야 하는데 늦을까 걱정되는군요."

남자가 말했다. 순간 모두 빼뽀네를 쳐다보았다. 그는 머리를 긁적이며 말했다.

"사실 설명하기가 좀 어렵소. 여기서 본부까진 3킬로미터나 떨어져 있어서요."

키 작은 남자는 당황한 기색이었다.

"그럼 타고 갈 교통편이 없을까요?"

"밖에 트럭이 있소만…. 원한다면 태워 드릴까…."

빼뽀네가 큰 소리로 말했다. 키 작은 남자가 감사의 인사를 했다. 역 밖으로 나가자 인상이 험악하고 붉은 목도리를 목에 두른, 보통 사람들과 달라 보이는 사람들이 트럭 하나 가득 타고 있었다. 남자가 어리둥절한 표정으로 빼뽀네를 쳐다보았다.

"내가 대장이오. 자, 나하고 앞에 탑시다."

한참 달리던 도중, 빼뽀네는 차를 세우고 남자를 노려보았다. 그는 빼빼 말랐지만 아주 세련된 중년의 신사였다.

"그래, 당신이 자유주의자란 말이오?"

빼뽀네가 물었다.

"그렇소."

"공산주의자 50명 사이에 혼자 있는데 무섭지 않소?"

"무섭지 않소."

그 신사는 조용히 대답했다. 트럭에 탄 사내들이 위협하는 소리가 웅성웅성 들려왔다.

"그 가방 속에 뭐가 들었소? 다이너마이트?"

뻬뽀네가 물었다.

남자는 웃음을 터뜨리며 가방을 열었다.

"잠옷, 슬리퍼, 칫솔!"

뻬뽀네는 모자를 벗어 챙을 구부리더니 자신의 넓적다리를 손으로 내리쳤다.

"이거 미칠 노릇이군그래! 왜 우리를 무서워하지 않는 거요?"

"저는 혼자고 여러분은 50명이기 때문이지요."

키 작은 남자가 조용히 설명했다.

"50명이 있든 없든 상관없소. 나 혼자 이 한 손으로 당신을 저 수로 속에 처박을 수 있을 거라는 생각이 들지 않소?"

"아뇨, 그러시리라고 생각하지 않습니다."

남자가 대답했다.

"그렇다면 당신은 바보 멍청이거나 아니면 사기꾼이오."

사내가 웃었다.

"선생님, 전 그저 평범한 신사일 뿐입니다."

그 말에 뻬뽀네가 벌떡 일어났다.

"아니오, 선생! 선생께서 신사라면 인민의 적이 되지는 않았을 거요. 반동분자의 노예, 자본가의 도구 말이오."

"저는 어느 누구의 적도, 노예도 아닙니다. 전 다만 선생님과 생각이 다른 사람일 뿐이지요."

빼뽀네는 다시 차를 출발시켰다. 트럭은 미친 듯이 달렸다.

"그럼 여기 오기 전에 유서를 써두었소?"

빼뽀네는 계속 빈정거렸다.

"아뇨. 제가 가진 재산이라곤 제가 쓴 책들뿐입니다. 그러니 제가 죽어도 누구에게도 물려줄 수가 없지요."

남자가 담담하게 대답했다. 마을로 들어가기 전에 빼뽀네는 잠시 트럭을 멈춰 스미르초에게 몇 마디를 지시했다. 그러고 나서 두 번째 길로 돌아서 자유당 본부 앞에 차를 멈추었다. 문과 창문이 모두 닫혀 있었다.

"아무도 없는 모양이오."

빼뽀네가 얼굴을 찌푸렸다.

"아마 광장에서 기다리나 봅니다. 제가 너무 늦게 왔으니까요."

신사는 여전히 침착한 목소리로 말했다.

"맞아, 그럴지도 모르지."

빼뽀네가 브루스코에게 눈을 찡긋해 보이며 대답했다. 광장에 도착하자 빼뽀네와 부하들은 차에서 내렸다. 그들은 신사를 호위하며 사람들을 헤치고 연단으로 다가갔다. 남자가 연단에 오르자 붉은 목도리를 두른 2천 명쯤 되는 군중들이 보였다.

남자는 연단까지 따라 올라온 삐뽀네에게 돌아서며 말했다.

"저…, 제가 혹시 강연장을 잘못 찾아온 건 아닐까요?"

"아니요. 자유당 당원들은 모두 합쳐야 스물세 명밖에 되지 않으니 군중에 파묻혀 티가 나지 않을 뿐이오. 솔직히 말해 내가 선생 같은 입장이라면 여기서 집회를 열 생각은 꿈에도 하지 않았을 거요."

삐뽀네가 의기양양해하며 말했다.

"아닙니다, 공산주의자를 자유주의자로 돌이키는 자유당의 힘이 얼마나 큰지 보여주겠습니다."

남자가 여전히 말끔한 얼굴로 대꾸했다.

삐뽀네는 쓴웃음을 지으며 마이크를 잡았다.

"동지 여러분! 오늘의 강연을 맡은 신사 한 분을 소개하겠소. 이 신사의 말씀이, 강연이 끝난 후에 여러분 모두가 자유당에 입당하러 갈 거랍니다."

그 말이 끝나자 한바탕 웃음이 터졌다. 장내가 조용해지자 남자가 말했다.

"지부당 위원장님의 호의에 감사드립니다. 하지만 위원장님께서 하신 말씀이 저의 뜻과 거리가 있다는 사실을 밝혀둡니다. 제 연설이 끝난 후 여러분 모두가 자유당에 입당을 한다면, 저는 답례로 공산당에 가입해야 할 터이니, 그것은 제 원칙과 맞지 않는 일이기 때문입니다."

그때 토마토 한 개가 날아와 남자의 얼굴에서 퍽 하고 터졌다. 군중들이 킥킥 웃기 시작하자 삐뽀네의 안색이 하얗게 질렸다.

"웃는 자는 돼지 같은 놈이다!"

삐뽀네가 마이크에 대고 소리쳤다. 사람들은 잠잠해졌다. 남자는 가만히 서서 한 손으로 얼굴을 닦으려 했다. 삐뽀네는 순수한 성격의 소유자여서 가끔 자기도 모르는 사이에 훌륭한 행동을 하곤 했다. 웃옷 호주머니에서 손수건을 꺼냈다가 다시 넣더니 목에 두르고 있던 붉은 목도리를 남자에게 내밀었다.

"내가 빨치산 투쟁을 할 때 둘렀던 거요. 닦으시오."

삐뽀네가 말했다.

"훌륭하다, 삐뽀네!"

이웃집 2층 창문에서 누군가 큰 소리로 말했다. 돈 까밀로였다.

"내게 신부 따위의 칭찬은 필요 없소."

삐뽀네가 으르렁거렸다. 돈 까밀로는 소리쳐 칭찬해 준 게 분해서 혀를 깨물고 싶을 정도였다. 남자는 고개를 흔들더니 삐뽀네의 붉은 목도리를 사양했다. 그리고 정중히 인사를 한 다음에 마이크 앞으로 다가갔다.

"저 목도리에는 너무나 많은 영웅담이 담겨 있습니다. 그러므로 세상에서 제일 못난, 지금의 이 저속한 사건으로 저 목도리를 더럽힐 수가 없습니다. 이 얼룩을 지우기에는 평범한 코풀이 손수건이 적당합니다."

빼뽀네는 얼굴이 시뻘개졌으나 역시 정중하게 답례의 인사를 했다. 그러자 많은 사람이 감동했다. 이어 우렁찬 박수갈채가 터져 나왔고, 토마토를 던졌던 청년은 엉덩이를 걷어차이며 광장 밖으로 쫓겨났다.

남자가 연설을 시작했다. 신랄한 독설도 없었고, 비꼬지도 않았다. 그가 생각하기에 조금 심각한 주제는 피했다. 하지만 비록 그가 선동적인 말을 했을지라도 아무도 토를 달지 않았을 터였다.

연설이 끝나자 박수가 터져 나왔다. 그가 연단에서 내려오자 사람들은 길을 비켜주었다. 광장 끝에 있는 읍사무소의 문 앞에 도착한 남자는 어디로 가야 할지 무엇을 해야 할지 몰라 망연히 서 있었다. 그때 느닷없이 돈 까밀로가 신사 옆에 서 있는 빼뽀네 앞에 나타났다.

"무신론자인 공산당과 하느님을 믿지 않는 자유당이 빨리도 의기투합했군."

돈 까밀로가 비꼬았다.

"뭐요? 당신도 교회 반대주의자요?"

빼뽀네가 깜짝 놀라며 신사에게 돌아서며 물었다.

"아니, 저는 그게…."

남자가 더듬거렸다.

"조용히 하시오."

돈 까밀로가 그의 말을 막았다. 그러고는 계속 쏘아붙였다.

"당신네는 소위 자유 정부에다 종교의 자유까지 들먹인다던데, 그게 어디 맘대로 될 것 같소?"

남자가 반박하려 했지만, 이번에는 뻬뽀네가 말을 막았다.

"훌륭하오! 우리 악수합시다! 선생이 교회 반대주의자라면 난 자유주의 반동분자와도 친구가 될 수 있소!"

"옳소!"

뻬뽀네의 부하들이 소리쳤다.

"선생은 내 손님이오."

뻬뽀네가 남자에게 말했다.

"무슨 소리야! 이 분은 내 손님일세. 난 반대당의 연사에게 토마토나 던지는 막돼먹은 인간이 아니니까."

돈 까밀로가 신사를 당장에라도 자기 쪽으로 끌어당길 기세로 말했다.

뻬뽀네는 씩씩대며 돈 까밀로에게 대들었다.

"내 손님이라고 하지 않았소?"

돈 까밀로가 목소리를 가라앉히고 말했다.

"나도 그렇게 말했어. 그럼 우리 힘으로 겨뤄 볼까? 멍청한 자네 '불도저' 팀이 맞아야 하는 몫까지 맞아 보겠나!"

뻬뽀네가 주먹을 쥐었다.

"그만두십시오, 대장. 광장 한복판에서 신부와 주먹질이나 하시렵니까?"

브루스코가 뻬뽀네를 말렸다.

마침내 그들은 중립지대에서 만나기로 결정을 보았다. 그리하여 세 사람 모두 마을 밖에 있는 지지오토의 식당에 가서 식사했다. 지지오토는 정치에 무관심해 완전히 중립을 지키는 사람이었다. 이렇게 해서 민주주의 싸움은 승부가 가려지지 않은 채로 끝이 나고 말았다.

돈 까밀로의 수난

8월 한낮, 특히 1시부터 3시 사이가 되면 옥수수와 삼나무에 둘러싸인 마을은 더위가 눈에 보이고 귀에 들릴 정도로 무덥다. 마치 얼굴에 모락모락 김이 나는 뜨거운 유리 베일을 쓰고 있는 느낌이랄까.

다리를 건너가다 다리 아래 수로를 내려다보면 물이 말라 밑바닥이 쩍쩍 갈라져 있고, 여기저기에 죽은 물고기도 보인다. 그리고 강둑길에서 공동묘지 쪽을 바라보면 죽은 사람의 뼈가 뜨거운 햇볕에 바지직 소리를 내며 타들어 가는 것 같다.

신작로에는 모래를 가득 실은 짐마차 한 대가 천천히 굴러간다. 마부는 모래더미 위에 앉아 등허리에 햇볕을 받으며 졸고 있거나, 마부석에서 수박 반 통을 조그만 낫으로 파먹고 있기 일쑤다.

커다란 강둑에 가보면 강물은 움직임이 없는 것처럼 조용히 흘러가는데 마치 죽은 물들의 묘지 같기도 하다.

돈 까밀로는 머리에 흰 손수건을 두른 뒤, 그 위에 모자를 눌러 쓰고 강둑으로 걸어가고 있었다. 8월의 어느 날, 오후 1시 반의 일이다. 뙤약볕 아래 텅 빈 거리를 홀로 터벅터벅 걸어가는 모습을 누군가 본다면 그가 검은 사제복을 입은 신부라고 상상할 수는 없을 것이다.

'지금, 이 순간, 인근 20킬로미터 범위 안에 깨어 있는 사람이 단 한 명이라도 있다면 내 손에 장을 지지겠다.'

돈 까밀로는 그렇게 생각했다. 그는 강둑을 뛰어 내려가 아카시아 나무 숲 그늘로 가서 앉았다. 초록빛 수풀 사이로 반짝이는 강물이 보였다. 옷을 벗어 잘 접은 다음 보자기로 싸서 나뭇가지 사이에 숨겼다. 그리고 팬티 차림으로 강물 속으로 풍덩 뛰어들었다.

주위는 고요했다. 사람들이 모두 낮잠을 자는 시에스타*였고 그곳은 인적이 드문 장소였다. 하지만 돈 까밀로는 소리를 내지 않고 조심해 가며 수영을 즐겼다. 30분 뒤 물에서 나와 옷을 숨겨둔 나무로 다가갔다. 그런데 나뭇가지 사이에 있어야 할

* 시에스타: 지중해 연안 국가와 라틴 아메리카 국가들에서 시행되는 전통적인 낮잠 풍속.

옷이 보이지 않았다. 돈 까밀로는 깜짝 놀라 숨이 턱 막혔다.

누가 옷을 훔쳐갔을 리는 없지 않은가. 낡고 색 바랜 신부복이 구미 당기는 물건은 아니었을 테니까 말이다. 누가 짓궂은 장난을 친 게 틀림없었다. 그때 강둑에서 사람들이 가까이 다가오는 소리가 들렸다. 돈 까밀로는 수풀 너머로 소리 나는 쪽을 살펴보았다. 사람들이 떼를 지어 몰려오고 있었는데 맨 앞에 스미르초의 모습이 보였다. 그는 일이 어떻게 된 것인지 금방 알아차렸다.

돈 까밀로는 아카시아 나무 한 그루를 뽑아 휘둘러주고 싶은 생각이 굴뚝같았다. 하지만 그건 바로 저 빌어먹을 놈들이 바라는 것일 터였다. 돈 까밀로가 팬티 차림으로 뒤뚱거리며 꽁무니를 빼는 꼴을 본다면 얼씨구나 좋아할 것이었다.

돈 까밀로는 다시 물속으로 뛰어들었다. 그런 다음 잠수를 해서 강 가운데에 있는 섬까지 헤엄쳐갔다. 그는 섬으로 올라가 갈대밭에 몸을 숨겼다. 섬 뒤쪽으로 돌아갔기 때문에 강가의 사람들은 분명 아무것도 보지 못했을 텐데, 그들은 돈 까밀로가 어디 숨었는지 안다는 듯 강둑을 따라 넓게 퍼져서, 웃고 노래부르며 떠들고 있었다.

돈 까밀로는 완전히 포위당한 셈이었다.

자신이 놀림거리가 됐다고 느끼면 제아무리 강한 사람도 마음이 약해지는 법이다. 돈 까밀로는 갈대밭에 숨어 있다가 슬쩍 강가를 살폈다. 뻬뽀네가 브루스코와 비지오를 비롯한 부하들을 데리고 나타났다. 스미르초가 손짓 발짓해가며 뭐라고 설명을 하자 일동은 웃음을 터뜨렸다. 잠시 후 마을 사람들까지 하나둘씩 나타났다.

돈 까밀로는 공산당들이 이번 기회에 자기에게 당한 해묵은 빚까지 모두 갚으려고 작정했다는 사실을 알아차렸다. 이번에야말로 그들은 절호의 기회를 잡은 것이다. 누구나 한번 웃음거리가 되면 제아무리 천하장사요, 하느님을 대리하는 신부라 해도 아무도 존경하려 들지 않을 것은 뻔한 일이다.

"예수님, 팬티 바람으로 부탁을 드려서 죄송합니다. 하지만 상황이 급박하니 어쩝니까. 더위에 지친 불쌍한 신부가 강물에 뛰어든 게 죽을죄가 아니라면 저 좀 도와주십시오. 저 혼자 힘으론 이 궁지를 벗어날 길이 없사옵니다."

뻬뽀네 일당은 포도주와 카드 다발 그리고 아코디언 따위를 잔뜩 가져왔다. 그들은 마치 강가가 아니라 바닷가에 놀러 온 사람들처럼 행동했다. 게다가 그들은 포위망을 넓혀서 강가를 500미터나 점령했다. 포위망은 잡초와 덤불로 뒤덮여 있는 상류 쪽의 여울목까지 뻗어 있었다.

그 여울목은 1945년 이후 누구도 발을 들여놓지 않는 지역이었다. 후퇴하던 독일군이 다리를 폭파하고, 걸어서 건널 수 있는 여울목 양쪽에 지뢰를 묻어놓았기 때문이다. 빌어먹을 지뢰를 어찌나 많이 심었던지 공병대가 지뢰를 제거하다 두 번이나 큰 사고가 나기도 했다. 그러자 말뚝을 박고 철조망을 쳐서 그

지역을 막아버렸다. 그곳에만 빼뽀네의 부하들이 없었다. 정신 나간 사람이 아니고서야 지뢰밭에 들어갈 리 없으니 굳이 감시할 필요가 없었던 것이다.

돈 까밀로는 어쩔 도리가 없었다. 산 쪽 포위망을 뚫고 상륙한다면 마을 한가운데로 들어갈 수 있을 것이다. 또 계곡 쪽의 포위망을 뚫어도 숲으로 들어갈 수 있을 것이다. 그러나 신부가 팬티 바람으로 그렇게 돌아다닐 수는 없는 일이었다. 돈 까밀로는 꼼짝도 하지 않았다. 그는 축축한 진흙땅에 드러누운 채 갈대를 씹으며 이리저리 머리를 굴렸다.

'그래, 존경받을 만한 사람은 팬티 바람으로도 존경받을 수 있어. 중요한 것은 뭔가 존경받을 만한 일을 해야 한다는 거지. 그렇다면 옷 따위는 그다지 중요하지 않아.'

돈 까밀로가 결론을 내렸다.

그러는 사이에 땅거미가 내리기 시작했다. 횃불과 등불이 켜지자 마치 강가에는 사교계의 향락적인 야간 연회가 열린 것처럼 보였다. 푸른색의 녹음이 검게 물들자 돈 까밀로는 강 속으로 잠수해서 조심스럽게 물살을 거슬러 올라갔다. 이윽고 얕은 여울목 근처에 발이 닿았다. 돈 까밀로는 거기서 강변으로 올라가기로 마음먹었다. 수영한다기보다 물속을 걸어가며 가끔 물 밖으로 입만 내어 숨을 쉬었기 때문에 아무도 그를 발견하지 못했다.

돈 까밀로는 강가까지 갔다. 하지만 들키지 않고 물 밖으로 나가는 건 쉽지 않은 일이었다. 일단 강변의 숲 속으로 몸을 숨길 수만 있다면 쉽게 강둑에 닿을 수가 있지 않은가. 거기서 강둑을 재빨리 뛰어넘어 포도밭과 옥수수밭 사이로 들어가면 곧바로 사제관의 텃밭과 연결된다.

그는 덤불을 하나 잡고 조심스레 위로 올라갔다. 그렇게 강가에 올라서는가 싶었는데 잡았던 덤불이 뿌리째 뽑히면서 다시 강물로 떨어졌다. 풍덩 하는 소리가 들리자 사람들이 왁자지껄 달려왔다. 돈 까밀로는 재빨리 강변 위로 뛰어올라 숲 속으로 몸을 감췄다. 사람들이 고함을 치며 사방에서 몰려들었다. 달이 높이 떠올라 이 광경을 훤히 비춰주고 있었다.

"돈 까밀로!"

뻬뽀네가 앞으로 나서며 소리쳤다. 아무런 대답이 없자 찬물을 끼얹은 듯한 침묵이 흘렀다.

"돈 까밀로! 제발 움직이지 마시오! 당신은 지뢰밭으로 들어갔소!"

"알고 있네."

숲 한가운데에서 돈 까밀로가 조용히 대답했다. 스미르초가 옷 보따리를 들고 앞으로 나섰다.

"신부님, 움직이지 마십시오. 발끝을 조금만 움직여도 지뢰가 터질 겁니다!"

"알고 있네."

돈 까밀로가 착 가라앉은 목소리로 대답했다. 스미르초의 얼굴에는 진땀이 흐르고 있었다.

"돈 까밀로! 장난을 쳐서 죄송합니다. 거기 그대로 계십시오. 여기 신부님 옷이 있습니다."

스미르초가 소리쳤다.

"내 옷이라고? 고맙네. 그럼 이곳으로 가져다주게."

수풀 위의 나뭇가지가 바람에 흔들렸다. 스미르초는 입을 쩍 벌리며 뒤로 돌아 다른 사람들을 바라보았다. 침묵 속에서 돈 까밀로의 조롱 섞인 웃음소리가 들려왔다.

뻬뽀네가 스미르초의 손에서 옷 보따리를 빼앗았다.

"내가 가지고 가겠소, 돈 까밀로."

뻬뽀네가 철조망 쪽으로 천천히 다가갔다. 그가 철조망을 막 넘어들어가려는 순간 스미르초가 덥석 달려들어 뻬뽀네를 뒤로 잡아끌었다.

"안 됩니다, 대장. 내가 저지른 일이니 내가 책임을 져야죠."

보따리를 낚아챈 스미르초가 지뢰밭으로 들어가자 사람들은 뒤로 물러섰다. 모두 안절부절못하면서 이마에 진땀을 흘렸고 두 손으로 입을 막았다. 스미르초는 조심스럽게 발을 내디디며 천천히 지뢰밭으로 들어갔다.

무거운 침묵이 흘렀다.

"여기 있습니다."

돈 까밀로가 숨어 있는 관목 숲에 도착하자 스미르초는 떨리는 목소리로 말했다.

"수고했네. 자, 이리로 오게. 그만큼 애를 썼으니 돈 까밀로가 팬티 입은 모습을 봐야 할 거 아닌가?"

스미르초가 숲으로 들어갔다.

"그래, 팬티 바람의 신부를 본 소감이 어떤가?"

"아무것도 안 보입니다. 달하고 붉은 불빛만 보이는뎁쇼."

스미르초가 더듬거렸다.

"저는…."

그는 숨을 헐떡이며 말을 이었다.

"사소한 물건을 몇 번 훔쳤고 싸움질도 좀 했지만 남한테 해를 끼친 적은 없었습니다."

"네 죄를 사하노라."

돈 까밀로가 스미르초의 이마에 성호를 그으면서 말했다. 그들은 천천히 강둑 쪽으로 걸어갔다. 사람들은 당장에라도 지뢰가 터질까 봐 숨을 죽이고 있었다. 두 사람은 철조망을 넘어 강둑으로 들어섰다. 돈 까밀로는 여전히 앞쪽에서 걸었고 스미르초가 뒤를 따랐다. 그러다가 스미르초가 정신을 잃고 땅바닥에 털썩 주저앉았다. 아직도 지뢰밭을 걷고 있다는 착각에 긴장을 풀지 못하고 기절해버린 것이다.

20미터쯤 뒤에서 따르던 뻬뽀네가 돈 까밀로의 등에서 눈을 떼지 않은 채 스미르초의 멱살을 잡아끌고 따라갔다. 뻬뽀네 뒤에도 많은 사람이 지뢰밭을 지나는 듯 숨죽인 채 걷고 있었다. 성당 앞에 도착한 돈 까밀로는 근엄한 표정으로 사람들을 둘러 본 뒤 안으로 들어갔다.

모두 말없이 흩어져버린 성당 마당에는 뻬뽀네 혼자 남았다. 그는 여전히 기절한 스미르초의 옷깃을 부여잡은 채 굳게 닫힌 성당 문을 바라보며 우뚝 서 있었다. 뻬뽀네는 고개를 좌우로 흔들더니 스미르초를 어깨에 둘러메고 돌아갔다.

"예수님, 팬티만 입은 신부의 위엄을 지켰다고 해서 사람들이 교회를 더 신뢰할까요?"

돈 까밀로가 십자가의 예수님에게 나지막이 물었다.

예수님은 아무 대꾸도 하지 않으셨다.

"예수님, 멱을 감은 게 죽을죄를 진 겁니까?"

돈 까밀로가 다시 조용히 물었다.

"아니다. 스미르초가 옷을 가져오지 않을 거라고 생각한 순간 죽을죄를 범한 거다."

"진짜 가져올 줄은 생각도 못 했습니다. 제가 경솔했습니다. 결코 악의는 없었습니다."

멀리 강가에서 폭발 소리가 들렸다.

"가끔 토끼가 지뢰밭에 들어가 지뢰를 터뜨리기도 합니다."

돈 까밀로가 흠칫 놀라며 말했다.

"그럼 결론을 내려야겠군요. 예수님은…."

"결론을 내리지 마라, 돈 까밀로."

예수님이 웃으며 말을 막았다.

"지금처럼 열에 들떠 있는 상태에서는 냉정한 결론을 내릴 수가 없느니라."

그동안 뻬뽀네는 스미르초의 집에 도착했다. 문을 두드리자 노인이 나와서 문을 열어주었다. 그는 축 늘어져 있는 스미르초를 말없이 그의 아버지에게 넘겼다. 그 순간 뻬뽀네도 강가에서 들려오는 무시무시한 폭발소리를 들었다. 그는 고개를 절레절레 흔들었다. 그 짧은 순간에 많은 일이 떠올랐다. 그리고는 스미르초를 다시 잡아당기며 머리털이 쭈뼛 서도록 뒤통수를 세게 때렸다.

"돌격!"

스미르초가 꿈을 꾸는 듯한 목소리로 소리쳤다. 노인은 깜짝 놀라 스미르초를 끌고 안으로 들어갔다.

무관심하기 운동

일주일 전부터 돈 까밀로는 동분서주하고 있었다. 어찌나 바쁜지 밥 먹는 것조차 잊어버릴 지경이었다.

어느 날 오후, 이웃 마을에서 돌아오는 길이었다. 그는 마을 어귀에 들어서자마자 자전거에서 내리지 않을 수 없었다. 진입로 전체에 도랑이 파여 있었기 때문이다. 아침에는 말짱하던 길이었다.

"새 하수도관을 묻고 있습니다. 읍장님 명령으로요."

한 일꾼이 설명했다. 그러자 돈 까밀로는 벌컥 화를 내며 곧장 읍사무소로 달려갔다.

그는 뻬뽀네의 얼굴을 보자 소리를 질렀다.

"이 사람들 모두 미친 거 아니야? 지금 하수도를 파고 있게 말이야. 오늘이 금요일이란 걸 모르나?"

"그래서요? 금요일에는 하수도를 파지 말란 법이라도 있소이까?"

뻬뽀네가 눈을 동그랗게 뜨고 말했다.

돈 까밀로는 버럭 소리를 질렀다.

"주일까지 이틀밖에 남지 않았다는 걸 모르고 하는 소리야?"

뻬뽀네는 고개를 갸우뚱했다. 그는 종을 울려 브루스코를 불렀다.

"여보게, 신부님 말씀이 오늘은 금요일이라 이틀 뒤면 주일이라는 거야. 자네 생각은 어떤가?"

뻬뽀네가 브루스코에게 물었다. 그는 연필을 꺼내 종이에 숫자들을 적어가며 심각한 표정으로 계산했다.

"지금이 오후 4시니까 자정까지는 여덟 시간이 남았고 일요일까지는 겨우 서른두 시간이 남았습니다."

브루스코가 말했다. 돈 까밀로는 화가 나서 어쩔 줄 모르며 그 광경을 지켜보고 있다가 마침내 평상심을 잃고 말았다.

"내 이제 알겠네! 이 모든 게 주교님의 방문을 저지하기 위해 꾸며낸 수작이로군!"

돈 까밀로가 소리쳤다.

"신부님, 하수도 파는 것과 주교님의 방문이 무슨 상관이 있습니까? 실례지만 주교님은 어떤 분이고 또 여긴 뭐하러 오신

답니까?"

빼뽀네가 무슨 말인지 모르겠다는 표정으로 물었다.

"자네의 시커먼 영혼을 지옥으로 보내주려고 오시네! 빨리 하수도 구멍을 덮게. 그렇지 않으면 주일날 주교님이 지나가실 수 없을 테니까!"

돈 까밀로가 명령하듯 외치자 빼뽀네는 놀란 표정을 지었다.

"지나가실 수 없다니요? 신부님은 어떻게 지나오셨소? 도랑 한복판에 널빤지를 깔아놓았을 텐데요?"

"주교님은 자동차를 타고 오신단 말이야! 주교님더러 자동차에서 내리라고 할 수는 없지 않은가?"

"죄송합니다, 전 주교님이 걷지 못하시는 줄은 몰랐습니다. 상황이 그렇다면 다른 방법을 찾아야죠. 브루스코, 도시로 전화해서 빨리 기중기를 보내달라고 하게. 공사장 옆에 두었다가 주교님의 자동차가 도착하면 도르래에 연결해서 기중기로 옮겨드리게. 그럼 차에서 안 내리셔도 될 테니까, 알겠니?"

"알겠습니다, 읍장님. 기중기는 어떤 색깔로 할까요?"

"니켈이나 크롬 도금을 한 걸 보내달라고 하지. 그게 보기에 더 근사하니까."

이런 경우라면 돈 까밀로처럼 무쇠주먹을 갖지 않은 사람도 주먹이 앞서는 법이다. 하지만 바로 이런 경우에 돈 까밀로는 오히려 냉정함을 되찾는 장점을 가졌다. 돈 까밀로의 이성은 이 상황을 간단히 정리해 냈기 때문이다.

'저놈이 저렇게 드러내놓고 뻔뻔하게 나를 자극하는 것은 내가 화를 내고 덤벼들기를 바라기 때문이다. 만약 내가 놈의 얼굴에 주먹을 날린다면 놈의 함정에 빠지는 꼴이다. 상황이 그렇게 되면 뻬뽀네를 때리는 게 아니라 공무 집행 중인 읍장을 때리는 게 되겠지. 그러면 일이 시끄러워져 나한테 적대적인 분위기가 만들어질 거야. 그러면 주교님한테까지 좋지 않은 영향이 미치겠지.'

"기중기는 필요 없네. 아무리 주교님이라도 걸으실 수야 있을 테지…."

그날 저녁, 돈 까밀로는 미사 중에 비통한 어조로 강론을 했다. 읍장의 머리를 밝게 해주셔서 부디 주교님이 자동차에서 내려 걸어오시느라 행사가 늦어지고, 몰려든 신자들이 널빤지를 차례로 건너느라 난장판이 되는 사태가 벌어지지 않게 해주십사 빌자는 것이었다. 게다가 혹시라도 널빤지가 부러져 기쁨의 날이 슬픔의 날로 바뀌는 사태가 없도록 하느님께 기도하자고 호소했다.

돈 까밀로의 강론은 여자 신자들의 분노를 유발시켰다. 여신자들은 성당에서 나오자마자 뻬뽀네의 집으로 몰려가 욕설을 퍼부어댔다. 마침내 뻬뽀네가 창밖으로 얼굴을 내밀고 모두 지옥에나 가라고 소리치더니 파헤친 도랑을 다시 덮겠노라고 말했다.

그리하여 모든 일이 순조롭게 진행되었다. 그런데 일요일 아침, 마을 곳곳에 커다란 벽보가 나붙었다.

> 동지들! 반동분자들이 우리의 공공사업을 방해하고 읍장댁에서 시끄러운 소동을 일으키며 우리의 민주적 의도를 왜곡시켰다. 일요일, 외국의 대표자가 우리 마을에 손님으로 온다. 이번 소동의 빌미를 제공한 바로 그 사람이다. 동지들의 분노와 울분은 충분히 이해하지만, 일요일에는 외국인들과의 관계를 복잡하게 할 수 있는 모든 시위를 삼가자. 그리고 정중한 무관심으로 외국의 대표자를 환영하도록 하자.
>
> 민주주의 공화국 만세! 프롤레타리아 만세! 러시아 만세!

하루 종일 모든 공산당원이 총동원되어 난리법석을 떨었다. 그들은 붉은 목도리와 넥타이를 매고 '정중한 무관심' 투쟁을 벌인다며 설치고 다녔다. 이날 얼굴이 창백하게 질린 돈 까밀로는 제단 앞에 잠깐 들렀다가 다시 나가려고 했다.

"돈 까밀로, 왜 그렇게 허둥대느냐?"

예수님이 물으셨다.

"주교님을 맞으러 나가야 합니다. 길이 멀어서요. 게다가 붉은 목도리를 두른 자들이 길에 쫙 깔렸습니다. 제가 눈에 띄지 않으면 주교님은 러시아에 와 있는 것으로 착각하실 겁니다."

"붉은 목도리를 두른 자들이 외국인들이냐 아니면 이교도들이냐?"

예수님이 다시 물으셨다.

"둘 다 아닙니다. 가끔 여기 성당에 와서 예수님 눈앞에 얼쩡거리는 그 불한당들입니다."

"그렇다면 돈 까밀로, 옷 아래 감춰둔 그 물건을 제의실 장롱 안에 다시 갖다두는 게 좋을 성싶구나."

돈 까밀로는 사제복 아래서 기관총을 꺼내 제의실에 갖다놓았다.

"그 물건은 내가 꺼내라고 할 때만 꺼내거라."

예수님의 명령에 돈 까밀로는 어깨를 으쓱했다.

"기관총을 꺼내오라고 예수님이 말씀하실 때까지 기다리다간 곤경에 빠지고 말 겁니다! 절대로 그 말씀을 하지 않으실 테니까요. 솔직히 말씀드린다면 구약에서도 종종…."

돈 까밀로가 중얼거렸다.

"빨리 나가라, 이 반동분자야!"

예수님이 웃으면서 말씀하셨다. 그러고는 허둥지둥 성당 밖으로 달려나가는 돈 까밀로의 뒤통수에 대고 소리치셨다.

"네가 변명을 늘어놓고 있는 동안 힘없는 네 불쌍한 주교가 성난 붉은 악마들의 손아귀에 들어가겠다."

실제로 그 가여운 늙은 주교는 공산당들의 손아귀에 잡혀 있었다. 아침 7시부터 신자들은 길 양편에 빽빽하게 늘어서서 환영 준비를 하고 있었다. 그때 주교가 탄 자동차가 도착했다는 불꽃 연기가 올라왔다. 감시대가 숨어 있다가 주교가 지나가면 신호를 보내주기로 약속했던 것이다. 신호 연기를 보자마자 빼뽀네는 출격 명령을 내렸다. 그러자 놀랍게도 공산당은 질서정연하게 500미터를 순식간에 전진했다.

주교가 도착했을 때 마을에는 온통 붉은 손수건을 두른 사람들로 가득 차 있었다. 그들은 떼를 지어 거리를 오가며 잡담을 하면서 자동차가 오건 말건 무관심한 척했다. 주교가 탄 자동차는 천천히 굼벵이처럼 사람들의 벽을 뚫고 지나갔다. 그야말로 '정중한 무관심'을 보여주는 시위를 벌이고 있었던 것이다. 사람들 틈에 섞여 있던 빼뽀네와 부하들은 좋아서 어쩔 줄을 몰라 했다.

주교는 그 '정중한 무관심'을 보고 운전사에게 차를 멈추라고 말했다. 차가 멈추자(지붕이 없는 자동차였다), 주교가 손잡이를 돌려 문을 열려고 했지만 기운이 부치는 듯했다. 그러자 옆에 있던 브루스코가 마음이 약해져 자동차 문을 열어 주고 말았다. 빼뽀네한테 정강이를 걷어차인 뒤에야 아차 싶었지만 너무 늦은 일이었다.

"고맙네. 걸어가는 게 건강에도 좋겠지."

주교가 말했다.

"하지만 아직도 길이 멉니다."

브루스코 옆에 서 있던 비지오가 작은 목소리로 말했다.

그도 역시 정강이를 걷어차였다.

"괜찮네. 여러분들의 정치 집회를 방해할 마음은 눈곱만큼도 없으니까."

주교가 웃으면서 대답했다.

"정치 집회가 아닙니다. 노동자들이 일손을 놓고 잡담하는 겁니다. 안심하고 자동차에 타시지요."

뻬뽀네가 일그러진 얼굴로 말했다. 그러는 사이 주교는 자동차에서 내려왔다. 브루스코가 또다시 걷어차였다. 주교가 비틀거리는 것을 보고 부축해 주었기 때문이다.

"고맙네, 고마워."

주교가 말했다. 그는 혼자 가고 싶으니 내버려두라고 비서에게 눈짓을 한 뒤 걷기 시작했다.

그렇게 해서 주교는 붉은 물결의 맨 앞에 서서 돈 까밀로의 신자들이 모여 있는 장소에 도착했다.

공산당원들이 착잡한 표정으로 주교의 뒤를 따라왔다. 뻬뽀네는 혹시 멍청한 부하가 엉뚱한 행동을 저질러 반동분자들이 공격할 빌미라도 주지 않을까 하고 은근히 긴장하고 있었다.

"한번 내린 명령은 바꾸지 않는다. 어디까지나 무관심하기다."

뻬뽀네가 말했다.

주교를 본 돈 까밀로는 황급히 달려나가 맞이했다.

"주교님."

돈 까밀로가 무척 흥분한 목소리로 외쳤다.

"용서하십시오! 하지만 제 잘못이 아닙니다! 저는 신자들과 여기서 주교님을 기다리고 있었습니다. 그런데 마지막 순간….”

“걱정하지 말게.”

주교가 웃으며 대답했다.

“잘못이 있다면 자동차에서 내려 걸어가겠다고 한 내 탓일세. 주교도 나이를 먹다 보면 변덕이 생기거든.”

신자들이 박수갈채를 보냈다. 합창단이 곡을 연주하자 주교는 무척 흡족한 듯 주위를 둘러보았다.

“아주 아름다운 마을이구먼.”

주교가 걸으면서 말했다.

“정말 아름답고 활기차고 환경 미화도 잘 돼 있네. 마을 행정부가 아주 유능한가 보이.”

“인민의 복지를 위해 할 일을 한 것뿐입니다.”

그렇게 대답한 브루스코는 뻬뽀네한테 세 번째로 정강이를 걷어차였다. 광장에 도착한 주교는 새로 만든 분수를 보더니 발길을 멈추었다.

“바싸 마을 같은 저지대에도 이런 분수가 있다니 정말 놀랍군! 땅 밑에서 물을 발견했나 보지?”

주교가 감탄하며 말했다.

“300미터 아래까지 관을 박았더니 하느님이 도우셨는지 물이 나오더군요.”

분수를 만드는 데 큰 공로를 세운 비지오가 대답했다. 비지오도 여지없이 걷어차였다. 분수는 인민의 집 앞에 있었기 때문에 주교는 넓은 새 건물을 보고 물었다.

"저 아름다운 건물은 뭐 하는 곳인가?"

"인민의 집입니다."

뻬뽀네가 자랑스럽게 대답했다.

"정말 훌륭한 건물이구먼!"

주교가 감탄했다.

"저 안을 둘러보시겠습니까?"

뻬뽀네가 충동적으로 말했다. 그 순간 그는 정강이를 세게 걷어차이고는 놀라 펄쩍 뛰었다. 돈 까밀로가 뻬뽀네를 발로 걷어찬 것이다. 안경을 끼고 코주부에다 삐쩍 마른 주교 비서가 가당치 않은 일이라고 말리려 했다. 하지만 주교는 이미 걸음을 옮겨 건물 안으로 들어갔다.

주교는 체육관, 독서실, 기록실을 두루 구경했다. 도서관에 들어가서 책꽂이의 책들도 훑어보았다. 선전 책자와 팸플릿으로 가득 찬 '정치' 칸 앞에 서자 주교는 말을 잊은 채 한숨을 내쉬었다. 옆에 있던 뻬뽀네가 그 한숨 소리를 들었다.

"아무도 읽지 않습니다, 주교님."

뻬뽀네가 설명했다. 그는 사무실은 보여주지 않았지만 자신의 자랑거리인 극장을 그냥 지나가게 할 리가 없었다. 나가는 길에 주교는 작은 눈에 기다란 콧수염을 단 남자의 커다란 초상화 앞에 섰다.

"정치가 어떤 것인지 아시지요, 주교님. 제 말을 믿어주십시오. 저분도 알고 보면 나쁜 사람이 아닙니다."

빼뽀네가 소리 죽여 말했다.

"자비로운 하느님께서는 저 사람의 정신도 밝게 비추어주실 것이네."

주교가 나지막이 대답했다. 이 상황에서 돈 까밀로의 심리 상태는 아주 미묘했다. 빼뽀네가 주교의 선의를 틈타 인민의 집을 구경시켰다는 사실에 분노가 치밀었다. 그러나 다른 한편으로 주교가 이 마을을 훌륭하고 발전된 곳으로 보고 있다는 점을 주목했다. 그리고 주교가 공산당 건물에 큰 인상을 받았다면, 돈 까밀로의 청소년 회관과 유치원이 얼마나 중요하고 의미가 있는 것인지 더욱 분명히 깨달을 거로 생각했다. 방문을 마치자 돈 까밀로가 주교에게로 다가갔다.

"유감스럽습니다, 주교님."

돈 까밀로는 빼뽀네가 들으라는듯 일부러 큰 소리로 말했다.

"읍장님은 아직 자기네 무기 창고를 보여주지 않았습니다. 이 건물에서 제일 큰 곳으로 알려져 있는데요."

빼뽀네가 뭐라 대꾸를 하려 하자 주교가 끼어들었다.

"자네의 것보다는 크지 않겠지, 돈 까밀로 신부?"

주교가 웃으면서 대답했다.

"맞습니다!"

비지오가 맞장구를 쳤다.

"신부님은 어딘가에 81밀리 박격포를 숨겨뒀을 겁니다."

브루스코가 소리쳤다.

주교는 뻬뽀네의 부하들을 향해 돌아섰다.

"자네들이 그를 돌려보내 달라고 하지 않았었나? 잘 생각해 보게. 위험한 인물이라고 내가 자네들한테 말하지 않았던가?"

주교가 말했다.

"우리를 겁줄 만한 위인은 못 됩니다."

뻬뽀네가 얼굴을 찡그리며 대답했다.

"눈을 크게 뜨고 잘 감시하게."

주교가 충고했다.

돈 까밀로가 고개를 흔들었다.

"농담도 잘 하십니다, 주교님. 하지만 이자들이 어떤 족속인지 상상도 못 하실 겁니다."

인민의 집을 나오면서 주교는 벽보에 붙어 있는 선언문을 보고 멈춰 서서 읽었다.

"아, 외국의 대표자가 이곳에 오는 모양이군! 누군가, 돈 까밀로?"

주교가 말했다.

"전 정치에 관해서는 관심 없습니다. 선언문을 만든 읍장에게 물어봐야 하겠군요. 뻬뽀네 읍장, 주교님께서 자네들 선언문에서 말한 외국의 대표자가 누군지 알고 싶으시다네."

돈 까밀로가 말했다.

"저…. 뭐, 늘 그렇듯 미국이죠."

뻬뽀네가 주저하다가 더듬거리며 말했다.

"알았네! 자네들의 석유를 빼앗으러 오는 미국인들의 문제로구먼. 내 말이 맞지?"

주교가 말했다.

"네, 나쁜 사람들이지요. 석유는 우리 겁니다!"

뻬뽀네가 대답했다.

"내 생각도 그렇다네."

주교가 진지하게 맞장구쳤다.

"평화적인 시위를 장려한 건 잘한 일이네. 자네 사람들한테 정중한 무관심으로 일관하라고 명령한 것도 장한 일이고. 내 생각에 미국과 승강이를 벌여봤자 별 소득이 없을 것 같네. 자네 생각은 어떤가?"

뻬뽀네는 양팔을 벌리며 말했다.

"주교님, 주교님은 절 이해하시는군요. 참을 수 있는 데까지 참으렵니다. 그러나 언젠가 기회가 오면 한 번 크게 폭발하고 말 겁니다."

주교가 성당 앞에 도착하자 청소년과 유치원 어린이들이 똑바로 줄지어 있다가 환영 축가를 불렀다. 커다란 꽃다발이 아이들 무리에서 떨어져나와 천천히 앞으로 다가왔다. 주교 앞에 이르자 꽃다발이 위로 올라갔다. 꽃다발 뒤로 너무나 작고 귀여우며 곱슬머리에 옷을 곱게 차려입은 아이가 나타났다.

빼뽀네의 아들이었다. 부인네들이 환성을 질렀다.

사람들이 숨을 죽였다. 그러자 아이는 더듬거리는 일 없이 또박또박 꾀꼬리처럼 맑고 가는 목소리로 주교에게 바치는 시를 낭송했다.

낭송이 끝나자 사람들은 열광적인 환호성을 보내며 천상의 소리라고 칭찬했다.

빼뽀네가 돈 까밀로에게 다가갔다. 그리고 그의 귀에 대고 속삭였다.

"비열하오! 순진한 아이를 꾀어 나를 세상의 웃음거리로 만들다니. 당신 뼈를 으스러뜨리고 말 거요. 그쪽 사람들한테 내가 누구인지 똑똑히 보여주겠소. 저놈을 물들여놨으니 내 당장 저 녀석을 뽀 강에 던져넣고 말겠소."

"잘 갔다 오게. 자네 아들이니 자네 마음대로 하게나."

돈 까밀로가 웃으며 대답했다.

종

돈 까밀로는 하루에 적어도 두세 번씩, 일주일 내내 비지오를 찾아갔다. 그때마다 비지오가 다른 공사판 십장들처럼 인민을 착취해 돈을 번 몹쓸 인간이라고 떠들어댔다. 그렇게 비지오를 들볶아 댄 끝에 사제관 벽을 싼값에 칠할 수 있게 되었다.

회칠한 뒤부터 돈 까밀로는 가끔 성당 마당에 놓인 벤치에 앉아 있곤 했다. 그는 벤치에 앉아 토스카나 시가를 피우며 하얀 회벽을 흐뭇한 눈길로 바라보았다. 새로 깨끗이 칠한 녹색 덧문들과 문턱에 놓인 제라늄 화분이 하얀 회벽과 어울려 정말 멋있는 경관을 연출했다.

하지만 종탑을 볼 때마다 젤트루데 생각이 들어 저절로 한숨이 나왔다. 독일군이 돈 까밀로한테서 젤트루데를 빼앗아 간 지 거의 3년이 되었다. 그동안 돈 까밀로는 분노를 삭이지 못했다. 젤트루데는 매우 큰 종이었고, 그 정도 크기의 종을 다시 살 수 있는 돈을 마련하는 것은 하느님의 도움 없이는 불가능한 일이었기 때문이다.

"너무 화내지 마라, 돈 까밀로."

제단의 예수님이 말씀하셨다.

"종탑의 종이 작아도 성당은 번창할 수 있느니라. 종소리가 중요한 게 아니다. 하느님의 귀는 아주 밝아 호두알만한 작은 종을 울려도 잘 들으시노라."

"옳으신 말씀입니다."

돈 까밀로가 한숨을 쉬며 대답했다.

"하지만 사람들은 가는귀 먹었습니다. 종은 사람들을 불러모으는 데 쓰기 위한 것입니다. 종소리는 커야 합니다. 대중은 목소리가 큰 사람의 얘기를 듣게 되어 있지요."

"그럼 네 뜻대로 해보아라, 돈 까밀로. 아마 성공할 것이니라."

"백방으로 뛰어보았습니다, 예수님. 기꺼이 돈을 낼 마음이 있는 사람은 막상 돈이 없고, 부자들은 목에 칼이 들어와도 땡전 한 푼 내지 않습니다. 축구 복권도 두 번이나 샀습니다. 어찌나 아깝던지! 누군가 한 마디, 아니 귀띔만 해 주었어도 종 열

개는 거뜬히 샀을 겁니다."

예수님이 웃으셨다.

"내 무관심을 용서하거라, 돈 까밀로. 내년엔 어느 축구팀이 우승할지 관심을 두고 지켜보겠다. 혹시 로또 복권에는 관심이 없느냐?"

돈 까밀로가 얼굴을 붉혔다.

"제 말을 오해하신 것 같습니다. 제가 말한 '누군가'는 예수님을 두고 한 소리가 절대 아닙니다. 전 일반적인 의미로 말씀드린 겁니다."

돈 까밀로가 머리를 긁적이며 말했다.

"재미있는 소리구나, 돈 까밀로. 이런 일이 거론될 땐 일반적인 의미로 말하는 것이 아주 지혜로운 방법이란다."

예수님이 맞장구를 치셨다.

며칠 후, 돈 까밀로는 보스카치오의 부자인 주세피나 부인의 저택에 들렀다가 기뻐 어쩔 줄 몰라하며 가벼운 걸음으로 성당에 돌아왔다.

"예수님!"

돈 까밀로는 숨을 헐떡이며 제단 앞으로 가서 소리쳤다.

"내일 10킬로그램짜리 초가 타오르는 것을 보시게 될 겁니다. 시내에 가 초를 사오겠습니다. 만일 그만한 초가 없다면 만들라고 주문하겠습니다."

"돈 까밀로, 누가 네게 초 살 돈을 주었느냐?"

"걱정하지 마세요. 침대 매트리스를 팔아서라도 초를 사올 테니까요!"

돈 까밀로는 흥분된 마음을 가라앉히지 못했다.

"주세피나 부인이 젤트루데를 만드는 데 필요한 큰돈을 기부했습니다!"

"그 부인이 어째서 그런 생각을 했을까?"

"결심을 하나 했었답니다. '예수님이 자기 사업이 잘 되게 도와주신다면 성당에 종을 기부하겠다' 고요. 그런데 일이 잘 됐답니다. 그에 대한 감사의 뜻으로 한 달 뒤엔 젤트루데가 다시 하늘 높이 종소리를 울릴 겁니다! 그럼 저는 초를 사러가겠습니다!"

예수님이 부리나케 뛰어 나가는 돈 까밀로를 불러세웠다.

"초는 됐다, 돈 까밀로야. 초는 필요 없어."

"아니 왜요?"

돈 까밀로가 깜짝 놀라며 물었다.

"난 초를 받을 이유가 없다."

예수님이 말씀하셨다.

"난 부인의 사업을 도와준 적이 없다. 나는 상금이 걸린 경연대회나 장사에는 관여하지 않는다. 만일 장사에 관여했다간, 사업에서 돈을 번 사람은 내게 고마워하겠지만, 사업에 실패한 사람은 나를 원망할 게 아니냐. 만약 네가 우연히 돈 가방을 주웠다면 그건 내가 너를 도와서가 아니다. 왜냐하면 나는 네 이웃에게 일부러 돈 가방을 잃어버리게 하지는 않을 테니까 말이다. 그 초는 주세피나 부인에게 돈을 벌게 해준 중개인한테나 켜줘라. 나는 사업 중개인이 아니니라."

예수님의 목소리는 평소와 달리 준엄했다.

돈 까밀로는 부끄러워 몸 둘 바를 몰랐다.

"저를 용서하십시오. 전 뚱뚱하고 무식하기 짝이 없는 불쌍한 시골 신부입니다. 제 머릿속은 안개로 가득 차 있습니다."

돈 까밀로가 더듬거리며 말했다.

예수님이 웃으셨다.

"너무 자책하지 마라, 돈 까밀로."

예수님께서 큰 소리로 말씀하셨다.

"너는 언제나 내 말을 잘 이해한다. 이것은 네가 무지하지 않다는 증거다. 배운 사람도 종종 머리가 혼미해질 때가 있는 법 아니냐. 죄를 지은 건 네가 아니다. 오히려 너의 감사하는 마음이 나를 감동시켰다. 넌 아무리 작은 기쁨이라도 하느님의 은혜로 돌리지 않았느냐. 네 기쁨은 언제나 순수했다. 종을 가지게 됐다고 기뻐하는 지금 네 모습이 순수하듯이 말이다. 종을 다시 가지게 해줬다고 내게 감사할 때도 넌 순수했다. 하지만 주세피나 부인은 불순하다. 그녀는 자신의 더러운 돈벌이 사업에 하느님을 끌어들일 수 있다고 믿었으니 말이다."

돈 까밀로는 조용히 고개를 숙이고 예수님의 이야기를 들었다.

"감사합니다, 예수님. 그 고리대금업자 노파에게 가서 돈을 받지 않겠다고 하겠습니다. 제가 치는 종은 만인의 행복을 위한 깨끗한 종이어야 합니다. 젤트루데의 종소리를 다시 듣지 못하고 죽는 한이 있어도 말입니다."

돈 까밀로는 성큼성큼 걸어나갔다.

예수님은 그를 웃으면서 바라보았다. 그러다가 막 성당 문을 나가는 그를 다시 불러세웠다.

"돈 까밀로, 난 네 머릿속을 훤히 들여다보고 있다. 그 종이 너한테 어떤 의미가 있는지를 말이야. 네가 그것을 단념한 마음이 너무나 훌륭해서 악마의 청동상이라도 깨끗이 녹이겠구나. 돈 까밀로, 빨리 가거라, 그렇지 않으면 종뿐만 아니라 얼토당토 않은 다른 부탁까지 들어줘야 할 판이니까 말이다."

돈 까밀로가 웃었다.

"그럼 종을 받아도 됩니까?"

"받아라. 너는 그럴 자격이 있느니라."

돈 까밀로는 기뻐서 성당 주소도 까맣게 잊을 지경이었다. 제단 앞으로 가서 꾸벅 절을 하고 뒤돌아 뛰었다. 그러다가 성당 가운데서 급제동을 하고 문 앞까지 살금살금 걸어갔다. 예수님은 흡족한 눈으로 그를 바라보셨다. 돈 까밀로에게는 이것 역시 주님을 찬미하는 방법이었기 때문이다.

며칠 뒤 작은 소동이 벌어졌다. 돈 까밀로는 한 꼬마가 새로

칠한 사제관의 하얀 회벽에 숯으로 낙서하고 있는 걸 보고 득달같이 달려갔다. 꼬마는 도마뱀처럼 재빨리 달아났다. 돈 까밀로는 하느님의 자비고 뭐고 다 내팽개치고 꼬마의 뒤를 쫓아갔다.

“내 허파가 터지는 한이 있더라도 네 녀석을 붙잡아 혼쭐을 내주겠다.”

돈 까밀로가 소리쳤다. 들판을 가로지르는 난폭한 질주가 시작되었다. 한 걸음 내디딜 때마다 돈 까밀로의 분노는 점점 커져갔다. 아이는 빠져나갈 구멍 하나 없는 빽빽한 울타리 앞에 다다르자 걸음을 멈추었다. 당황한 아이는 두 손을 앞에 모으고 돌아섰다. 그러고는 겁에 질려 숨을 죽이고 있었다.

돈 까밀로는 탱크처럼 들이닥쳐 왼손으로 아이의 팔을 잡고 오른손으로 아이의 머리통을 쥐어박으려 했다. 그런데 손에 잡힌 팔목이 너무 마르고 가벼워서 깜짝 놀랐다. 돈 까밀로는 주먹을 풀고 올렸던 팔을 도로 내렸다.

잠시 아이의 얼굴을 들여보았다. 창백한 얼굴에 휘둥그레 뜬 두 눈을 보니 스트라지아미의 아들이 틀림없었다. 스트라지아미는 뻬뽀네의 심복들 가운데 가장 가난한 자였다. 게을러서 가난한 게 아니었다. 오히려 그는 늘 일을 찾아다니는 사람이었다. 문제는 일자리를 찾은 날 하루는 얌전히 일하다가 이틀째면 꼭 주인과 싸움을 해서 쫓겨난다는 것이었다. 그러니 한 달에 일하는 날이 닷새가 될까 말까 했다.

"신부님, 다시는 그런 짓 하지 않을게요."

소년이 애원했다.

"가거라!"

돈 까밀로가 퉁명스럽게 말했다. 그는 사람을 보내 스트라지아미를 불렀다. 그는 주머니에 두 손을 찔러넣고 모자를 삐딱하게 쓴 채 건들거리며 사제관으로 들어왔다.

"신부님께서 인민에게 무슨 볼일이라도 있으신가요?"

그는 허세를 부리며 말했다.

"헛소리 말고 모자를 벗게. 안 그러면 주먹이 날아갈 테니. 나한텐 안 통하니까 그 허풍 좀 그만 떨게."

스트라지아미는 아들만큼이나 마르고 자그마한 사내였다. 돈 까밀로가 한 방만 날리면 끝장이 날 판이었다. 주먹이 스르륵 풀리고 말았다. 그는 의자에 모자를 던져놓고 따분한 표정을 지었다.

"내 아들이 사제관 벽에 낙서했다고 부르신 모양인데, 벌써 알고 있습니다. 사람들이 이미 알려줬거든요. 그렇지 않아도 오늘 저녁 그놈을 흠씬 두들겨 패주려던 참이니 신부님은 염려하지 마십시오."

"그 애에게 손을 대면 자네를 요절내고 말 테니 그리 알게. 대신 그 애한테 먹을 걸 주게! 뼈만 앙상하게 남은 몰골이 불쌍하지 않는가?"

돈 까밀로가 으르렁댔다.

"모든 사람이 다 하느님의 축복을 받고 사는 건 아닙니다…."

스트라지아미가 빈정거리기 시작하자 돈 까밀로가 그 말을 막았다.

"일자리를 찾으면 어설픈 혁명가 흉내를 내며 이틀 만에 때려치우지 말고 진득하니 좀 붙어 있게!"

"신부님은 신부님 일이나 신경 쓰시오!"

스트라지아미가 화를 냈다. 그러고는 몸을 돌려 나가려는 순간 돈 까밀로가 그의 팔을 움켜쥐었다. 그런데 그의 팔도 아들만큼이나 가볍고 말라서 잡았던 손을 놓지 않을 수가 없었다.

"예수님, 제 손엔 뼈만 앙상한 팔이 잡히다니 이게 어찌 된 일입니까?"

"수많은 전쟁과 증오로 인해 괴로움이 많은 나라에서는 무슨 일이든 일어날 수 있느니라."

예수님이 한숨을 내쉬며 말씀하셨다.

"그것보다 네 손을 제사리에 가만히 두도록 하여라."

돈 까밀로는 뻬뽀네의 정비소로 달려갔다.

뻬뽀네는 열심히 일하고 있었다.

"저 가난뱅이 스트라지아미의 아들을 위해 읍장인 자네가 뭔가를 해주어야하겠네."

돈 까밀로가 심각한 표정으로 말했다.

"읍의 형편으로는 달력 한 장을 사기도 힘든 실정이오."

뻬뽀네가 메마른 목소리로 대답했다.

"그럼 공산당인지 공갈단인지 지부당 위원장 자격으로 힘 좀 써보게. 내 생각이 틀리지 않는다면 스트라지아미는 자네 심복 아닌가."

"거기도 똑같은 형편이오. 그 돈으로는 지도 한 장 사기도 힘들다오."

"무슨 소린가? 러시아에서 보내주는 돈이 있지 않은가?"

빼뽀네는 줄을 갈며 대답했다.

"러시아 차르의 마차가 좀 늦어지는 모양이오. 왜 그 미국에서 보내주는 돈을 우리한테 조금만 주시지 그래요? 공갈만 치지 마시고."

돈 까밀로는 어깨를 들썩였다.

"읍장이나 위원장으로서 이 일의 중요성을 이해하지 못 하겠다면, 적어도 아들을 둔 아버지로서 이해해 줘야 하네. 사제관 벽을 더럽힌 그 불쌍한 아이를 꼭 도와야 해. 그리고 비지오에게 전하게. 사제관 벽을 공짜로 깨끗이 닦아놓지 않으면 기독교민주당의 벽보를 통해 자네 당을 공격하겠다고 말일세."

빼뽀네는 여전히 줄을 갈며 대답했다.

"읍에서 도움이 필요한 아이가 어디 스트라지아미의 아들 하나뿐이겠소? 나도 돈이 좀 생기면 아이들을 배불리 먹일 보육시설을 만들고 싶소."

"그럼 직접 발로 뛰어다녀야 할 게 아닌가! 여기서 볼트나 죄면서 읍장 노릇을 한다면 어느 천 년에 돈을 구하겠나. 농부들

주머니엔 잔돈푼깨나 있을 텐데."

"흥, 농부들은 땡전 한 푼 주지 않을 거요. 송아지를 통통하게 살찌울 외양간을 만든다면 모를까. 왜 교황이나 미국 대통령을 만나보시지 그래요?"

그들은 두 시간이나 말다툼을 벌였고 적어도 서른 번쯤은 주먹이 오갈 아슬아슬한 순간을 넘겼다. 돈 까밀로는 밤늦게 성당으로 돌아왔다.

"흥분한 것 같구나? 무슨 새로운 소식이 있느냐?"

예수님이 물으셨다.

"불쌍한 신부가 두 시간 동안 공산당 읍장과 싸우며 바닷가에 보육 시설을 세울 필요가 있다고 이해시켜야 했습니다. 그리고 또 인색한 부르주아 여편네에게 자선 사업에 쓸 기부금을 내라고 싸웠습니다. 그러니 기분이 좋을 리가 없지요."

"알겠노라."

예수님이 말했다.

돈 까밀로는 주저하더니 입을 열었다.

"예수님, 용서해 주십시오. 돈 때문에 예수님을 좀 팔았습니다."

"나를?"

"네, 주세피나 부인을 설득하느라, 지난밤 꿈에 예수님이 나타났다고 말했습니다. 예수님이, 기부금으로 종을 사는 데 쓰느니 차라리 자선 사업에 쓰는 게 좋겠다는 말씀을 하셨다고 꾸며댔습죠."

"돈 까밀로, 그런 짓을 하고도 감히 나를 볼 용기가 있느냐?"

"네, 결과가 수단을 정당화한다고 생각합니다."

돈 까밀로가 조용히 말했다.

"나는 마키아벨리가 한 그 말이 네 행동을 정당화할 만큼 훌륭하다고 생각하지 않느니라."

"마키아벨리의 말이 불경스럽기는 하지만 가끔 유용하기도 합니다, 예수님."

한동안 정적이 이어졌다. 돈 까밀로는 자신이 너무 함부로 떠든 것 같아 가슴이 뜨끔했다. 그런데 뜻밖에도 이런 말이 그의 귓전을 파고들었다.

"그 말도 사실이다."

예수님은 결국 찬성하였다.

열흘 뒤, 성당 앞으로 아이들이 노래하며 지나갔다. 아이들은 보육 시설에 가기 위해 역으로 이동하는 중이었다. 돈 까밀로는 달려나가 일일이 축복해 주고 성자의 상본을 나누어주었다. 그러다가 줄의 맨 끝에 있던 스트라지아미의 아들을 보자 마음이 우울해졌다.

"갔다 와서 몸이 튼튼해지거든 우리 다시 한판 붙어보자!"

돈 까밀로는 위협하듯, 그러나 다정스레 말했다. 그리고 멀찌감치 떨어져 아이들의 뒤를 따라오고 있던 스트라지아미를 보자 얼굴을 찡그리며 중얼거렸다.

"못된 놈 같으니!"

돈 까밀로는 투덜거리며 몸을 돌려 성당으로 돌아갔다. 그날 밤 돈 까밀로의 꿈에 예수님이 나타나서 주세피나의 돈이 종보다는 자선 사업을 위해 쓰이면 좋겠다고 말씀하셨다.

"이미 그렇게 했습니다."

꿈 속에서 돈 까밀로가 중얼거렸다.

옹고집 영감

1922년에 파시스트들이 트럭을 타고 강을 따라 올라오면서 사회주의 협동조합에 불을 지른 일이 있었다. 그때 마굿지아는 키가 크고 대꼬챙이처럼 마른 몸에 수염을 길게 기르고 있어서 그때부터 '마굿지아 영감'으로 불리고 있었다.

그때 갑자기 트럭 하나가 그 파시스트들을 태우고 마을 안으로 들이닥쳤다. 사람들은 모두 집 안에 숨어버리거나 강둑을 따라 도망쳤다. 하지만 마굿지아 영감만은 자기 자리를 지켰다.

그 무리가 인민협동조합으로 들어왔을 때 마굿지아는 계산대 뒤에서 버티고 있었다. 그는 그 무리의 두목으로 보이는 사람에게 말했다.

"여기는 정치하고 상관없는 곳이오. 단지 경영의 문제일 뿐이요. 내가 이 협동조합을 만들어 운영해 왔는데 언제나 계산은 정확했고 지금까지도 그렇소. 앞으로도 그럴 것이오. 여기 물품 명세서가 있으니 인수증을 써주시오. 그러고 나서 물건에 불을 지르든 말든 마음대로 하시오!"

그들은 피도 눈물도 없는 악당들이었다. 그렇지 않고서야 어떻게 치즈며 베이컨이며 밀가루를 불태우고, 도끼로 우유 공장을 때려 부수고, 총으로 돼지를 쏴 죽여 버릴 수 있겠는가. 그래 놓고도 어떻게 정치를 한다고 떠들어댈 것인가.

아무튼 그들은 그러겠다고 대답하고는 물품 명세서를 훑어본 다음 그 아래 영수했다는 사인을 했다.

"배상 문제는 정부하고 알아서 하라고."

그들은 웃으면서 말했다.

"아직 시간이 많으니까 천천히 하겠소. 자, 그럼 편한 대로 하시오."

마굿지아는 그렇게 말하고 나가버렸다.

그는 광장 끝 모퉁이에서 인민협동조합이 타는 걸 보려고 멈추어 섰다. 그 건물이 몽땅 타서 재로 변했을 때, 그는 모자를 벗고 자기 집으로 돌아갔다.

그 후 아무도 그를 본 사람이 없었다. 마굿지아는 자신의 집에 틀어박혀 살면서 마을에는 더 이상 모습을 나타내지 않았다.

1944년 어느 날 저녁, 갑자기 마긋지아 영감이 사제관으로 돈 까밀로를 찾아왔다.

"나보고 읍장에 출마하라고들 합니다. 거절했더니 내 아들을 전쟁터로 보내겠다며 협박합니다. 저 좀 도와줄 수 있겠습니까?"

마긋지아 영감이 말했다.

돈 까밀로는 그리하겠다고 대답했다.

"그렇지만, 돈 까밀로."

마긋지아 영감이 돈 까밀로의 말을 막았다.

"한 가지 확실하게 해둘 게 있습니다. 나는 존경하는 사람한테 개인적으로 부탁하는 거지 신부인 돈 까밀로한테 부탁하는 게 아닙니다. 신부를 경멸하기 때문입니다."

그는 철저한 사회주의자였다. 죽을 때 종교의식을 거부하고 매장할 때 사회주의 노래를 연주시키고 싶어, 죽을 날만 손꼽아 기다리는 사람이었다.

돈 까밀로는 주먹을 쥐고 뒷짐을 진 채 그 손을 제발 꼭 붙잡아주시라고 예수님께 기도드렸다.

"좋소."

돈 까밀로가 대답했다.

"개인 입장으로서 나는 당신을 문밖으로 차버리고 싶지만, 신부로서는 도와주겠소. 확실하게 밝혀둘 것은 난 당신을 사제 모독자로서가 아니라 성실한 사람으로서 도와주겠다는 거요."

그 후 돈 까밀로는 여섯 달 동안 마굿지아의 아들을 성당 종탑 안에 숨겨주었다. 그러고는 기회를 보아 건초를 실은 마차에 태워 안전한 곳으로 도피시켜 주었다.

전쟁이 끝난 후 몇 해가 흘렀다.

어느 날 마굿지아 영감의 숨이 오락가락한다는 소문이 돌았다. 그날 오후 누군가 찾아와서 마굿지아 영감이 돈 까밀로를 만나보고 싶어한다는 이야기를 전했다. 돈 까밀로는 부랴부랴 자전거를 타고 쏜살같이 달려갔다. 대문 앞에는 마굿지아의 아들이 서 있었다.

"신부님, 죄송합니다만 이쪽으로 와주십시오."

아들은 담장을 따라 돌다가 창문 아래 멈추어 섰다. 창문 아래쪽 안에는 마굿지아가 침대 위에 누워 있었다. 마굿지아가 조그만 소리로 말했다.

"신부를 내 집 안에 절대로 들여놓지 않기로 맹세했기 때문에 이런 실례를 범한 거요."

돈 까밀로는 화가 나서 당장 돌아가고 싶었지만, 간신히 참고 서 있었다.

"신부가 아니라 인간 대 인간으로 얘기할 수 있겠소?"

마굿지아 영감이 말했다.

"말씀하시오."

"나는 마음의 빚을 깨끗이 갚고 싶소. 그래서 옛날에 내 아들을 구해주신 데 대해 감사의 인사를 드리려고 사람을 보낸 것이요."

"난 아무것도 한 일이 없습니다."

돈 까밀로가 대답했다.

"아드님이 무사한 건 내 공로가 아니라 하느님의 도우심 덕택이요. 그러니 내가 아니라 하느님께 감사드려야 할 일이오."

"돈 까밀로, 우리 그런 문제로 다투지 맙시다. 나는 마음 편히 죽고 싶소!"

마긋지아가 말했다.

"하느님의 은총을 받지 않고 죽으면 편안하게 죽을 수 없습니다."

돈 까밀로는 걱정스러운 목소리로 말했다. 그리고 안타깝다는 듯이 말을 이었다.

"이웃 사람들에게는 그렇게도 다정한 분이 어째서 자기 자신은 그토록 미워하는 건가요?"

마긋지아 영감이 고개를 저었다.

"그런데 돈 까밀로, 왜 그렇게 열을 내시오?"

잠시 시간이 흘렀다.

"알겠소. 내 장례식 때문에 그러시는 모양인데, 하긴 나 같은 사람만 있다면 교회가 경제적으로 어려움을 받게 되겠지. 어쨌든 나는 편하게 죽고 싶소. 아무도 나를 미워하지 않게 하고 죽겠소. 나는 교회의 성찬식은 거절하오. 하지만 나는 신부님을 기쁘게 하는 일이라면 장례식은 기독교식으로 하라고 유언하겠소."

"내 개인적인 생각으로는 영감님을 당장 지옥에 보내드리고 싶습니다! 돈 때문에 장례식을 치러 드리고 싶은 생각은 조금도 없습니다!"

돈 까밀로가 외쳤다.

영감은 한숨을 내쉬었다.

돈 까밀로는 곧 마음을 가라앉히고 간절하게 말했다.

"영감님, 한 번 더 생각해 보시오. 그동안 영강님을 도와주라고 하느님께 기도해 보겠소."

"쓸데없는 짓이오. 하느님은 항상 나를 도와주셨소. 그렇지 않았다면 난 그분의 계명에 복종하면서 살아오지 않았을 거요. 내가 고해성사를 하지 않는 건, 건강한 마궂지아도 죽음이 찾아오니까 결국 겁에 질려 신부에게 굴복하는구먼, 이런 말을 사람들한테 듣고 싶지 않소. 그런 소리를 듣느니 차라리 지옥으로 가겠소!"

돈 까밀로가 흥분하듯 말했다.

"하느님과 지옥을 믿는 분이 왜 선한 신자로서 죽기를 원하지 않습니까?"

"신부가 좋아하는 꼴을 보기 싫어서…."

마궂지아 영감이 완고하게 대답했다.

돈 까밀로는 무섭게 흥분해서 성당으로 돌아왔다. 그는 제단의 예수님에게 가서 상세하게 말씀드렸다.

"도대체, 선량한 사람 하나가 저 어리석은 자존심 때문에 개처럼 죽어가는 일이 있을 수 있는 일입니까?"

"돈 까밀로."

예수님이 한숨을 쉬며 말씀하셨다.

"정치가 개입하면 무슨 일이든지 가능한 법이다. 전쟁터에선 조금 전까지만 해도 죽이려 하던 적을 용서하고 빵도 같이 나눠 먹을 수 있다. 그러나 정치판에선 말 한마디 때문에 반대당 사람을 미워한 나머지 아들이 아버지를 죽이고 아버지가 아들을 죽이기도 한단다."

돈 까밀로는 제대 앞을 이리저리 걸어 다니다가 우뚝 멈춰 섰다.

"예수님!"

돈 까밀로가 양팔을 벌리며 말했다.

"마굿지아가 개처럼 죽는 게 좋다고 성경에 씌어 있다면, 그러면 하느님의 뜻대로 따르겠습니다."

"돈 까밀로, 이 일을 정치로 끌고 가지 마라."

예수님이 웃으며 경고하셨다.

이틀 후, 마굿지아 영감이 수술을 받아서 병세가 좋아졌다는 소문이 들려왔다. 한 달 후에는 완전히 건강해진 모습으로 사제관을 찾아왔다.

"사정이 그때와는 좀 달라졌소이다. 하느님께 감사드리고 싶으니 어서 미사를 올려주시오. 하지만 이것은 나와 하느님 사이의 일이지 우리 당과 신부님 당 사이의 일은 아니오. 그러니 사람들을 부르고 성가대를 부르는 것은 피해주셨으면 하오. 그렇게 해 주시면 고맙겠소."

"좋습니다. 내일 새벽 5시에 우리 당의 당수만 참석하실 겁니다."

마긋지아 영감이 돌아가고 난 뒤, 예수님이 돈 까밀로에게 당의 당수가 누구냐고 물었다.

"물론 예수님이시지요."

돈 까밀로가 대답했다.

"돈 까밀로, 정치 냄새는 풍기지 마라."

예수님이 웃으면서 경고하셨다.

"앞으로는 사람을 개처럼 죽게 하는 것이 하느님의 뜻이라고 말하기 전에 다시 한 번 생각해 보거라."

돈 까밀로가 피식 웃으며 대답했다.

"예, 알겠습니다. 요 입이 방정입니다."

총파업

돈 까밀로는 사제관 앞 벤치에 앉아 토스카나 시가를 피우고 있었다. 그때 자전거 한 대가 쏜살같이 달려왔다. 스미르초였다. 그는 성당 벽에 자전거를 기대놓고 종탑 문으로 잽싸게 달려갔다. 하지만 문은 자물쇠로 굳게 잠겨 있어 꿈쩍도 하지 않았다.

"어디 불이라도 났나?"

이 모습을 지켜보고 있던 돈 까밀로가 자리에서 일어나 스미르초에게 물었다.

"아닙니다. 정부 놈들이 더러운 짓을 했어요. 빨리 종을 쳐서 인민들을 소집해야 합니다."

돈 까밀로는 다시 벤치에 앉으며 말했다.

"인민들은 자네 자전거로 소집하게. 시간은 좀 걸리겠지만 그게 덜 시끄러울 테지."

스미르초는 입을 삐죽거리며 양팔을 벌렸다.

"예. 알겠습니다."

그는 뜻밖에도 시원스럽게 대답을 하더니 자전거를 타고 가 버렸다.

그러나 스미르초는 사제관 모퉁이를 돌자마자 갑자기 자전거에서 뛰어내려 어디론가 뛰기 시작했다. 돈 까밀로가 그의 뒤를 쫓았지만 이미 스미르초는 다람쥐처럼 피뢰침 철선을 따라 종탑 벽을 반쯤이나 기어 올라가고 있었다. 그는 종탑 꼭대기에 도착하자마자 사다리를 타고 종이 있는 방으로 들어가 종을 치기 시작했다.

돈 까밀로는 어찌할 수가 없어서 그냥 내 버려두었다. 스미르초가 자기 발로 내려오기를 기다리는 수밖에 없었다. 잠시 후 그는 사제관으로 돌아갔다. 가는 길에 사제관 모퉁이에다 세워둔 스미르초의 자전거 앞으로 갔다. 그러고는 자전거 바퀴의 나사를 푼 다음 앞바퀴를 떼어내 사제관으로 가지고 갔다.

"바퀴 하나로 곡예사처럼 멋지게 타 봐라."

그는 중얼거리며 사제관 문을 안에서 걸어 잠갔다.

종이 울린 지 30분 후 사람들이 광장으로 몰려들었다. 빼뽀네가 읍사무소 발코니에 나타나 연설을 시작했다.

"반민주적이고 반동적인 정부 아래서 권력의 횡포가 공공연히 저질러지고 있소. 우리의 동지 폴리니 아르테미오에게 추방을 선고한 법령이 그 한 가지요. 그러니 우리 인민은 그의 권리를 지켜주어야 하오. 나아가 이 법령의 집행을 결사반대해야 할 것이오!"

"옳소!"

사람들이 소리쳤다. 빼뽀네는 격분한 어조로 연설을 계속했다. 마침내 항의 행진이 있었고, 위원회를 선출해 시장에게 보낼 최후통첩 시안을 만들었다. 판결의 집행을 연기하거나 재판을 다시 해서 그 판결을 뒤엎지 않으면 총파업도 불사하겠다는 내용이었다. 회답하는 데 24시간 여유를 주겠다고 했다.

도시에서 사람들이 왔고, 위원회 사람들이 도시로 갔다. 전보와 전화 통화가 여러 차례 이어졌다. 24시간이 48시간으로 늘어났고, 다시 96시간으로 연장되었다. 하지만 해결의 실마리는 조금도 보이지 않았다. 드디어 총파업이 결정되었다.

"어떤 이유로든 누구도 일해서는 안 된다. 총파업이란 한 사람도 예외 없이 절대로 일해서는 안 된다는 뜻이다. 감시반을 만들어 곧바로 행동에 들어간다."

빼뽀네는 총파업을 결정한 다음 이렇게 말했다.

"암소는요? 먹이도 주고 젖도 짜야 할 텐데요. 젖을 짜놓고 그걸 버릴 수야 없지 않습니까? 그러니 치즈 공장만은 가동시켜야 할 겁니다."

브루스코가 눈을 동그랗게 뜨고 말했다. 빼뽀네가 화를 내며 투덜거렸다.

"제기랄, 이게 농촌이 가진 한계란 말이야!"

빼뽀네는 화가 나서 방 안을 서성였다. 그러고는 모두 들으라는 듯이 소리쳤다.

"도시에서는 즉각 총파업을 시행할 수 있어. 공장 문을 닫고 하룻밤만 푹 자면 되지. 기계에는 먹이를 줄 필요가 없거든. 파업을 시작하고 15일이 지나도 감쪽같이 원상태로 돌이킬 수 있어. 가서 시동만 걸면 기계들은 다시 돌아가니까. 그런데 이곳 농촌에서 암소에게 그렇게 했다간 죽어버릴 테니 큰일이야. 하지만 다행히, 우리 마을은 교통의 요지를 차지하고 있어. 그러니 도로를 막으면 이 지방 전체의 교통이 마비될걸. 또 철로를 50미터만 뜯어내도 철도망이 파괴될 테니 우리의 파업이 전국으로 파급되지 않겠나?"

빼뽀네의 말에 비지오가 어깨를 으쓱하며 한 마디 덧붙였다.

"대장, 우리가 철로를 뜯어내면 두 시간도 안 돼서 장갑차 석 대가 올 겁니다. 철로를 고친 뒤, 다시는 뜯어내지 못하게 할 텐데요."

빼뽀네는 장갑차 따위는 아무것도 아니라고 대꾸했지만 이내 표정이 어두워졌다. 하지만 곧 기운을 차렸다.

"괜찮아, 총파업은 시도 자체에 뜻이 있는 거니까. 중요한 건

추방 판결이 실행되지 못하게 하는 거야. 이것이 이번 총파업의 기본 목표다. 방위대를 만들어 마지막까지 싸우자. 필요하다면 총을 쏘아도 좋다!"

비지오가 다시 웃었다.

"그들이 추방하기로 작심하면 끝끝내 하고 말 겁니다. 철로의 경우와 마찬가지죠. 장갑차 다섯 대가 오면 대장은 금세 궁지에 몰릴 겁니다."

뻬뽀네의 표정이 점점 더 어두워졌다.

"자네는 마을을 봉쇄하고 전령을 뽑아 감시단을 조직해! 스미르초와 파틸라이는 통행증을 가지고 가라. 강과 둑길은 아무나 보내서 감시하도록 해. 거긴 중요한 곳이 아니니까. 강둑이 있는 곳은 장갑차가 잘 다니지 않는 법이거든. 나머지는 내가 알아서 처리하겠다."

총파업 사흘 동안 집회도 열고 시위도 했지만 아무 효과도 없었다. 도로는 완벽하게 봉쇄됐다. 자동차들이 왔다가 멈춰서고 말았다. 운전자들은 욕을 하면서 8, 9킬로미터를 되돌아가 우회도로로 다녀야 했다.

돈 까밀로는 밖에 얼씬도 하지 않았지만 모든 사태를 훤히 꿰뚫고 있었다. 마을의 할머니들이 동원 명령이라도 받은 듯 아침부터 저녁까지 분주히 소식을 전했기 때문이다. 하지만 대개가 별로 중요하지 않은 소식뿐이었다. 그러다가 중요한 소식한 가지가 파업 3일째 되는 날 늦은 저녁에 돈 까밀로의 귀에 들어왔다. 과부 기팰리가 전한 소식이었다.

"빼뽀네가 큰 집회를 연다기에 가서 엿듣고 왔어요. 안색이 어두운 걸로 봐서 일이 심상치 않게 돌아가나 봐요. 길길이 날뛰며 고함을 질러 대더군요. 도시 사람들이 자기들 마음대로 결정했지만 추방은 절대로 못 할 거래요. 인민들은 어떤 희생을 치르더라도 자신의 권리를 보호할 거라고 말했어요."

여자가 설명했다.

"그래 인민들은 뭐라고 합디까?"

"아이고, 모두 공산당뿐이라오. 다른 마을 공산당까지 몰려와서 소리치고 난리가 아니었어요."

돈 까밀로는 양팔을 벌리며 말했다.

"하느님, 저들을 깨우쳐주소서."

새벽 3시경 돈 까밀로는 잠에서 깨어났다. 누군가 그의 2층 서재에 돌을 던진 것 같았다. 돈 까밀로는 세상사를 잘 아는 사람이라 창문 밖을 내다보지 않았다. 대신 손에 총을 들고 조심스럽게 아래층으로 내려갔다. 그는 사제관 정면 벽을 휘감아 올라온 포도 넝쿨에 가려 잘 보이지 않는 작은 들창으로 밖을 엿보았다. 달 밝은 밤이었기 때문에 돌을 던진 사람이 누구인지 금방 알아볼 수 있었다.

돈 까밀로는 문을 열어주었다.

"무슨 일인가, 브루스코?"

브루스코는 안으로 들어서며 돈 까밀로에게 불을 켜지 말라고 부탁했다. 그는 한참을 망설이더니 작은 목소리로 말을 시작했다.

"신부님, 그들이 내일 옵니다."

브루스코가 말했다.

"누가 말인가?"

"헌병들과 경찰들이 장갑차를 앞세우고 폴리니를 추방하기 위해 쳐들어올 거랍니다."

"이상할 것이 없지 않은가. 그게 법인 걸 어쩌겠나. 유죄라고 정의의 심판을 받았으니 폴리니는 떠나야 하네."

돈 까밀로가 굳은 표정으로 말했다.

"정의는 무슨 정의예요? 전부 다 인민을 속이기 위한 구실인 걸요!"

브루스코가 소리쳤다.

"그런 얘기 하러 이 한밤중에 나를 찾아왔나?"

"그건 아니지요."

브루스코의 목소리가 갑자기 은밀해졌다.

"빼뽀네가 강제 추방은 없을 거라고 말했다는 게 문제죠. 아시다시피 대장은 한다고 하면 진짜로 하는 사람 아닙니까. 식은땀이 날 지경입니다."

돈 까밀로는 브루스코의 말을 듣고 옆구리에 손을 올리며 말했다.

"본론을 말해 보게, 브루스코."

"저, 사실 도시 쪽에서 녹색, 그다음에 붉은색 신호탄이 보이면 장갑차가 오고 있다는 뜻입니다. 그러면 뻬뽀네는 피우메토 다리의 교각을 폭파할 작정이랍니다. 그리고 반대편에서 녹색 신호탄과 붉은 신호탄이 오르면 카날라치오에 있는 목조다리가 폭파될 거고요."

돈 까밀로는 브루스코의 멱살을 움켜잡았다. 브루스코는 숨이 막혀 기침하면서 계속 말했다.

"뻬뽀네와 제가 두 시간 전에 폭탄을 설치했습니다. 뻬뽀네는 피우메토 강둑을 지키고 있다가 발파 장치를 누르고, 저는 카날라치오 강둑에 있다가 발파 장치를 누르기로 했습니다."

"자네는 여기 있게. 목뼈가 부러지고 싶지 않다면 꼼짝 말고 있어!"

돈 까밀로가 소리쳤다.

"아니, 같이 가서 폭탄 뇌관을 제거하세."

"이미 제거했습니다."

브루스코가 대답했다.

"뻬뽀네를 배신했으니 저는 비겁자입니다. 하지만 그를 배신하지 않는 것이 더 크게 비겁한 일이라고 생각했습니다. 뻬뽀네가 이 사실을 알면 저를 죽이려 들 겁니다."

"절대 모를 걸세. 자네는 거기 꼼짝 말고 있어. 내가 가서 정신이 번쩍 들게 해줄 테니까. 머리통을 쥐어박아서라도 말이야."

브루스코가 걱정을 했다.

"어떻게 하시려고요? 뻬뽀네는 신부님을 보자마자 눈치를 챌 겁니다. 신부님 말을 듣느니 차라리 신호탄에 상관없이 다리를 폭파하고 말 겁니다. 그리고 강둑까지 어떻게 가실 겁니까? 다리를 건너가셔야 하는데, 다리 100미터 앞에는 비지오가 철통 같은 경비를 서고 있습니다."

"들판 쪽으로 가겠네."

"그쪽 둑길로 가려면 강을 건너야 하는뎁쇼."

"하느님이 도와주실 거야."

돈 까밀로는 검은색 외투를 걸치고 사제관 울타리를 넘어 들판으로 달려갔다. 새벽 4시여서 먼동이 터오고 있었다. 포도밭을 지나 이슬에 젖은 약초밭을 가로질렀다. 들키지 않고 피우메토강둑 아래까지 도착했다. 다리 100미터 앞, 반대쪽 강둑에는 뻬뽀네가 잠복해 있을 터였다.

돈 까밀로는 아무런 계획도 없었다. 이런 상황에서 어떤 계획을 세울 수 있겠는가. 가만 지켜보고 있던 그는 마음을 다잡았다. 수풀로 들어가 강둑을 조심스럽게 기어 올라간 뒤 얼굴을 빠끔히 내밀어 주변을 살폈다. 뻬뽀네는 맞은편 강둑에서 도시 쪽을 살피고 있었다. 손잡이가 달린 발파장치가 뻬뽀네 옆에 있는 게 보였다.

돈 까밀로는 한 가지 묘안을 짜냈다. 강물은 수위가 높았고 다리 쪽에는 아주 세찬 소용돌이가 치고 있었다. 강둑 뒤로 해서 상류 쪽으로 거슬러 올라가면 들키지 않고 강을 헤엄쳐 건너갈 수 있는 좋은 지점이 있을 것 같았다. 다리가 80미터 앞에 있었지만 지금 있는 장소에서는 들키지 않고 강을 건널 방법이 없었다.

그때 '휘익' 하는 소리가 들려왔다. 도시 쪽에서 녹색 신호탄이 올라왔다. 금방 붉은색 신호탄이 올라올 터였다. 시간이 없었다.

"예수님, 저를 10초만 새나 물고기로 만들어 주십시오!"

돈 까밀로가 짧은 기도를 드렸다. 그러고는 그 자리에서 강물로 뛰어들었다. 어느 정도는 물살에 떠밀려, 어느 정도는 죽으라 헤엄을 쳐서, 어느 정도는 하느님의 도움으로 강을 건너갔다.

뻬뽀네가 돈 까밀로를 발견했을 때, 그는 이미 조개처럼 교각 하나를 부여잡고 있었다. 그 순간 붉은색 신호탄이 올라왔다.

"돈 까밀로, 비키시오! 어서 물속으로 뛰어드시오! 다리가 폭파될 거요!"

뻬뽀네가 소리쳤다.

"그럼, 나도 함께 폭파되지 뭐!"

돈 까밀로가 외쳤다.

"비키시오!"

빼뽀네는 발파 손잡이에 손을 대며 다시 부르짖었다.

"다리를 폭파하면 당신도 죽는단 말이야!"

"하느님과 함께 자네를 지켜보겠네!"

돈 까밀로는 교각을 더 꽉 끌어안으면서 대답했다. 장갑차가 다가오는 소리가 들렸다. 빼뽀네는 점점 더 화를 내며 날뛰다가 손잡이를 놓고 강둑으로 가 털썩 주저앉았다. 장갑차들이 부르릉거리며 다리 위를 지나갔다.

얼마나 지났을까? 빼뽀네는 다시 일어섰다. 돈 까밀로는 그때까지 다리 밑에서 교각을 부여잡고 있었다.

"이제 그만 비키시오. 망할 놈의 신부 같으니!"

빼뽀네가 화를 내며 소리쳤다.

"자네가 먼저 도화선을 끊고 발파장치를 강물에 처넣지 않는다면 내년까지라도 여기 있겠네."

빼뽀네는 도화선을 끊고 발파 장치를 물속으로 던졌다. 돈 까밀로는 도화선도 버리라고 말했다.

빼뽀네가 도화선마저 버렸다.

"이제 이리 와서 내 손 좀 잡아주게."

"어디 한 번 기다려 보시오, 내가 그리 가나."

빼뽀네가 아카시아 나무 뒤로 드러누우면서 대답했다. 어느새 돈 까밀로가 그의 옆에 와 있었다.

"내 명예는 땅에 떨어졌소. 깨끗이 사직하겠소."

빼뽀네가 멀리 강둑을 쳐다보며 말했다.

"만약 자네가 다리를 폭파했더라면 자네 목이 땅에 떨어졌을 걸세."

"인민들에게 뭐라고 변명하겠소? 추방을 막겠다고 약속했는데!"

"전에는 조국의 해방을 위해 싸웠는데 이제 와 조국과 맞서 싸운다는 게 어리석은 짓 같았다고 말하게."

빼뽀네가 고개를 끄덕였다.

"그 말은 맞소."

하지만 빼뽀네는 여전히 불만 가득한 목소리로 중얼거렸다.

"읍장으로서 그럴 수는 있소. 하지만 공산당 위원장으로서는 뭐라고 한단 말이오? 난 당의 위신을 떨어뜨렸단 말이오!"

"왜 그렇지? 자네 당의 당헌에 경찰한테 총을 쏴야 한다는 말이라도 있나? 그럼 자네 당원들에게 이렇게 설명하게. 알고 보면 경찰들도 자본주의에 착취당하는 인민의 아들이라고."

"그것도 맞는 말이오. 자본주의와 성직권을 주장하는 신부들에게 착취당하고 있는 건 우리와 똑같지!"

빼뽀네가 버럭 소리를 질렀다.

"암, 경찰도 우리와 같은 인민의 아들이고말고."

돈 까밀로는 물에 빠진 생쥐처럼 젖은 상태로는 더 이상 말하고 싶지 않았다. 그래서 어리석은 말은 그만두고 빼뽀네를 타이르는 것으로 끝냈다.

모든 일이 잘 해결되었다. 폴리니를 추방한 데 대한 보상으로 카날라치오의 목조 나무다리를 돌다리로 바꿀 수 있는 자금이 읍에 지급되었고, 그로써 실업 문제도 해결되었다.

돈 까밀로는 자전거 바퀴를 잃어버린 사람은 사제관에 와서 찾아가라고 게시판에 써 붙였다. 그날 오후 스미르초가 사제관으로 찾아왔다. 그는 엉덩이를 세게 걷어차이고 바퀴를 찾아갔다.

"나중에 계산을 하죠. 혁명의 물결이 다시 일어나는 날 말입니다."

스미르초가 엉덩이를 문지르며 말했다.

"물결이 일어난들 대순가? 내가 얼마나 헤엄을 잘 치는지 자네도 알 텐데 그런 소리를 하나?"

돈 까밀로는 아무 일도 아니라는 듯 대답했다.

도회지 공산당들

돈 까밀로가 참지 못할 만큼 싫어하는 사람들은 '도회지 공산당들' 이었다. 도회지 프롤레타리아들은 저희 도시에서는 찍소리도 하지 못하고 얌전히 굴었다. 하지만 시 경계를 넘어섰다 하면 도회지 사람 행세를 해야 한다고 느끼는지 눈엣가시처럼 소란을 떨었다.

떼를 지어, 특히 트럭을 타고 다니면서 하는 짓거리는 눈을 뜨고 볼 수 없을 만큼 꼴불견이었다. 길에서 만난 사람이 시답잖아 보이면 '멍청한 촌뜨기' 라고 소리치지 않나, 뚱뚱한 사람한테는 '돼지 곱창' 이나 '비곗덩어리' 라고 야유를 보냈다. 하지만 젊은 처자를 만나면 그런 말이 쏙 들어갔다.

마을에 도착해 트럭에서 내린 그들의 모습은 정말 가관이었다. 그들은 불량배처럼 건들거리며 담배를 꼬나문 채 여기저기 기웃거리고 다녔다. 선술집에서 뻗어버리기도 했고, 소매를 걷어붙이고 벼룩에게 뜯긴 자국이 있는 팔뚝을 내보이며 시비를 걸었다. 탁자를 주먹으로 쾅쾅 내리치는가 하면 돼지 멱따는 소리로 고함을 치기도 했다. 시간이 갈수록 더욱 가관이었다. 그러다가 결국 돌아가는 길에, 어슬렁거리는 닭이라도 발견하면 그자들의 손에 살아남지 못했다.

일요일 오후, 도회지 공산당들을 가득 실은 트럭 한 대가 도착했다. 공산당 연맹 거물급 인사가 인민들에게 연설하러 오는데 호위를 한다는 명분이었다.

집회가 끝난 뒤 뻬뽀네는 본부로 돌아가 그에게 상황 보고를 해야 했다. 그래서 지부당의 손님으로 온 도회지 사람들에게, 마음껏 마실 술이 몰리네토 술집에 준비되어 있으니 먼저 그곳에 가 있으라고 말했다.

도회지 공산당들은 몰리네토 술집으로 우르르 몰려갔다. 그들 중에는 붉은 스카프를 한 30대의 젊은 여자도 대여섯 명 끼어 있었다. 술집에 자리를 차지하고 앉은 그들은 주변의 시선은 아랑곳하지 않고 떠들고 마시며 난리법석을 떨었다.

"헤이, 지지오토, 던져봐!"

그러자 지지오토란 사내가 입에 물고 있던 담배를 빼서 한 여자에게 던졌다. 여자는 잽싸게 담배를 잡더니 몇 모금 길게 빨았다. 그러자 얼굴에 난 모든 구멍에서 담배 연기가 뿜어져 나왔다. 심지어 눈에서도 연기가 나왔다.

그들은 술을 마시며 노래를 부르기도 했다. 노래 솜씨는 그렇게 나쁘지 않았다. 특히 오페라 실력은 상당한 수준이었다. 그들은 그것도 시들해졌는지 거리를 지나가는 사람들한테도 야유하기 시작했다. 그때 돈 까밀로가 자전거를 타고 지나갔다. 일동은 맛있는 안줏감이 걸려들었다는 듯이 좋아하며 외쳤다.

"저것 좀 봐! 자전거를 탄 신부다!"

돈 까밀로는 태연히 야유를 받아넘기며 웃음바다를 헤치고 묵묵히 지나갔다. 하지만 길 끝에 이르자 성당으로 들어가지 않고 다시 오던 길로 되돌아왔다.

두 번째 지날 때는 처음보다 더 시끌벅적했다. 그 패거리들은 돈 까밀로의 등을 뒤에 대고 이구동성으로 소리쳤다.

"힘내라, 뚱보야!"

돈 까밀로는 그 소리도 태연히 받아넘기며 눈썹 한 번 꿈적하지 않고 지나갔다. 마을 끝에 이르자 자전거를 세우더니 다시 왔던 길을 되돌아갔다. 세 번째 지나갈 때는 그야말로 장난이 아니었다. '뚱보' 가 '밥통' 으로 변했다. 밥통이란 말에는 단순한 의미를 넘어 특별한 비아냥거림이 담겨 있었다.

그런 상황이라면 누구든지 화를 낼 만했다. 하지만 돈 까밀로는 소 힘줄처럼 질긴 신경과 감탄할 만한 자제력을 보였다.

'누군가를 약 올리고 싶다면 번지수를 잘못 찾았어. 신부는 술주정뱅이 따위와 말싸움하지 않아. 신부가 술 취한 막노동꾼과 같을 수야 없지.'

적어도 머리로는 그렇게 생각했다. 그러나 모든 일에는 한계가 있는 법. 돈 까밀로는 한순간 자전거를 멈춰 세우더니 길가 한쪽으로 내팽개쳐 버렸다. 그러고는 그 패거리 쪽으로 다가가 탁자 하나를 움켜잡고 그들이 보는 앞에서 우지끈 소리를 내며 부숴버렸다. 이어 부서진 탁자를 번쩍 들어 올려 패거리 한가운데로 던졌다. 그래도 분이 안 풀렸는지 긴 의자를 머리 위로 들어올려 휘둘렀다. 그때 뻬뽀네가 부하들을 이끌고 나타났다.

돈 까밀로는 그제서야 화를 진정시켰다. 그리고 뻬뽀네의 호위를 받으며 사제관으로 돌아갔다. 돈 까밀로가 휘두르는 의자를 피해서 탁자 밑으로 숨었던 도회지 공산당원들이 돈 까밀로를 목매달아 죽여야 한다고 악을 써 댔다. 여성 동무들이 더 극성스러웠다.

"참 훌륭하시오, 신부님. 정치가 당신의 자제력을 잃게 했나 보오!"

사제관 문 앞에 도착하자 뻬뽀네가 한마디 했다. 그때 공산당 연맹의 거물 한 사람이 느닷없이 나타나더니 고함을 질렀다.

"당신은 신부가 아니야, 파시스트 나부랭이지!"

그런데 돈 까밀로의 거대한 덩치와 솥뚜껑만 한 손을 보더니 순식간에 말을 바꾸어 모깃소리만 한 목소리로 말했다.

"당신은 완벽한 파시스트 행동대원이요."

돈 까밀로는 잠자리에 들었다. 그는 창문과 방문을 닫고 빗장을 지르고 나서 베개에 머리를 뉘었다. 하지만 도무지 잠을 이룰 수가 없었다. 그때 누군가 창문 밑에서 자기를 부르는 소리가 들렸다. 귀에 익은 목소리였다. 돈 까밀로는 사제관을 내려가 제단의 예수님을 뵙기 위해 천천히 걸어갔다.

"돈 까밀로, 나한테 할 말이 없느냐?"

돈 까밀로는 어쩔 수 없었다는 듯 양팔을 벌렸다.

"제 의지와는 상관이 없는 일이었습니다. 저는 충돌 가능성을 피하기 위해 집회가 열리는 동안 마을에서 떨어진 외딴 집에 가 있었습니다. 그들이 몰리네토 술집 앞에 자리 잡고 있을 줄은 상상도 못 했습니다. 진작 알았더라면 밤늦게까지 마을로 돌아오지 않았을 겁니다."

"하지만 처음 자전거를 돌렸을 때 너는 그들이 술집 앞에 있다는 걸 알았다. 왜 다시 그 앞을 지나갔느냐?"

예수님이 말씀하셨다.

"집회가 열리는 동안 머물렀던 집에 성무일도서*를 두고 와서요."

"거짓말하지 마라, 돈 까밀로."

---

* 가톨릭 신부들이 날마다 해야 하는 기도가 적혀 있는 책.

예수님이 엄하게 꾸짖으셨다.

"성무일도서는 네 주머니 속에 있었다. 아니라고 말할 수 있느냐?"

"네, 주머니 속에 넣어두었다는 것을 깜박했습니다. 손수건을 꺼내려고 손을 넣었더니 성무일도서가 있더군요. 그런데 이미 술집 앞을 지나간 뒤였습니다. 그러니 다시 돌아올 수밖에요. 아시다시피 다른 길이 없지 않습니까?"

"너는 그 외딴 집으로 다시 되돌아갈 수도 있었다. 술집 앞에 그들이 있다는 것도 알고 있었고, 그 사람들이 네 등에 대고 하는 소리도 이미 듣지 않았더냐. 뻔히 다 알고 있으면서 왜 난동을 피하지 않았느냐?"

돈 까밀로가 고개를 저었다.

"예수님, 인간이 하느님의 이름을 함부로 불러서는 안 된다는 게 하늘의 법일진대, 왜 하느님은 인간에게 말할 수 있는 능력을 주셨습니까?"

예수님이 웃으셨다.

"말이 아니더라도 문자나 수화를 써서 하느님의 이름을 욕되게 할 수 있는 게 인간이다. 하지만 중요한 것은 그게 아니다. 주어진 그 능력을 다스려 충동에 빠지지 않도록 하는 것이야말로 미덕이니라."

"제 말이 그 말입니다. 만일 제가 회개하는 마음에서 사흘 동안 단식한다면 배고픔을 잊게 해줄 약을 먹어서는 안 되겠지요. 배가 고픈 채로 배고픔을 이겨내야 하겠지요."

"돈 까밀로, 무슨 말을 하려는 것이냐?"

예수님이 걱정스러운 말투로 말씀하셨다.

"길 끝에 다다르자 주님께 보여드리고 싶었습니다. 제가 주님의 계명에 따라 제 본능을 다스릴 줄 알고, 저한테 죄지은 자를 용서할 줄 안다는 사실을 말입니다. 시험을 피할 것이 아니라 이겨내야 했습니다. 그래서 다시 한 번 그 악당들 앞을 지나갔던 겁니다."

예수님이 고개를 절레절레 흔들었다.

"넌 못된 버릇이 있다, 돈 까밀로. 너 자신을 유혹에 빠뜨려서는 안 된다. 네 이웃에게 죄를 짓게 해서도 안 되고 선동을 해서도 안되느니라."

돈 까밀로는 침울하게 양팔을 벌리며 말했다.

"용서하십시오."

돈 까밀로가 한숨을 내쉬며 계속해서 말했다.

"이제야 제 잘못을 깨달았습니다. 조금 전까지 제가 자랑스러워했던 이 옷을 입고 오늘 사람들 앞에서 보여준 행동이 그자들을 유혹해서 죄짓게 할 수 있었다는 걸 말입니다. 다시는 성당 밖으로 나가지 않겠습니다. 굳이 나가야 한다면 장갑차 운전사 옷을 입고 나가겠습니다."

예수님이 역정을 내셨다.

"다 쓸데없는 궤변이다. 자신의 잘못을 정당화하느라 불필요한 말을 늘어놓는 사람과는 더 이상 얘기하고 싶지 않구나. 나도 네가 세 번째로 술집 앞을 지나갈 때 믿음이 있었다고 인정하고 싶다. 너는 네 본능을 다스릴 줄 알고 네게 죄지은 자를 용서해줄 수 있다는 사실을 주님께 보여드리고 싶다고 했다. 그런데 너는 네 말과 달리 자전거에서 내려 탁자를 부수고 긴 의자를 휘두르지 않았느냐?"

"전 계산의 오류와 오만의 죄를 저질렀습니다. 시간을 제대로 계산했다고 생각했는데 그게 실수였던 겁니다. 모욕을 받은 순간에서 10분이 지났다고 믿고 자전거에서 내렸습니다. 그런데 술집 앞에 섰을 때는 겨우 몇 초밖에 지나지 않았습니다."

"그렇다면 두 번째 오만의 죄는 무엇이냐, 돈 까밀로?"

"네, 예수님. 주님께서 제 정신을 깨우쳐 주시어 제가 제 본능을 완벽하게 다스릴 수 있으리라 생각한 오만이 죄였습니다. 예수님, 저는 당신을 믿었습니다. 지나친 믿음이 신부에게 비난받아 마땅한 행위라고 생각하신다면 제게 벌을 내려주십시오."

예수님이 한숨을 내쉬셨다.

"돈 까밀로, 상태가 심각하구나. 네가 잘못을 깨닫지 못하는 걸 보니 악마가 네 안에 들어가 살고 있구나. 악마의 말이 네 말에 섞여 있고 네 입을 사용하여 욕을 하고 있도다. 사흘 동안 단식하며 지내거라. 네 몸이 살기에 적당치 않으면 악마도 떠나갈 것이니라."

"알겠습니다. 충고, 고맙습니다."

돈 까밀로는 고개를 떨구고 말했다.

"고맙다는 말은 사흘째 되는 날에나 하거라."

술집 사건은 온 마을에 파다하게 퍼졌다. 돈 까밀로가 마귀를 몰아내기 위한 단식(그의 숙변을 깨끗이 치료하는데 효과 만점이었다)을 끝내자마자 형사 하나가 사제관으로 찾아왔다. 뻬뽀네와 그의 부하들도 함께였다.

"사법기관에서 폭행 사건을 조사했다오."

뻬뽀네가 건방진 태도로 말했다.

"그런데 신부님이 경찰서에 낸 진술서가 피의자 동지들이 공산연맹에 낸 진술서와 일치하지 않은 점이 있었소."

"난 진실만을 말했고 절대 덧붙이지 않았네."

돈 까밀로가 고개를 빳빳이 들고 말했다.

형사는 고개를 흔들었다.

"신부님 행동이 도발적이었다는 게, 아니 '뻔뻔하고 도발적'으로 보였다는 게 밝혀졌습니다."

"난 평소처럼 그냥 자전거를 타고 지나갔을 뿐이네. 난 도발적인 행동 따위는 결코 하지 않았네."

돈 까밀로가 능청을 떨며 말했다. 그러자 뻬뽀네가 씩씩거리며 말했다.

"천만의 말씀이오. 여기 있는 우리는 신부님이 자전거를 타고 지나가는 모습을 보면 자전거를 부수고 땅에 코를 처박게 하고 싶은 마음이 드니까."

"사실 이 마을에는 불량배들이 득실거리지 않나? 말해 봐야 소용없지만 말일세."

돈 까밀로가 말했다.

"그건 문제가 안 됩니다."

형사가 끼어들었다.

"신부님 진술서에는 신부님 혼자였다고 씌어 있는데, 저쪽 진술서에는 사람들이 잠복해 있다가 신부님을 도와줬다고 쓰여 있습니다. 싸움의 결과를 보건대 이 진술이 맞는 듯합니다."

돈 까밀로가 형사의 말에 항의했다.

"난 혼자였네. 긴 의자를 휘두른 건 둘째 치고, 탁자 하나쯤으로 도시에서 온 대여섯 명의 악당을 겁주는 것은 식은 죽 먹기니까."

"열다섯 명이었습니다."

형사가 정정했다. 그는 뻬뽀네에게, 엊그제 보았던 그 탁자가 맞느냐고 물었다. 뻬뽀네가 그렇다고 대답했다.

"생각해 보시오, 신부님."

형사가 못 믿겠다는 듯이 말했다.

"장정 혼자 힘으로 거의 200킬로그램이나 나가는 떡갈나무 탁자를 그런 식으로 들어 올렸다면 누가 믿겠소?"

돈 까밀로는 모자를 쓰며 일어섰다.

"몇 킬로그램이었는지 난 모르겠네. 가서 무게를 달아보세."

돈 까밀로가 퉁명스럽게 말했다. 돈 까밀로가 나가자 다른 사람들도 따라 나섰다. 몰리네토 술집 앞에 도착하자 형사는 떡갈나무 탁자를 가리켰다.

"이 탁자였습니까, 신부님?"

"그런 것 같소."

돈 까밀로가 대답했다. 그는 갑자기 탁자를 움켜잡더니 어디서 나왔는지 모를 괴력으로 번쩍 들어 올렸다. 그러고는 탁자를 풀숲으로 힘껏 던져 버렸다.

"무서운 힘이다!"

모두 소리쳤다. 뻬뽀네는 어두운 표정을 지으며 앞으로 나섰다. 그러고는 윗옷을 벗고 탁자를 움켜잡았다. 젖 먹던 힘을 다해 탁자를 머리 위로 높이 쳐들더니 풀숲으로 던졌다. 많은 사람들이 모여 있었다. 사람들이 환호성을 질렀다.

"읍장 만세!"

입을 딱 벌린 채 멍하니 지켜만 보던 형사가 탁자를 만지작거리며 옮겨보려 용을 썼다. 그러고 나서 뻬뽀네 쪽을 쳐다보았다.

"우리 마을에서 그 정도는 보통이오."

뻬뽀네가 자랑스럽게 소리쳤다. 그러자 형사가 말했다.

"좋습니다, 좋아요."

형사는 자동차에 올라타고 번개처럼 가버렸다. 뻬뽀네와 돈 까밀로는 서로 마주 보고 눈싸움을 벌이다가 한마디 말도 없이 휑하니 돌아서서 제 갈 길을 갔다.

"이거 어찌해야 할지 모르겠군."

몰리네토 술집 주인이 투덜거렸다.

"신부님과 읍장이 불쌍한 탁자를 가지고 뭘 한 거야. 빌어먹을 정치판. 도대체 누가 정치를 만들었담!"

드디어 걱정했던 일이 벌어졌다. 주교가 돈 까밀로를 호출한 것이다. 돈 까밀로는 다리를 후들거리며 주교관으로 갔다.

백발의 늙은 주교는 1층 접견실의 커다란 가죽 의자에 몸을 파묻고 혼자 앉아 있었다.

"또 만났구려, 돈 까밀로 신부. 지난번 사람들한테 긴 의자를 휘두른 것만으로는 성에 안 찼나. 이젠 탁자까지 날아다녔다더군."

주교가 말했다.

"유혹에 넘어간 순간이었습니다, 주교님."

돈 까밀로가 기어들어가는 목소리로 대답했다.

"저는…."

"다 알고 있네, 돈 까밀로."

주교가 돈 까밀로의 말을 가로막았다.

"산꼭대기 염소들한테 자네를 또다시 보내야 하겠나?"

"주교님, 그 인간들은…."

주교가 몸을 일으키더니 지팡이에 의지한 구부정한 몸으로 돈 까밀로 앞에 와서 섰다. 주교는 돈 까밀로를 올려다보며 소리쳤다.

"그자들이 문제가 아니야! 하느님의 사제, 그러니까 사랑과 평화를 전파할 사명을 가진 신부가 이웃의 머리를 향해 탁자를 던지며 사탄과 같은 짓을 하다니! 부끄러운 일이 아닌가?"

주교는 창문 쪽으로 몇 걸음 옮기다 돌아섰다.

"자네 혼자였다고 말하진 않겠지? 미리 공격 계획을 짜놓고 사람들을 잠복시켜 두었을 거야. 혼자서 열다섯 명을 해치우지는 못할 테니까."

"아닙니다, 주교님."

돈 까밀로가 대답했다.

"맹세코 혼자였습니다. 탁자가 그 악당들한테 떨어지면서 불상사가 일어난 거죠. 묵직한 탁자였거든요."

돈 까밀로는 접견실 한가운데 조각이 새겨진 커다란 탁자를 만지작거렸다. 주교는 돈 까밀로를 매서운 눈초리로 쳐다보았다.

"자네가 비열한 거짓말쟁이가 아니라는 증거를 보여주게! 할 수 있다면 이 탁자를 들어 올려 보게나."

돈 까밀로는 탁자를 감싸 안았다. 그것은 몰리네토에 있던 탁자보다 훨씬 무거웠다. 탁자를 들어 올렸다간 몸이 성치 않을 것 같았다. 온몸의 뼈가 우두둑거리고 목에 핏대가 섰다. 드디어 탁자가 바닥에서 떨어지기 시작했다. 그는 서서히 머리 위로 탁자를 들어 올리더니 양팔을 쭉 폈다.

주교는 숨을 죽이고 그 모습을 지켜보았다. 돈 까밀로가 머리 위로 탁자를 번쩍 들어 올리자 주교는 지팡이로 바닥을 툭툭 치며 말했다.

"던져라!"

"하, 하지만 주교님."

돈 까밀로는 당황했다.

"던져라, 명령이다!"

주교가 소리쳤다. 탁자는 구석으로 날아가 부서졌고 건물 전체가 흔들렸다. 접견실이 1층에 있어서 다행이었다. 만약 그렇지 않았다면 세상의 종말이 일어날 뻔했다.

주교는 멀거니 탁자를 바라보다가 가까이 다가가서, 지팡이로 부서진 탁자를 헤집었다. 그는 고개를 절레절레 흔들며 돈 까밀로를 향해 돌아섰다.

"불쌍한 돈 까밀로!"

주교가 한숨을 내쉬었다.

"안됐네…. 자네는 절대로 주교가 되지 못할 걸세."

주교는 다시 한 번 한숨을 내쉬며 양팔을 벌려 보였다. 그러고는 말을 계속했다.

"만일 내가 자네처럼 탁자를 휘두를 수 있었다면 나는 아직도 교구 신부로 남아 있었을 걸세."

탁자가 날아가 부서지는 소리에 깜짝 놀라 달려온 교구청 직원들이 문밖에서 얼굴을 들이밀었다.

"무슨 일입니까, 주교님?"

"아무 일도 아닐세."

사람들은 박살 난 탁자를 쳐다보았다.

"아, 별일 아닐세. 내가 한 일이야. 돈 까밀로가 화를 돋우기에 이성을 잃어버렸다네. 내가 이렇게 분노에 굴복하고 말다니. 주님, 이 늙은 죄인을 용서하소서!"

사람들이 물러갔다. 주교는 자기 앞에 무릎을 꿇고 앉은 돈 까밀로의 머리에 손을 올려놓았다.

"마음 편히 돌아가게, 주님의 사랑스러운 어린양이여."

주교가 웃으며 말했다.

"불쌍한 노인을 즐겁게 해주느라 애썼네. 고맙네."

돈 까밀로가 집으로 돌아와 예수님에게 모든 사실을 말씀드렸다. 예수님은 고개를 흔들며 한숨 섞인 목소리로 말씀하셨다.

"다들 정신이 나갔구나!"

로미오와 줄리엣

사람들이 '부르치아타 사람'이라고 말할 때는 분명한 의미가 담겨져 있다. 부르치아타 사람이 어떤 사건에 끼어들었다 치면 곱슬머리가 쭈뼛 서도록 세게 주먹을 날린다는 뜻이다. 부르치아타는 보스카치오와 강둑 사이에 길게 이어져 있는 넓은 지역이다. 그곳을 부르치아타라고 부르는 이유는 마치 큰 홍수가 휩쓸고 지나간 것처럼 풀 한 포기 나지 않는 황무지였기 때문이다. 예전에는 강바닥이었는지 온통 자갈밭이라 다이너마이트를 심는다면 모를까 다른 것을 심는 일은 엄두조차 내지 못할 만큼 척박한 땅이었다.

그런데 그 땅을 치로가 사들였다. 아르헨티나에서 돈을 벌어

돌아온 직후였다. 그는 허리가 부러질 정도로 열심히 씨앗을 뿌리고 또 뿌렸다. 그 사이 자식들이 계속해서 태어났다.

먹여 살릴 식솔이 1개 소대쯤으로 늘어나자 아르헨티나에서 벌어온 돈을 몽땅 쏟아부어 트랙터와 탈곡기 그리고 건초 압축기를 샀다. 1908년 당시만 해도 그 지역에선 최신식 기계들이었다. 그 기계들은 일손을 덜어주었을 뿐만 아니라, 서너 개 있는 읍 탈곡장에나 가야 탈곡할 수 있는 곡식을 대신 탈곡해 주기도 했다.

부르치아타와 경계를 이루고 있는 땅은 토레타였다. 보스카치오 너머에 있는 그 땅 주인의 이름은 필로티였다. 1908년, 그는 서른 마리의 가축과 다섯 명의 자식을 두고 있었다. 그의 땅은 너무 기름져 침만 뱉어도 국제 농산물 시장에 나가는 데 손색이 없을 만큼 훌륭한 옥수수와 밀이 자랐다. 그래서 필로티는 굉장한 부자가 되었다. 하지만 얼마나 인색했던지 하느님도 이 사람에게는 한 푼도 얻어내시지 못할 정도였다.

그런데 필로티는 치로와의 사이가 아주 좋지 않았다. 치로의 기계를 빌려 쓰느니 차라리 돈을 세 배나 더 주고서라도 다른 일꾼들을 쓸 정도였다. 게다가 두 집안은 해마다 성당에서 맹렬하게 싸우곤 했다. 그 까닭은 늘 사소한 것이었다. 이쪽 집 아이가 돌멩이를 던져 암탉을 죽였다던가, 저쪽 집 아이가 작대기로 이쪽 집 개를 두들겨 팼다던가 하는 이유였다.

여름에는 작열하는 태양이 사람의 머리를 뜨겁게 달궈놓고,

겨울에는 묘지인지 마을인지 분간할 수 없을 만큼 황량한 벽촌인 작은 마을에서는 그런 사소한 일도 두 집안을 영원한 앙숙지간으로 만들어놓기에 충분했다.

필로티는 독실한 신자였다. 결코 미사에 빠진 적이 없을 만큼 열심이었다. 반면에 치로는 필로티를 약 올리기 위해 토요일에는 쉬고 일요일에는 일을 했다. 그는 언제나 아이 하나를 보초로 세워두고 필로티가 경계를 넘는 일이 있으면 알리도록 했다. 그리고 혹 그런 일이 있으면 필로티가 탄 말이 정신을 잃을 정도로 고함을 질렀다. 필로티는 분노를 억누르며 마음속으로 복수할 기회만을 기다리고 있었다.

그러던 참에 동맹 파업이 일어났다. 사람들은 미친 듯이 들고 일어났고 사태는 매우 험악해졌다. 그들은 신부도 지주들의 편이라고 몰아세웠다. 미사에 참석하는 사람들은 크게 후회하게 될 거라는 벽보가 여기저기 나붙었다.

일요일이 왔다. 필로티는 자식들과 친척들에게 축사를 지키게 하고 자기는 총을 둘러멘 다음 홀로 미사에 참석했다. 성당에는 늙은 신부 한 사람밖에 없었다.

그가 작은 소리로 말했다.

"나 혼자 남았소. 모두가 도망쳤다오. 복사와 종지기까지 말이오. 사람들은 겁에 질려 있다오."

"상관하지 마십시오. 우리끼리 하는 거지요."

필로티가 말했다.

"복사가 있어야 미사를 올릴 수 있겠는데."

"제가 서지요."

필로티가 대답하며 몸을 일으켰다. 그렇게 해서 신부는 미사를 거행했고 필로티는 제단에 꿇어앉아 복사를 섰다. 그의 손에는 총이 들려 있었다. 성당 안에 다른 사람은 하나도 없었고 바깥은 죽은 거리처럼 고요하기만 했다.

신부가 성체 거양을 할 때였다. 성당 문이 요란한 소리를 내며 벌컥 열렸다. 신부가 뒤를 돌아보니 사람들이 성당 앞뜰에 험악한 표정으로 모여 있었다. 신부는 성체를 쳐든 채 조각상처럼 굳어버렸다.

문 앞에는 부르치아타의 치로가 서 있었다. 그는 담배를 한 모금 쭉 빨더니 모자를 푹 눌러쓰고 주머니에 두 손을 찔러넣은 채 성당 안으로 뚜벅뚜벅 걸어 들어왔다.

필로티가 성체 거양*을 알리는 종을 울렸다. 그래도 치로가 멈추지 않고 계속 걸어 들어오자 필로티는 총을 한 방 쏘았다. 그리고 다시 탄환을 장전하고 한 번 더 종을 울렸다. 신부는 정신을 차리고 미사를 계속했다.

사람들이 다 도망가고 성당 앞뜰에는 다시 무거운 정적이 흘렀다. 개미 새끼 한 마리도 보이지 않았다. 치로는 죽지도 않았고 크게 다치지도 않았다. 성당 바닥에 납작 엎드려 있다가 미

* 성체 거양: 신부가 신자들을 향해 성체를 들어올려 보이는 성찬 전례 의식.

사가 끝나자 몸을 일으켜 의사에게 달려갔다. 옆구리에 박힌 총알 파편을 빼내는 동안 그는 비명 한 번 지르지 않았다.

한 달 후 몸이 완전히 회복된 치로는 아들 네 명을 불러모았다. 그는 아들들 손에 소총 한 자루씩을 쥐여주고 밖으로 나갔다. 트랙터엔 이미 시동이 걸려 있었다. 아들 네 명이 치로를 따라 트랙터에 올라탔다. 치로는 트랙터에 올라 핸들을 잡고 운전하기 시작했다.

지금은 증기 트랙터가 모두 사라지고 석유 트랙터가 그 자리를 차지했지만, 그 당시에는 증기 트랙터가 최신 제품이었다. 롤러도 없고 단순했지만 멋있었다. 속도는 느렸지만 힘차고 조용히 움직였다.

치로는 들판을 가로질러 필로티의 집으로 돌진했다. 개 한 마리가 뛰어나왔지만 컹 소리 한번 내지 못하고 몽둥이에 맞아 즉사했다. 바람이 거세게 불었기 때문에 그들은 아무에게도 들키지 않고 필로티 집 앞 50미터 지점까지 접근할 수 있었다.

치로가 손짓을 하자 장남이 권양기*의 두꺼운 강철 줄 끝 부분을 잡았다. 치로가 레버를 풀자 큰아들은 어두컴컴하고 조용한 앞마당을 향해 천천히 걸어갔다. 다른 아들들은 총을 들고 그를 호위하듯 따라갔다.

문 앞에 도착한 큰아들은 커다란 기둥에 강철 줄을 걸고 서

* 권양기: 밧줄이나 쇠사슬을 감았다 풀었다 하며 물건을 옮기는 기계.

둘러 돌아왔다.

"준비됐습니다."

치로가 권양기를 트랙터에 단단히 묶고 핸들을 움직이자 지진이 일어났다. 그는 권양기 줄을 다시 감은 후에 뻭뻭 증기를 뿜으며 트랙터를 몰아 집으로 돌아갔다.

필로티 쪽의 인명 피해는 없었다. 다만 암소 세 마리가 그 자리에서 즉사했고 축사가 반쯤 내려앉았다.

하지만 필로티는 이에 대해 아무런 말도 하지 않았다. 두 사람 사이에 남아 있던 빚이었으므로 고소 따위를 할 문제가 아니었기 때문이다.

그 후 20년 동안 이처럼 거창한 싸움은 다시 일어나지 않았다. 혹시 아이들 사이에 작은 다툼이 벌어졌을 경우에는 양가 사람들이 경계선인 울타리로 모이곤 했다. 그러면 가족들은 경계선 20미터쯤 앞에서 멈추어 섰고, 영감 두 사람만 배나무까지 걸어갔다. 거기서 두 사람은 웃옷을 벗고 소매를 걷어붙인 다음 말없이 싸움을 시작했다. 머리가 울릴 만큼 강한 주먹을 사정없이 주고받았다. 그러다 뼈마디가 욱신거릴 정도로 지쳐 버리면 싸움을 멈추고 식구들과 함께 각자의 집으로 돌아갔다.

아이들이 장성해 서로 싸울 일이 없어지자 두 노인도 싸우지 않게 되었다. 그 사이 전쟁이 일어나 두 사람은 아들을 둘씩이나 잃게 되었다. 전쟁이 끝나고 난 뒤에도 이런저런 어지러운 일들이 일어나 세상이 잠시도 조용해지지 않았다. 그 통에 두 집 사이도 20년 동안이나 조용하였다. 하지만 1929년, 치로 영감의 맏손자인 마리올리노가 옛날의 기억을 상기시켰다.

어느 날, 이 두 살배기 꼬마는, 사내는 무릇 세상을 돌아다니며 인생 경험을 해야 한다고 생각했는지 아장거리면서 밖으로 나갔다. 그 역사적인 배나무 아래의 경계선 울타리에 도착하자 녀석은 나무 밑에 주저앉았다. 잠시 후, 작고 예쁘장한 여자아이가 뒤뚱거리며 나타났다. 필로티의 맏손녀인 두 살배기 지나였다.

그런데 배나무 아래에서 사건이 터졌다.

두 꼬마는 나무 밑에 떨어져 있던 반쯤 썩은 배 한 개를 서로 먼저 차지하려고 머리카락을 잡아 뜯고 할퀴며 싸웠다. 지쳐 싸울 힘이 떨어지자 두 꼬마는 서로의 얼굴에 침을 뱉고 각자 집으로 돌아갔다.

다른 설명이 필요 없었다. 가족들 모두가 식탁에 둘러앉아 있을 때 마리올리노가 얼굴이 깨져 들어오자 그 애 아버지가 일어났다. 그러자 치로 영감이 고갯짓으로 그를 자리에 앉혔다. 그리고는 가족 모두를 데리고 배나무 아래로 향했다.

필로티가 벌써부터 그를 기다리고 있었다. 두 사람 모두 60이 넘은 나이였지만 젊은이 못지않게 힘이 넘쳤다. 그러나 두 노인은 부러진 뼈를 붙이는 데 한 달 이상이 걸린다는 사실을 뼈저리게 실감해야 했다.

이 싸움이 있고 나서 어느 날, 치로가 경계선 근처를 거닐다가 엉성하게 철조망이 쳐진 것을 발견했다. 그러자 그는 철조망을 더 튼튼하게 이어서 구멍을 막아버렸다.

그 후 경계선 문제는 더 이상 사람들 입에 오르내리지 않게 되었다.

도시 사람들은 어떻게 하면 개성 있는 삶을 살 수 있을까를 궁리한다. 그래서 실존주의니 뭐니 하면서 떠들어댄다. 그러나 그런 것들은 그저 옛날의 낡은 전통과는 다른 새로운 전통을 찾아냈다는 환상만을 제공할 뿐 아무런 의미도 없는 공허한 것들이다. 하지만 이 마을 사람들은 옛날과 똑같은 방식대로 아이를 낳고 사랑하고 증오하다가 죽는다. 그래서 《로미오와 줄리엣》이니 《약혼자들》이니 하는 따위의 문학 작품들은 혹시 그런 것들을 읽어볼 기회가 있다 하더라도 코웃음거리밖에 되지 않는다. 오로지 태곳적부터 전해 내려오는 그렇고 그런 일들이 계속해서 되풀이되는 것에 지나지 않으니까.

하지만 결국 인생에는 끝이 있어서 이 산골 사람들도 도시 사람들처럼 땅 속에 묻힌다. 차이가 있다면 도시 사람들이 시골 사람들보다 더 화를 내며 죽는다는 것이다.

도시 사람들은 죽음을 싫어한다. 그뿐만 아니라 평범하게 죽는 것을 슬퍼하는 데 반해, 시골 사람들은 단지 더 이상 숨을 쉴 수 없다는 것을 슬퍼한다. 도시 사람들이 더 많이 갖고 있다고 생각하는 지식은 이처럼 삶뿐만 아니라 죽음까지도 골치 아프

게 만들기 때문에 어쩌면 이 세상에서 제일 더러운 물건인지도 모른다.

세월이 흘러갔다.

전쟁이 일어났다가 끝났다. 부르치아타 사람들은 극좌파가 되었고, 토레타 사람들은 극우파가 되었다. 그러던 어느날 저녁, 필로티 집안의 하인이 돈 까밀로를 부르러왔다.

"신부님, 큰일났습니다. 빨리 좀 가주십시오."

돈 까밀로는 급히 뛰어갔다. 그 집안사람들이 다 모여 있었다. 모두들 커다란 탁자에 빙 둘러앉아 있었다.

필로티 영감이 상석에서 가족회의를 주재하고 있었다.

"여기 앉으십시오."

필로티가 자신의 오른쪽에 있는 빈 의자를 가리키며 굳은 얼굴로 말했다.

"신부님의 정신적인 도움이 필요합니다."

잠시 침묵이 흘렀다. 필로티 영감이 고갯짓을 하자 만손녀 지나가 들어왔다. 정말 아리따운 처녀였다.

지나가 할아버지 앞에 서자, 필로티 영감은 위협하듯이 손녀에게 삿대질을 했다.

"그놈과 사귀고 있다는 게 사실이냐?"

필로티 영감이 물었다.

지나는 고개를 숙였다.

"언제부터지?"

"잘 기억나지 않아요. 제가 어렸을 때 그 사람이 철조망에 구멍을 뚫었어요. 네댓 살쯤 됐을 거예요."

"울타리에 구멍을 뚫은 게 그 못된 놈이었다는 말이냐?"

영감이 기가 막힌다는 듯 양쪽 팔을 번쩍 쳐들었다.

"진정하십시오."

돈 까밀로가 조용히 말했다.

"그 못된 놈이라니, 누구를 가리키는 겁니까?"

"빌어먹을 부르치아타 집안의 마리올리노라는 녀석이랍니다."

"누구라고요"

돈 까밀로가 벌떡 일어나며 소리쳤다.

그는 지나에게 다가갔다.

"아니, 반기독교주의자에다 뻬뽀네의 심복이며 공산당이고, 광장에서 시민을 선동하는 그 강도 같은 녀석과 교제한다는 말인가? 이렇게 아름답고 순결한 처녀가 어쩌다가 그 악당 같은 녀석에게 빠졌지?"

"우리는 어렸어요."

지나가 대답했다.

"그랬으니 울타리에 구멍을 뚫고 만났겠지."

이렇게 비꼰 필로티 영감은 천천히 일어나, 손녀에게로 다가가 따귀를 때렸다. 지나는 두 손으로 얼굴을 감싸더니 다음 순간 머리를 쳐들었다.

"우린 결혼할 거예요!"

지나가 단호하게 말했다.

두 주일쯤 지났다.

저녁 늦게 돈 까밀로는 의자에 앉아 책을 읽고 있었다. 그때 사제관 문을 조심스럽게 두드리는 소리가 들렸다. 문을 열자 머리에 검은 숄을 두른 한 여인이 나타났다. 현관이 어두워 누군지 알아볼 수 없었지만 서재로 들인 다음 보니 필로티의 손녀 지나였다.

"이 시각에 무슨 일인가?"

돈 까밀로가 놀라 물었다.

"결혼하려고요."

지나가 대답했다. 돈 까밀로는 〈약혼자들〉의 주인공 루치아 몬델라를 생각하며 웃음을 터뜨렸다.

"나중에 할아버지에게 무슨 봉변을 당하려고? 그건 그렇고 결혼할 땐 최소한 두 사람이 있어야 하는 법이야."

"여기 있습니다."

목소리가 들리더니 부르치아타의 손자인 마리올리노가 들어왔다. 돈 까밀로는 주먹을 움켜쥐었다.

"자네 같은 국제 공산당의 앞잡이가 하느님의 사도인 내 집엔 무슨 일인가?"

그러자 마리올리노가 지나의 팔을 낚아채며 말했다.

"당장 가자고. 이런 신부들은 정치에 찌들어서 입이 걸다고 내가 늘 말했지?"

청년은 눈까지 흘러내린 헝클어진 머리를 습관적으로 뒤로 쓸어넘겼다. 이마 쪽에 커다란 상처가 보였다.

"무슨 일이 있었나?"

돈 까밀로가 물었다. 지나가 화난 목소리로 대답했다.

"저 사람 집안사람들이 한꺼번에 덤볐대요. 주먹으로 머리를 때리고 의자로 등짝을 후려쳤대요. 어떤 파렴치한 여자가, 우리가 서로 신호를 주고받는 걸 몰래 염탐하고 갔기 때문이에요. 저주받은 볼셰비키의 잔당들이지요. 모두 파문시켜 버려야 해요."

마리올리노는 지나의 등을 감싸 안고 등잔불 아래로 밀었다.

"흥, 우리 가족은 저주받은 볼셰비키 잔당들이고, 당신 가족들은 하느님의 축복을 받은 성스러운 사람들이란 말이지. 자, 여기 좀 보십시오."

마리올리노는 지나가 쓰고 있던 숄을 벗겼다. 숄이 벗겨지자 환한 불빛에 드러난 것은 온통 멍든 얼굴이었다.

"저 집안사람들은 15일 동안이나 지나를 방 안에다 가둬두었습니다. 마치 죽을 죄를 지은 노예처럼 말입니다. 이 사람이 창문에서 제게 신호를 보낸다는 것을 알아채자마자 이렇게 마구 때린 겁니다. 개 패듯이 말이에요. 필로티 집안사람들은 모두가 뻔뻔스러운 위선자에다 폭력배들입니다. 예수를 팔아먹은 유다처럼 말이오."

마리올리노가 악을 쓰듯 퍼부어댔다.

"당신네 부르치아타 사람들은 어떻고요? 하느님을 믿지 않는 죄인에다 불손한 범죄자들이고 몰지각한 악당들이에요."

지나도 무섭게 흥분해서 반박했다.

"곧 있으면 스탈린이 와서 당신네 기독교 가족들에게 본때를 보여줄 날이 꼭 올 거야!"

마리올리노가 지나를 노려보면서 소리쳤다.

"흥, 곧 있으면 당신네 식구들이 재판을 받고 모두 감옥으로 가게 될 날이 올 거예요! 당신 눈을 뽑아버리기 위해서라도 당신과 꼭 결혼하고 말 거예요!"

다시 지나가 맞받아쳤다.

"나야말로 당신 따귀를 후려갈기기 위해서라도 꼭 당신을 아내로 맞이하고 싶어!"

청년이 대꾸했다. 돈 까밀로가 일어서서 고함을 질렀다.

"당장 그만두지 않으면 두 사람 모두 내 발길질에 쫓겨날 줄 알아!"

지나는 의자에 털썩 주저앉으며 얼굴을 두 손으로 가리고 흐느끼기 시작했다.

"어떻게 하면 좋아요. 우리 가족들도 저를 때려죽이려 하고 저 사람도 저를 때리겠다고 해요. 게다가 신부님까지 저를 때리려고 해요. 모두들 저를 때리려 하니 어떡하면 좋아요? 제가 무슨 잘못을 했기에 모두들 저를 못 잡아먹어 안달이죠!"

처녀는 울먹였다. 그러자 청년은 처녀의 등을 쓰다듬으며 말했다.

"흥분하지 마. 나도 당신과 똑같은 처지야. 내가 정말 나쁜 짓을 저지른 걸까?"

청년의 목소리는 한결 부드러워졌다.

"아니에요. 당신은 단지 불한당 같은 당신 집안사람들의 희생양일 뿐이에요…."

지나도 언제 언성을 높였냐는 듯 안타까운 눈빛으로 청년을 바라보며 말했다.

"그만들 해! 사랑싸움이나 하려거든 그만들 나가봐."

돈 까밀로가 또다시 버럭 소리를 질렀다.

"저희는 결혼하려고 여기에 왔어요."

처녀가 말했다.

"그래요, 결혼하러 왔습니다."

청년이 맞장구를 쳤다. 그리고는 따지듯이 말했다.

"반대하실 이유라도 있습니까? 우리도 다른 사람들처럼 가톨 릭 신자이고, 미성년자도 아닙니다. 결혼할 자유가 없는 것도 아닙니다. 기독교민주당의 허락이라도 받아야 합니까?"

"너무 흥분하지 말게."

돈 까밀로가 조용하게 말했다.

"나는 자네들 두 사람의 결혼을 반대한다고 말한 적이 없어. 결혼하겠다고 찾아온 합당한 모든 쌍을 결혼시켰듯이 자네들을 결혼시켜 주겠네. 그러나 모든 일은 합법적인 절차에 따라야 해."

"저희는 한시가 급해요!"

지나가 목소리를 높였다.

"자네들을 도와주려고 내가 존재하는 거야. 혼례 공시*에 필요한 최소한의 시간이 지나면 결혼시켜 주지."

청년이 어깨를 움찔했다.

"혼례 공시요? 저희가 결혼하는 걸 가족들이 알면 우릴 죽이려고 할 겁니다. 안 됩니다. 신부님, 지금은 위급상황입니다. 저희를 빨리 결혼시켜 주셔야 합니다."

"결혼은 장난이 아니야. 식이야 10분 만에 끝나지만 평생을 좌우하는 일이 아닌가? 아주 간소하게 식을 치르더라도 결혼은 중요하고 숭고한 일이야. 거스를 수 없는 절차가 있다네. 인내심을 갖게. 결혼은 달걀 두 개를 깨뜨려 넣고 휘저어 10분 만에 후딱 해치우는 요리가 아니란 말일세."

청년이 애원하는 눈빛으로 말했다.

"한 불쌍한 남자가 죽어가면서 한 여인과 결혼하고 싶어하는데도 혼례 공시를 하고 규정된 시간을 기다려야 합니까? 그 규정된 시간이 지나기를 기다리는 동안 목숨을 잃기라도 하면 신부님이 책임져 줄 것인가요?"

---

* 혼례 공시: 결혼에 결격 사유가 있는지를 묻는 공고문

"자네는 지금 특별한 경우를 말하고 있네."

"저희가 바로 그런 경우입니다. 저희들의 목숨이 달린 문제니까요. 신부님도 아실 겁니다. 그러니 저희 목숨이 경각에 달렸다고 생각하시고 결혼시켜 주십시오."

돈 까밀로가 고개를 흔들며 양팔을 벌렸다.

"두 사람의 나이를 합쳐봤자 마흔 살밖에 안 되고, 각자 150살은 거뜬히 살 만큼 튼튼한데 목숨이 경각에 달렸다고 하나 너무 서두르지 말게. 생각할 시간을 주게. 주교님께 가서 이 경우 어떻게 하면 자네들을 안전하게 보호해 줄 수 있을지 상의해 보겠네."

"저희는 지금 당장 결혼해야 해요!"

지나가 다급하게 말했다.

"왜 그렇지? 며칠 정도는 연기할 수 있는 일 아닌가? 그 사이에 누가 죽진 않아."

"두고 보면 알 일이죠."

청년이 말했다. 처녀는 금방이라도 울 것 같은 표정으로 계속 말했다.

"저희는 도망쳐 나왔어요. 다시는 집으로 돌아가지 않을 거예요. 하지만 먼저 결혼을 하지 않고는 마을을 떠날 수가 없어요."

"결혼하지 않고는 떠날 수 없습니다, 신부님."

처녀의 말에 청년도 맞장구를 쳤다.

돈 까밀로는 온몸이 떨려왔다. 여태까지 이들처럼 침착하고 단호하게, 또 확신에 찬 목소리로 자신의 입장을 말하는 젊은 이들을 본 적이 없었다. 두 사람의 그런 신념에 찬 모습이 돈 까밀로의 마음을 움직였다. 그는 두 사람을 감탄 어린 눈길로 쳐다보았다.

"인내심을 갖게. 내일 아침까지 생각할 시간을 주게나. 내가 어떻게 해서든지 이 일을 잘 해결해 주겠네. 약속함세."

돈 까밀로가 걱정 말라는 표정으로 말했다.

"알겠습니다. 내일 다시 오겠습니다."

청년이 대답했다. 두 사람이 나가고 혼자 남게 된 돈 까밀로는 주먹을 쥐고 숨을 크게 들이마셨다.

"하늘이 두 쪽 나는 일이 있더라도 저 두 사람을 결혼시켜줘야 하겠군!"

빼뽀네는 집에서 트랙터의 모터를 손질하고 있었다. 그때 문이 덜컹거리는 소리가 들려 고개를 들어보니 앞에 마리올리노와 지나가 서 있었다.

빼뽀네로서는 필로티 가문의 사람을 보는 것이 독이 잔뜩 오른 살모사를 만나는 것만큼이나 싫은 일이었다. 게다가 지나 필로티에게는 특히 감정이 많았다. 언젠가 지나가 빼뽀네의 험담을 어찌나 심하게 했던지 여성 당원들 앞에서 그의 권위가 바닥에 떨어진 적이 있었기 때문이다.

"자네, 저 여자의 머리통을 수리해 달라고 찾아온 겐가"

빼뽀네가 청년에게 물었다. 그는 두 사람이 서로 사랑하고 있고 두 집안의 반목이 어느 정도인지를 잘 알고 있었다. 그런데도 굳이 그런 식으로 퉁명스럽게 응수한 것은 지나라면 넌더리가 났기 때문이다.

"그래, 저 여자의 머리통을 수리해 달라고 찾아온 거냐고 방금 묻지 않았나?"

빼뽀네가 다시 물었다.

"고맙습니다만 그럴 필요 없어요, 시골뜨기 읍장님."

지나는 오래전부터 빼뽀네를 그냥 읍장이라고 부르지 않고 꼬박꼬박 촌뜨기 읍장이라고 불렀다. 빼뽀네는 이 말만 들으면 화가 치밀어올라 참지 못했다. 그는 씩씩대며 지나에게 다가가더니 그녀의 코밑까지 기름때 묻은 더러운 손가락을 올려대며 삿대질했다.

"이봐, 그따위 더러운 말을 또다시 하면 암탉 모가지를 비틀듯이 네 목을 비틀어버릴 거야."

"호! 그래요! 노동절을 축하하기 위해 당신네 부하들이 우리 집에서 훔쳐갔던 그 암탉처럼 말이죠?"

지나가 턱을 치켜들고 대꾸했다.

빼뽀네가 지나에게 한 걸음 더 다가갔다. 마리올리노가 그녀를 껴안으며 보호했다. 그때서야 빼뽀네는 마리올리노의 터진 이마와 처녀의 멍든 얼굴을 보았다.

"무슨 일이 있었나?"

빼뽀네가 물었다. 마리올리노가 자초지종을 설명하자 빼뽀네는 트랙터로 되돌아가 머리를 긁적이며 중얼거렸다.

"자네도 참 딱하네. 난 사람들이 왜 따귀 맞을 짓을 사서 하는지 모르겠어. 세상엔 여자도 많고 남자도 많은데…. 어쨌든 나는 자네들 일에 관여하지 않겠네. 나는 정비공이지 중매쟁이가 아니니까."

"당신은 읍장이잖아요"

지나가 쏘아붙였다.

"알고 있어. 나도 그걸 자랑으로 여기고 있다네! 그래서?"

"그러니까 빨리 우리를 결혼시켜 주세요."

지나가 소리쳤다.

"자네들 미쳤나! 난 정비공일 뿐이야."

빼뽀네는 한순간 당황한 기색을 보이더니 트랙터의 엔진 아래로 머리를 처박고 망치를 두드리기 시작했다. 지나는 비웃음이 가득 찬 얼굴로 마리올리노를 쳐다보며 차갑게 말했다.

"그러니까 이분이 천하에 무서울 게 없다는 그 유명한 빼뽀네인가요?"

빼뽀네가 보닛에서 머리를 쳐들며 대꾸했다.

"이건 무섭고 안 무섭고의 문제가 아니야! 법의 문제 아닌가. 정비소에서 두 사람을 결혼시킬 순 없지 않나? 그리고 지금 어떤 절차를 밟아야 하는지 생각나질 않아. 그러니 내일 아침 읍사무소로 나오게. 모든 걸 제대로 밟자고. 왜 밤 10시 반에 두 사람을 결혼시켜야 하는지 잘 모르겠으니까. 이렇게 급박한 사랑은 생전 처음 보네!"

마리올리노가 자초지종을 설명했다.

"사랑 문제가 아닙니다, 대장. 화급을 다투는 일이에요. 우리 둘 다 집에서 도망 나왔어요. 다시는 돌아갈 수 없어요. 게다가 우리는 결혼하지 않고 이 마을을 떠날 수가 없는 처지예요. 법과 양심에 따라 깨끗이 처리되면 우리는 기차를 타고 떠날 겁니다. 어디를 가든지 무슨 짓을 해서라도 열심히 살아볼 작정입니다. 비록 빈손이지만 우리 둘이 함께라면 아무것도 어려울 게 없을 겁니다."

빼뽀네는 머리를 긁적였다.

"그래, 무슨 말인지 잘 알겠네. 하지만 적어도 내일까지는 기다려야 하네. 잘 될지 어떨지는 모르지만 어디 한번 힘을 써보지. 그럼 오늘 밤은 여기 트럭에서 자게. 그리고 아가씨는 내 어머니의 집에 가서 자기로 하고."

빼뽀네가 나지막이 말했다.

"결혼하기 전에는 집 밖에서 잠자지 않을 거예요!"

지나가 소리쳤다.

"강요하는 사람은 아무도 없어."

빼뽀네가 대꾸했다.

"그럼 잠자지 말고 기도하면서 미국의 명복이나 빌게. 이제 우리도 원자폭탄을 만들었거든."

빼뽀네는 주머니에서 신문지 조각을 꺼내 펼쳤다. 그때 마리올리노가 지나의 팔을 잡았다.

"고맙습니다, 대장! 내일 다시 오겠습니다."

100년 전, 홍수가 나 강둑을 부수고 물이 피오파까지 찼던 적이 있었다. 300년 동안 사람들이 농사를 지어 먹고 살던 땅이 순식간에 물에 잠겼다.

강둑과 피오파 사이 저지대에는 뭉툭한 작은 종루가 있는 조그만 성당이 있었다. 강물은 늙은 종지기가 살고 있던 성당을 한순간에 휩쓸어버렸다.

몇 달 뒤 삭풍이 몰아치는 무시무시하게 춥고 음산한 어느 겨울날 누군가 물에 잠긴 종탑에서 종을 꺼내오려고 생각했다. 그는 갈고리가 달린 긴 밧줄을 붙잡고 물속으로 들어갔다. 시간이 지나도 물 밖으로 나올 기미가 없자 강둑에 있던 다른 사람들이 밧줄을 잡아당겼다. 하지만 잡아당기고 또 잡아당겨도, 바닷속에 뛰어들기라도 한 것처럼 사람은 나오지 않았다.

마침내 아무것도 걸리지 않은 빈 갈고리만 나왔다. 바로 그 순간 강 밑바닥에서 둔탁한 종소리가 들려왔다.

물에 잠긴 종은 몇 년이 지난 뒤 다시 종소리를 울렸다. 톨리가 강에 빠져 죽던 날 밤이었다. 그리고 폰테의 술집 딸이 강에 몸을 던졌을 때에도 종소리가 울렸다. 그러나 실제 그 소리를 들은 사람은 하나도 없을 것이다. 강 밑바닥에 잠긴 종에서 소리가 난다는 것은 불가능하기 때문이다. 하지만 이 이야기들은 전설로 남아 있었다.

바싸 같은 산골 마을에서는 수많은 전설이 강물과 함께 전해져 내려온다. 가끔 물귀신이 나타나 강가로 걸어오곤 한다는 이야기처럼 말이다.

두 남녀가 찾아온 밤도 이런 전설을 생각나게 하는 추운 겨울밤이었다.

11시경 문을 두드리는 소리가 들렸다. 돈 까밀로는 침대에서 일어났다. 필로티의 집에서 온 사람이었다.

"지나가 사라졌습니다!"

필로티의 손자가 다급하게 말했다.

"할아버님이 속히 신부님을 뵙고 싶어 하십니다!"

마차가 어두컴컴한 겨울 길을 쏜살같이 달려갔다. 필로티 집안사람들은 모두 커다란 주방에 모여 있었다. 아이들도 잠옷 바람으로 눈을 동그랗게 뜬 채 병정들처럼 서 있었다.

"지나의 방 창문이 덜컹거리는 소리를 듣고 숙모님이 살피러 갔더니 방이 텅 비어 있더랍니다. 창문으로 도망간 게지요. 장롱 위에 이 쪽지가 놓여 있었습니다."

필로티의 아들이 새파랗게 질린 얼굴로 말했다. 돈 까밀로는 간단히 적혀 있는 쪽지를 읽었다.

저희는 떠나요. 다른 사람들처럼 성당에서 결혼할 겁니다. 여의치 않을 경우 물속 성당에서 결혼식을 올릴 거예요. 그러면 종소리를 들을 수 있으시겠죠.

"나간 지 채 한 시간이 되지 않았습니다. 9시 40분에 자코모의 처가 지나의 방에 초를 가져갔을 땐 방에 있었답니다."

필로티가 가라앉은 목소리로 말했다.

"한 시간 사이에 일이 벌어졌군요."

돈 까밀로가 중얼거렸다.

"신부님, 뭐 좀 아시는 거 없습니까?"

"제가 뭘 알겠소?"

"그래요? 다행이군요. 그 배은망덕한 놈들이 신부님을 찾아가 매달리지나 않았을까 해서 걱정했습니다. 그따위 것들 지옥으로 가도 그만입니다. 못된 놈들! 다들 돌아가 잠이나 자자."

영감이 소리쳤다.

"잠이나 자러 가다니요"

돈 까밀로가 탁자를 내리치며 버럭 소리를 질렀다. 그러고는 필로티 영감을 향해 큰소리로 꾸짖었다.

"망령들었소? 영감님이나 지옥으로 가시오. 난 그 애들을 찾으러 가겠소!"

돈 까밀로가 문으로 걸어갔다. 여자들과 아이들을 포함해 모두들 그를 따라나섰다. 텅 빈 주방 한가운데 필로티 영감만이 혼자 남아 있었다.

강둑 위에는 바람이 세차게 불고 있었다. 그러나 앙상한 아카시아 나뭇가지에 걸리기라도 했는지, 강물과 강둑 사이에는 바람 한 점 없었다.

그곳을 마리올리노와 지나가 걸어가고 있었다. 두 사람은 강가에 도착하자 서로를 꼭 끌어안았다.

“저 아래 성당이 있어.”

마리올리노가 손가락으로 강물을 가리켰다.

“이제 얼마 후면 종소리가 울릴 거예요.”

지나가 중얼거렸다.

“모두 저주받아야 마땅할 인간들이야!”

청년이 작지만 단호하게 말했다.

“사람이 죽을 때에 이르러 남을 저주해서는 못 쓰는 법이에요. 저주는 자기 목숨을 스스로 끊으려는 우리가 받아야 해요. 자살이란 엄청난 죄악이니까요.”

지나가 한숨을 쉬며 말했다.

“내 목숨은 내 거야. 그러니 내 마음대로 할 권리가 있어!”

청년이 벌컥 화를 내며 소리 질렀다.

“아마 성당의 종지기 할아버지가 우리 결혼의 증인이 되어줄 거예요.”

처녀가 한숨을 쉬었다. 겨울 강의 찬 물결이 찰랑찰랑 강가로 밀려오더니 두 사람의 발을 적셨다.

"죽음처럼 차갑군요."

처녀가 몸을 떨며 탄식했다.

"잠깐이면 끝날 거야. 저 한가운데까지 헤엄쳐 갑시다. 그다음 거기서 꼭 끌어안고 강물 밑바닥까지 가라앉자고."

청년이 비장한 목소리로 말했다.

"종이 울릴 거예요. 한 번에 두 사람이 종지기 할아버지를 찾아가니까 옛날처럼 요란하게 종이 울릴 거예요. 우리가 서로 꼭 끌어안고 죽으면 사람들은 아무 말도 하지 못하겠죠?"

"신부나 읍장보다도 죽음이 우리를 더욱 굳게 맺어줄 거야."

청년이 말했다. 처녀는 아무 대꾸도 하지 않았다.

어둠에 싸인 강은 심연처럼 사람을 끌어당기며 유혹했다.

지난 세월 수많은 처녀가 강가를 서성이다가 천천히 물속으로 걸어 들어가곤 했다. 죽음이 그들을 집어삼켜 버릴 때까지….

"이제 손을 잡고 들어가요."

처녀가 속삭였다.

"가다가 갑자기 발밑의 땅이 푹 꺼지면, 그곳이 성당이 잠겨 있는 장소니까 서로 꼭 껴안아요."

돈 까밀로는 필로티 집안사람들을 이끌고 농장을 나와 강으로 가는 길로 접어들었다.

"저기 전봇대가 있는 곳에서 갈라집시다. 반은 강둑으로 가고 반은 아래쪽으로 가시오. 그리고 반은 산 쪽으로 가보고 반은 계곡 쪽으로 가봅시다. 그 애들이 아직 강에 몸을 던지지 않았다면 곧 찾을 수 있을 게요.”

손전등, 양초, 석유램프에다 자전거에서 떼어낸 라이트까지 총동원되었다. 모두 손에 불을 들고 흩어져 수색에 나섰다.

그때 100미터 앞 샛길이 나타나는 지점에 이르자 맞은편에서 오던 다른 무리와 정면으로 마주쳤다.

부르치아타 사람들이었다. 그쪽 대장은 뻬뽀네였다. 별로 놀랄 일도 아니었다. 돈 까밀로가 필로티 집안의 마차를 타고 사제관을 떠나기 직전, 일하는 할머니를 깨워 뻬뽀네에게 보냈기 때문이었다. 할머니는 읍장 집에 달려가서 지금 무슨 일이 일어났는지를 전했다. 그러자 뻬뽀네는 재빨리 부르치아 따로 달려가서 사람들을 데리고 달려왔던 것이다.

양쪽 집안을 이끌고 온 두 우두머리는 마주 보고 서서 서로를 노려보았다. 뻬뽀네가 먼저 모자를 벗어 인사했고, 돈 까밀로 역시 모자를 벗어 답례를 했다.

두 집안사람들은 나란히 걸어갔다. 한밤중에 횃불을 들고 그들이 움직이는 모습은 마치 어둠 속에 점점이 조명이 켜진 연극의 한 장면을 보는 것 같았다.

“저 위까지 올라가서 갈라지세.”

강둑 위에 도착하자 돈 까밀로가 말했다.

“네, 사령관 각하.”

빼뽀네가 대답했다. 돈 까밀로는 빼뽀네를 향해 눈을 흘겼지만 대꾸하지 않았다.

한 걸음, 두 걸음, 세 걸음, 물이 벌써 처녀와 청년의 무릎까지 차올라왔다. 하지만 이젠 더 이상 차갑지 않았다. 그들은 두 손을 꼭 잡고 한 걸음씩 앞으로 나아갔다.

그때 갑자기 강둑에서 두 사람의 이름을 부르는 소리가 들려왔다. 두 사람은 몸을 휙 돌렸다. 동시에 강둑 위로 여러 개의 불빛이 나타났다.

"우리를 찾고 있어요!"

지나가 다급하게 말했다.

"우리를 붙잡아서 때려죽이려 들 거야!"

청년이 소리쳤다.

앞으로 열 걸음만 더 들어가면 깊은 강물 속으로 잠겨들 것이다. 하지만 이제 그 두 사람은 강물이나 자살에 대해 생각하지 않았다. 불빛과 사람들이 그들에게 삶에 대한 애착을 되돌려주었기 때문이다.

그들은 한달음에 강가로 나와 강둑 위로 올라갔다. 둑 너머에 인적이 드문 들판과 숲이 있었다.

사람들이 곧 그들을 발견했고 이어 추격이 시작되었다.

두 사람은 강둑으로 도망쳤다. 두 집안사람들은 둑 아래와 둑 오른쪽, 그리고 왼쪽으로 흩어져 추격을 시작했다.

빼뽀네는 강을 따라 줄지어 추격하는 사람들의 선두에 서서 황소처럼 헐레벌떡 뛰었다. 빼뽀네의 호령에, 흩어져 있던 두 집안사람이 모두 강둑으로 뛰어 올라왔다.

돈 까밀로가 옷자락을 걷어붙이고 부리나케 달려왔을 때는 이미 추격전이 끝난 후였다.

"이 망할 계집애 같으니라고!"

필로티 집안의 한 여인이 지나를 향해 달려들면서 소리쳤다.

"이 망할 자식아!"

부르치아타 집안의 한 여인이 마리올리노를 향해 달려들면서 고함을 질렀다. 필로티 사람들은 처녀를 붙잡고, 부르치아타 사람들은 청년을 붙잡았다. 여인들의 표독스런 고함소리가 들리기 시작했다.

그때 빼뽀네와 돈 까밀로가 무시무시한 떡갈나무 몽둥이를 손에 들고 나타났다.

"하느님의 이름으로!"

돈 까밀로가 말했다.

"법의 이름으로!"

빼뽀네가 소리쳤다. 모두들 입을 다물었다. 그리고 행렬을 지어 집으로 돌아가기 시작했다. 맨 앞줄에 약혼자인 로미오와 줄리엣이 걷고 있었다. 두 사람 뒤에 돈 까밀로와 빼뽀네가 떡갈나무 몽둥이를 들고 걸었다. 그 뒤로 나란히 양쪽 집안사람들이 말없이 걸어갔다. 그런데 행렬은 강둑을 내려오자마자 멈추지 않을 수 없었다. 필로티 영감이 길을 막고 서 있었기 때문이다.

영감은 손녀를 보자마자 허공으로 주먹을 휘둘렀다. 그 순간 치로 영감도 불쑥 나타났다. 그도 주먹을 쥐고 손자를 향해 허공에다 대고 큰 주먹을 휘둘렀다. 그러다가 기적처럼 나란히 마주 보게 된 두 영감은 서로의 앙숙을 사납게 노려보았다. 두 사람의 나이를 합치면 156세였지만, 그들은 아직도 싸울 때면 청년들처럼 기세가 등등했다.

두 집안사람들은 말없이 길 양편으로 물러났다. 모두들 횃불을 높이 쳐들었다.

두 노인은 주먹을 쥐더니 서로 한 방씩 주고받았다. 그러나 전과 달리 주먹엔 힘이 빠져 있었다. 힘보다는 그저 증오심을 담아 내리쳤을 뿐이다. 두 사람은 주먹을 불끈 쥐고 다시 노려보기 시작했다. 필로티는 싸움을 일삼았던 젊은 시절의 버릇처럼 손가락을 비틀어보였다. 관절 꺾는 소리가 고요한 밤하늘에 울려 퍼졌다.

그때 돈 까밀로가 뻬뽀네를 향해 돌아서며 말했다.

"나가보게."

"난 읍장이라 끼어들지 못하오. 내가 관여하면 정치색을 띠게 되니까."

그러자 돈 까밀로가 앞으로 나섰다. 그는 필로티의 목덜미에 오른손을 얹고 치로의 목덜미에 왼손을 얹은 다음 두 사람의 머리통을 세게 박치기시켰다. 늙은 뼈라 불꽃이 튀진 않았지만

'빽!' 하는 그 소리가 멀리까지 울려 퍼졌다.

그러자 뻬뽀네가 걸음을 옮기면서 '아멘' 하고 화답했다.

이 사건도 다른 모든 얘기처럼 끝이 났다.

세월이 흘러 토레타 농장과 부르치아타 농장을 갈라놓았던 철조망은, 지금도 그 유명한 구멍을 간직한 채 그 자리에 그대로 남아 있다. 요즘은 한 어린 사내아이가 그 구멍을 지나다니며 놀고 있다고 한다.

필로티 영감과 부르치아타 영감은 마침내 친해져 죽을 때까지 싸우지 않았다. 아니, 무덤 파는 사람조차도 그렇게 다정하게 묻혀 있는 사람을 본 적이 없다고 말할 정도였다.

옮긴이 후기

이 재미있고 감동적인 책, 《신부님 우리들의 신부님》은 작가 조반니노 과레스키의 이름을 전 세계에 알려준 그의 대표작이다. 과레스키는 신문기자와 출판사 편집 국장을 거친 만큼, 사회 현실의 여러 문제를 일상적이고 유머 넘치는 그 특유의 감각과 간결한 문체로 독자에게 전해준다.

신문기자가 기사를 쓰듯 이 작품을 썼다는 작가의 말대로, 이 작품은 전후 이탈리아 사회를 사실적으로 풍자하고 있다. 냉전 이데올로기의 부산물인 가톨릭과 공산주의의 대립을 돈 까밀로와 뻬뽀네를 통해 형상화하고 있는 것이다. 여기서 벌어지는 모든 일은 전후 이탈리아라는 시간과 공간적 한계를 넘어 우리 인간 사회의 여러 모습을 보여주고 있다.

각자 다른 삶의 모델을 주장하며 싸우는 돈 까밀로와 뻬뽀네는 서로 다른 두 문화 사이의 충돌을 상징한다. 돈 까밀로는 가톨릭과 기독교민주당이라는 이탈리아의 전통적인 사회 환경을, 뻬뽀네는 마르크스주의와 공산당을 대표한다. 하지만 이 두 인물의 성격은 이러한 단순한 도식을 뛰어넘는다. 무엇보다 돈 까밀로라는 인물 설정이 아주 독특하다.

돈 까밀로는 신앙심이 깊고 자기 주장이 명확하며 따뜻한 마음을 가진 신부다. 그러나 성당 안에서 점잖게 강론만 하거나 고해실 안에서 신자들의 고백만 듣는 신부가 아니다. 하느님의 뜻을 전하기 위해 직접 뛰고 신자들의 고민을 해결하기 위해 몸을 사리지 않는다. 그렇다고 마냥 존경해마지 않을 수 없는 고매한 인격의 소유자도 아니다. 인간적인, 너무나 인간적인 인물이다.

뻬뽀네와 힘을 겨루고 자신을 헐뜯는 불량배들에게 의자를 휘두르며, 남몰래 사냥을 즐기고 기관총을 몰래 훔쳐와 필요할 땐 협박도 마다하지 않는다. 다혈질이라 물불을 가리지 않고 덤비지만, 진짜 어려운 문제에서는 약삭빠를 정도로 놀라운 기지와 침착함을 발휘하기도 한다. 이런 돈 까밀로는 사사건건 읍장 뻬뽀네와 충돌한다.

뻬뽀네는 자동차 수리공인 노동자이면서 한 마을의 읍장이다. 정치적 열정에 넘쳐 해방의 그날까지 인민을 위해 싸우며 불도저처럼 돌진한다. 무식하고 막무가내이긴 하지만 우직하다. 사회주의 이데올로기에 젖어 있지만 마음속 깊은 곳에서는 대부분의 이탈리아 사람들이 그렇듯 깊은 종교심이 배어 있기도 하다.

십자가 행렬에 공산당 깃발을 들고 참석하고, 갓 태어난 아들이 죽어갈 때는 초를 사들고 성당으로 찾아가 아들의 목숨을 하느님께 의탁한다. 돈 까밀로처럼 고집불통이긴 하지만 약삭빠르진 못하다. 돈 까밀로를 혼내주려다 도리어 얻어맞고 그의 꾀에 넘어가 청소년 회관 건립 비용을 대주기도 하는 등 돈 까밀로한테 줄곧 당하는 존재이다.

이처럼 정치적 노선과 이데올로기가 다른 두 사람은 늘 개와 원숭이처럼 으르렁거린다. 그러면서도 마을과 조국 이탈리아를 위해서는 뜻을 모아 외부의 적에 맞서 싸운다. 과거 독일군에 대항하여 함께 레지스탕스 운동을 벌였고, 앙숙인 두 집안의 희생양이 된 젊은 남녀를 위해 자신들의 입장을 떠나 그들을 맺어준다.

이처럼 두 사람은 겉으로 드러나는 것과는 달리 마음 속 깊은 곳에서는 서로를 존중하고 신뢰한다. 뻬뽀네는 돈 까밀로가 마을 신부직에서 쫓겨났을 때 그를 적극 구명한다. 돈 까밀로는 뻬뽀네의 무식함이 탄로 나지 않게 그의 선언문을 고쳐주고, 뻬뽀네의 아들이 병이 났을 때는 쾌유를 위해 예수님에게 거짓말도 서슴지 않는다. 그리고 뻬뽀네의 목숨이 위태로울 때는 적극 발벗고 나서서 도와주기도 한다.

이 소설의 또 다른 재미는 돈 까밀로와 예수님의 대화에 있다. 돈 까밀로는 뻔히 들통 날 줄 알면서도 예수님에게 거짓말을 일삼는다. 그리고 예수님은 늘 이런 돈 까밀로를 꾸짖는다. 그래도 인간 돈 까밀로에 대한 예수님의 이해와 사랑에는 변함이 없다. 예수님 앞에서 자신의 거짓말이 들통 났을 때 무안해하며 양팔을 벌리는 돈 까밀로는 자주 웃음을 자아내게 한다.

작가는 십자가상에서 이야기하는 예수님을 가리켜 '나의 예수님, 내 양심의 소리'라고 했다. 예수님은 돈 까밀로의 양심의 소리이기도 하다. 인간이기에 생각 없이 저지를 수 있는 잘못을 피하고, 사건의 진실을 이해하고 싶어하는 사제의 간절한 의지가 예수님과의 대화로 나타나는 것이다.

작가는 스스로 이 소설이 품격을 자랑하는 문학 작품은 아니라고 했다. 그러나 이는 겸양의 표현일 뿐 그 어떤 소설보다도, 아니 그 어떤 소설 못지않게 탁월한 소설적 완성도를 갖고 있다. 비록 짧은 단편들이지만 각 작품들은 통일된 하나의 메시지로, 유기적으로 결합돼 있다. 내용적으로 그것은 고전적 윤리관에 충실한 세계를 그리고 있지만, 그 세계를 드러내는 방식은 대단히 현대적이고 세련된 면모를 띤다. 읽고 있노라면 저절로 미소를 띠게 만드는 작중 인물들의 대화나 주변 묘사의 해학적 관점은 그가 결코 만만한 작가가 아니라는 것을 증거하기에 충분하다. 어쩌면 그의 작품이 너무 잘 읽힘으로 해서, 다시 말해 난해함을 떨쳐버리는 대중적

친밀도의 그 왕성한 기운 탓에, 그의 작품이 본격 문학의 변방으로 밀려나는 오해를 촉발하기도 한다. 하지만 이러한 관점이야말로 오해다. 그의 작품은 재미있는 그만큼 충분히 의미 있다.

짧은 이야기 속에 군데군데 매설해 놓은 유머와 해학의 지뢰를 밟는 일은, 통쾌할 정도로 압권이다. 과연 어떤 작가가 이토록 단순한 이야기를 그토록 멋지게 꼬아놓을 수 있는지, 읽다보면 절로 무릎을 치게 만드는 장면이 한두 군데가 아니다.

그 재미는 오롯이 독자의 몫이므로 상찬은 이쯤에서 그치기로 하자.

시대와 배경은 다르지만 이 소설은 오늘을 살아가는 우리 한국인들에게 많은 것을 시사해 준다. 특히 아직도 남북으로 갈라져 분단의 아픔을 겪고 있고, 정치권의 어지러운 정쟁이 만연해 있는 이 땅에서 돈 까밀로와 뻬뽀네처럼 서로 생각과 노선은 달라도 국민의 행복을 위해 뜻을 모으고 인간에 대한 최소한의 예의와 배려를 잃지 않는 따뜻한 세상을 희망해 본다.

이 소설은 이탈리아 리졸리 출판사에서 펴낸 '신부님 시리즈' 중 첫 번째 권인 *Don Camillo-Mondo Piccolo*를 텍스트로 삼아 번역했음을 밝힌다. 이 책의 완역을 위해 애써주신 서교출판사 여러분에게 감사드린다.

이승수 | 옮긴이

서울에서 태어나 한국 외국어대학교 이탈리아어과와 동 대학원을 졸업하고, 비교문학 박사 학위를 취득했다. 현재 이탈리아어 전문 번역가로 활동하며 한국 외대, 서울대 등에 출강하고 있다. 옮긴 책으로 《순수한 삶》, 《신부님 우리들의 신부님》, 《잭프루시안테가 그룹을 탈퇴하다》, 《하늘을 나는 케이크》, 《천사의 간지럼》, 《나는 살인한다》, 《시티》, 《눈은 진실을 알고 있다》 등이 있다.

*신부님 우리들의 신부님 1

신부님 우리들의 신부님

1판 25쇄 발행 | 2012년 01월 20일
개정 3쇄 발행 | 2019년 11월 15일

지은이 | 조반니노 과레스키
옮긴이 | 이승수
펴낸이 | 김정동
펴낸곳 | 서교출판사

주소 | 서울시 마포구 성지길 25-20 덕준빌딩 2층
전화 | 3142-1471(대) 팩스 | 6499-1471
등록번호 | 제10-1534호
등록일 | 1991. 09. 25

Email | seokyodong1@naver.com
Blog | https://blog.naver.com/seokyobooks

ISBN 979-11-89729-10-3 04860